マーヤ
Maya
転生者
イシュルと神の魔法具
Ischl's Magical Treasure
2

メリリャ
Melilla
Ischl's Magical Treasure

転生者イシュルと神の魔法具 2

青のあらた

イラスト 村カルキ

Aono Arata
Ischl's Magical Treasure

⚜前巻あらすじ⚜

妻子を残し、突然事故に巻き込まれ死んでしまった耕一。
それからどれだけ時が経ったか、彼は中世ヨーロッパを思い起こす田舎の村で農家を営む夫婦、
エルスとルーシの子、イシュルとして転生する。
彼は死ぬ瞬間までの記憶を、自我を失わずに生まれ変わったのだった。

残してきた妻や子どもたちはどうなったろう。辛い思いをしていないだろうか。
胸に迫る悔恨や悲哀に堪え、イシュルは成長するに従い、
自分の生まれた場所がどんなところか調べはじめる。
やがて両親から話を聞き、村の中を歩き回り、前世の世界のどことも似ていない、
また未来の地球でもない、並行世界のような別の世界、異世界だと考えるようになった。

それならばと、弟のルセルが生まれ家業を継ぐ必要がなくなったことで、
イシュルは村を出て商人になり、世界中を見てまわろうと将来の計画を立てる。
そこで読み書きを覚えるため、かつて村長を務めた村の古老、ファーロに頼み教わることにした。
前世の経験もあってすぐに難解な書物まで読めるようになり、算術も難なくこなしたイシュルは、
やがてベルシュ村随一の天才児、神童ともてはやされるようになった。
だが、そこを〝森の魔女〟レーネに目をつけられ、
まさか魔法具を持っているのではと疑われ、呼び出されて殺されそうになる。

必死で抵抗し何とか死を免れたイシュルだったが、一方レーネはその時頭を強く打って死んでしまう。
直後、彼女の死体からあろうことか一振りの剣が現れ、イシュルが触れると消えてしまった。
その剣は〝風の剣〟と呼ばれ、風神イヴェダと同じ力を持つ伝説の魔法具だった。

風の剣をその身に宿し、かつて〝王国の剣〟と謳われ最強の宮廷魔導師だったレーネに代わり、
イシュルがその神の魔法具、風の剣を手にすることになった。
彼はそのことを誰にも話さず、成人する前に村を出て幼馴染のメリリャやイザークとも別れ、
同じ領内のエリスタールに店を構える、フロンテーラ商会に見習いとして勤めることになった。

商会で仕事をしながら、お金を貯めるため傭兵ギルドにも登録し、
そこで街の宿屋の娘、シエラと知り合う。
古参の傭兵ゴルンやギルド長のツアフとも知己を得て、彼女とギルドの依頼もこなすようになった。

そんなある日、シエラから依頼主のエレナの危難を知らされ、救出に力を貸してくれと頼まれる。
イシュルは風の魔法を使い、エレナたちを歓楽街のならず者から救い出すが、
同時に聖堂教会や領主のブリガール男爵の家令、ヴェルスらの暗躍も知ることになった。

それから暫く、初秋のよく晴れた日にいよいよイシュルは、
商会の先輩イマルと護衛のゴルンらとともに、商品を仕入れにフロンテーラへ出発するのだった。

Outline
Ischl's Magical Treasure 01

contents

フロンテーラへ

［一］

一行はエリスタールの街はずれで、フロンテーラ街道に入った。

すでにもう、陽《ひ》は高く昇っている。周りは石積みの建物が立ち並ぶ街中から、麦畑や牧草地、大小の木立が点在する長閑《のどか》な景色に様変わりしていた。

弓手のビジェクが先頭に、イシュルとイマルが荷馬車に乗り、ゴルンがその後ろを歩いていた。機嫌が良いのか、彼の吹く口笛が先ほどから途切れることなく続いている。

……エレナの実家に給金を届けるため、シエラと何度も通った見慣れた景色だ。

時折りゴルンの口笛に小鳥のさえずりが重なる。

イシュルはふとおかしくなって、俯《うつむ》き加減に口元を緩めた。

乾いた道が轍《わだち》となってどこまでも続いている。

「イシュル。お昼を食べたら、午後からは御者の練習をしようね」

隣に座るイマルがにこにこと声をかけてきたが、言葉の端々に微妙に棘《とげ》がある。

先月の、エレナを救出した事件あたりからイマルの態度が冷たい気がする。どうやらシエラとの関係を勝手に誤解し、邪推しているようだ。

シエラはいいとこの娘さんだし、かわいいからな……。

イシュルは再び俯き、ひそかに苦笑した。

そのシエラだが、あの救出劇で得た大金でいよいよ来年か、遅くとも再来年あたりには王都へ行くことになった。

彼女には歳《とし》の離れた弟がひとりいて、家業を継ぐことに気づかう必要はない。多分、これからいろいろ策を弄し、親に自身の王都行きを認めさせるのだろう。

「……」

手綱を握るイマルを横目に盗み見るといつもの柔和な表情で、実はそれほど機嫌が悪くはなさそうだ。

イシュルは小さくため息をつくと、ぼんやりと前方に目をやった。

おとなしい、小柄な馬の先に、長弓をかついだビジェクの背中がちらちらと見え隠れしている。よく晴れた日差しの下、あざやかな緑の田園風景が広がっている。

……馬は苦手なんだよな。

あやうく、そんな心の中のぼやきを口にしそうになった。

イシュルは早くから村を出たので、まともな御者の経験がほとんどない。ベルシュ家で何度か遊び半分で練習したくらいで、乗馬も下手である。荷馬車を曳《ひ》く馬はよく慣れた扱いやすい馬だが、イシュルはこの旅行で商人として、しっかり御者の練習をやり、荷馬車の取り扱いを覚えなければならなかった。

フロンテーラ街道に入った以上、あとは終点までほぼ一本道だ。エリスタールの市街を離れ、南下を続け隣村に入っても、周囲の景色は変わらず、数軒から一〇軒ほどの民家が固まる小集落が点在し、遠方に森らしきものが見えるだけで、ひたすら畑や牧草地が続く。

夏の麦畑は緑から黄色へと穂の色が変わりつつある時期で、目にやさしく心を和ませてくれる。日差しも汗をかくほどではなく、日中の徒歩も苦痛を感じない。旅情を掻《か》き立てられるというよりは、今はまだ散歩をしている心持ちだった。

街道には他に荷車も人も見ないが、まだエリスタールも近く沿道には家々も散見され、何より視界が広い。魔物も野盗も警戒する必要がなく、イシュルはこの先のことをじっくりと考えることができた。

……先日、エレナたちを救出した時に悪党どもの金をかすめ取り、かなりの大金を手に入れることができた。数年間は遊んで暮らせるほどの額だ。加えて、今まで貯《た》めていた給金もある。

そういうことでさっさと商会を辞め、かねてからの目標である魔導書探しか、ハンターとして辺境伯領の東部や、聖王国の東部の山岳地帯に行くこともできたのだが、さすがに勤めはじめて一年も経《た》たずに辞めました、では村の両親も心配するだろうし、口を利いてくれたファーロの顔を潰すことになる。

それで、無理して急ぐ必要もないし、もうしばらく商人見習いの仕事を続けることにした。今回のフロンテーラへの買付は初めての長旅でいい経験になるし、大きな街を歩き回り書店を探すことはもちろん、本店へ行ってエリスタールにもない大店の商いを見ておくのもいい経験になると思った。

今、自分は数えで一四歳だ。一五になればとりあえずは成人として扱われるので、ハンターになるにしろ、魔導書探しにしろ、独立して稼ぐことも旅に出ることも制約がなくなる。それまでは商会で働かせてもらおうと考えたのだ。

だが肝心の、商会を辞めた後のことはまだ迷っていて決められないでいる。

要は決断を先送りしているわけだが、一応、辺境伯領や聖王国東部の山岳地帯に行き魔獣狩りをするよりも、魔導書を先に入手する方が重要なのではないかと考えている。

可能なら風系統専門の魔導書を入手し、この世界の魔法の仕組みを知り、呪文を覚えるなりしなければ、この身に宿る風の魔法具の力を出し切れないのではないか。その魔導書も、王都よりもオルスト聖王国の都、聖都エストフォルに行けば比較的容易に入手できるかもしれない。

エストフォルには聖堂教会の総本山があり、魔法を教えているかはわからないが、神学校のような教育機関があると聞いている。学校があり、学生がいるのなら書店や図書館なども市中に存在する可能性がある。

魔導書を入手し独学で覚えるよりも、何とか縁故をつくって魔法使いの弟子になるのが一番の早道なのはわかるのだが、かつて魔法具を身に宿していると疑われて、レーネに殺されそうになった身である。

自分の弟子が風神イヴェダの力と同等の、最高位の魔法具を身に宿している。彼を殺せば、その魔法具を手に入れることができる。それを知ったら、彼の師匠はどうするだろうか？

風神の魔法具を身に宿した者を殺せば、その魔法具が手に入る、ということは誰にも、魔法使いにもほとんど知られていない、というようなことをかつてファーロが言っていた。だがそれで安心するわけにはいかない。もちろん、魔法具の存在を隠して弟子入りするわけにもいかない。何かで偽装しても相手は専門家だ。すぐにバレるだろう。

魔法使いの弟子になるのは自分にとって、危険すぎることなのだ。有力なコネもない。だからとにかく魔導書を手に入れ、独自に学んでいかなければならない。

レーネの場合はどうだったろう。彼女にはまず、辺境伯という有力者の口利きがあった。そして、彼女が弟子入りした頃はまだ、その身に宿した魔法具のことも風属性の強力なものだろう、という程度のことしか知られていなかった筈だ。少なくとも、彼女を殺せば風の魔法具を奪える、などということを知る者はほとんどいなかっただろう。なぜなら彼女はまだ修行中の、中途半端な実力しかなかった時も、殺されずに生き抜いているからだ。彼女はいろいろと幸運に恵まれていたのだ。

風の魔導書を手に入れ、呪文や魔法具のことなどさまざまな魔法の知識を学び、それから東方の山岳地帯に行って実力を試し、魔獣退治などの冒険に勤《いそ》しむ、というのが筋の通った目標なのだろうが、そうと決められないことが今、辺境伯領で起きている。

東方大山脈の奥地に棲《す》むと言われる伝説の巨龍、赤帝龍が現れた件だ。前に人里まで下りてきたのはおよそ二〇〇年前。なぜ再び現れたのかその理由はわからない。物見遊山ではないが、今赤帝龍を見ておかなければ、次に見ることはもうできないのではないか。地元に住む人々にはお気の毒としか言いようがないが、これを見逃す手はない。今戦っても勝てる見込みはなさそうだが、もし勝てる、逃げ切れる可能性があるのなら、一度勝負してみるのもありかもしれない。

辺境伯領に立ち寄り、遠方からでもいいから赤帝龍を見物してから、聖都に魔導書探しに行く、というのはどうだろう。赤帝龍を退治するために、有力なハンターや魔法使いが集まっていれば、魔導書など魔法に関する重要な情報も得られるかもしれない……。

まぁ、今はまずフロンテーラだ。商会の仕事もちゃんとこなして見聞を広める。大きな街だから本屋があり、魔導書も見つかるかもしれない。

フロンテーラで何か新しい発見があるだろうか？　それを見極めてから、これからのことをもう一度考えてみよう。


途中、イマルに御者の手ほどきを受け、夕方にはブリガール男爵領最南端の村、ファッビオに到着、村に一軒しかない宿屋に宿泊し、翌日にはオーヴェ伯爵領に入った。

ラディス王国は封土を持たない都市貴族も存在するが、基本的には封建体制の国である。領主はみな、自らの領地に対し自治権を有し、中には領境に関所を置いている者もいるが、フロンテーラ街道沿いの主な領主で関所を設けている者はいない。幾つかの小領主の村で、若干の通行税を取っているくらいだ。フロンテーラは王領である。物流都市として繁栄を維持するため、同市に接続する街道に領地を持つ諸侯が、厳しい関税をかけることを王家が嫌っているのは確かなところである。

行き交う商人や旅人をあまり見ず、一方で盗賊や魔獣に遭遇することもなく、無事何事もなくオーヴェ伯爵領に入って三日目。

初日に街道沿いの村の宿屋に一泊、二日目にこの旅で初めて野宿し、翌日の午後、伯爵の居城のあるオーフスの街の手前で、イシュルたちは緩やかな丘陵の上りにさしかかった。

めずらしく道の先に、早めに収穫したのか、刈った麦の束を載せた荷馬車が見えた。街に向かう近隣の農家か、荷台の後ろには男の子がひとり、座っていた。子どもは草笛を吹いている。イシュルたちが追いつき、近づいてくると男の子は草笛を吹くのをやめ、一番前を歩いていたイシュルに話しかけてきた。

「あんちゃんたち、どこから来たの」

「エリスタールからだ」

「ふーん」

子どもはエリスタールを知っているのかどうか、興味なさそうに返事した。

「どこに行くの?」

「フロンテーラ」

「へぇー」

男の子は、今度は眸《ひとみ》を輝かせて言った。

そしてまた、草笛を吹きはじめた。

前の素朴な感じの曲とは違う、流麗な、少し洗練された調べだ。

青く冴《さ》えた空に、小さな草の音が不思議と高く、遠く響いた。

前後に並んで道を行く、二台の荷馬車がちょうど丘陵の頂上にさしかかった時、子どもは草笛を吹くのをやめ、

「この曲は昔、フロンテーラで流行《はや》っていたんだって」

と言って微笑んだ。


……みな無言で誰もしゃべらない。ただ車輪の回り軋《きし》む音と、馬蹄《ばてい》が鳴るだけだ。

穏やかな風が、陽に焼ける野の匂いを運んでくる。

ふと遠く目を向けると、ずいぶんと長い間、坂道を上っていたことに気づく。

「どうだ、凄《すご》いだろう」

ゴルンが横に並び、自慢げに話しかけてきた。

「イシュルは初めてだったね。この景色」とイマル。

そこは上りの終わった、丘の頂上だった。行く手には、壮大な風景が広がっていた。

見渡す限りどこまでも平原が広がっていた。街道の先にはしばらく、この丘より標高の高いところはないようだ。

濃い緑の帯は森、黄色い帯は麦畑、陽光を反射させて輝いている銀色の曲線は河川だろう。平原の中央に見える白と明るいグレーの複雑な輪郭の固まりは、オーヴェ伯爵の居城があるオーフスの街だ。その先にも

点々と、集落らしきものが続いている。

そして、さまざまな緑の織りなす地平線の彼方は青白く霞《かす》み、靄《もや》の中に消えていく。おそらく、あの靄の中にフロンテーラがあるのだろう。

地は広く、空は高い。丘の下からあの、陽に焼けた風が吹きつけてくる……。

丘の上に佇《たたず》むイシュルたちを置いて、子どもを乗せた荷車が平原の中へ下りていく。

子どもの吹く草笛の音が、風に乗って微《かす》かに聞こえてきた。

［二］

翌日、オーフスの街に着いた。

オーフスは、領主のオーヴェ伯爵の居城があり、伯爵領の首府となっている。市街はエリスタールよりやや小さく、街の中央を南北にフロンテーラ街道が通っている。伯爵の居城は街道からそれた市街の南西にあり、街のどこからでも見える。小高い丘の上にあって周囲に城壁を巡らしているが、天守に当たる城館は四階建ての瀟洒《しょうしゃ》な建物で、四隅に生える城塔も細く華奢《きゃしゃ》なものだ。貴族の邸宅としては相応であっても、丘上の城という、堅固な軍事拠点の印象はなかった。

イシュルたちは、街道に面した神殿前の広場からひとつ脇道に入った、そこそこのグレードと思われる宿屋に宿泊した。あいにく割安の大部屋はすべて埋まってしまい、イマルとイシュルが個室、ゴルンとビジェクがふたり部屋になった。イシュルの泊まった部屋は個室とはいえ狭く質素なものだったが、ベッドはしっかりしたつくりのもので長旅にはありがたかった。夕食でも久しぶりに、きちんと調理された肉料理を食べることができた。長旅では時に、良い宿に泊まっておいしい食事をとり、酒を飲み、疲れを癒すことも肝要だ。

食後は酒盛りになったが、イシュルはあまり飲み慣れていなかったので、果実酒を水で薄めてちびちびと嘗《な》めるように飲んだ。当然のごとく、この世界には飲酒の年齢制限など存在しない。子どもにきつい酒は飲ませない、くらいのものだ。ゴルンは酔うと饒舌《じょうぜつ》になり、幾分陽気になったイマルと話が弾んでいた。

ビジェクは相変わらず寡黙で、だが酒は好きなようで黙々と杯を口に運んでいた。

イシュルはゴルンとイマルの会話に交じりながら、ちらちらとビジェクに視線を向け、その様子を観察していた。

……彼は無口でおとなしく、最初は印象の薄い感じだったが、一緒に旅すると何事にも真摯で実直、と同時に油断ならない一面もあるのがわかってきた。

馬の面倒もよく見てくれ、野宿をする時にはその準備を率先してやるし、夜の見張りもうたた寝など一切せずにきっちりこなす。黙々と与えられた仕事以上のことをやり、とても真面目な人物だと感心していたのだが、一方で何でもない昼間の移動時に瞠目《どうもく》するようなことが起こった。

移動時はビジェクは何もしゃべらず、ぼーっと前を向いて眠そうに眸をすぼめ、日没までずっとそのまま歩き続けるのだが、たまたま彼の後ろを歩きその後ろ姿を見ていると、前、前斜め右、左、近く、遠く、と絶えず微妙に、ほとんどわからないくらいに首を動かして、常に周囲を警戒しているのがわかった。

ある時彼は、そのこまめに動かし続ける頭を固定し、前方の、かなり離れた雑木林の方を見つめた。

……あの木々の間に何かいるのか。

イシュルには遠すぎてわからなかったが、道を歩きながらしばらく見ていると、ビジェクの視線の先、木々の間から狐《きつね》の親子が姿を現したのだった。親狐に子狐が数匹。ビジェクは彼の視覚によるものなのか、何かの直感か、イシュルの風の魔力で感知できる距離よりも、さらに離れた動物の存在を察知したのである。

彼は北の森の、小部族の出身だ。おそらくその弓も含め、狩人としての技量は相当なものがあるのだろう。

イシュルは魔法を使えることを秘密にしている。誰にも知られるわけにはいかない。

油断ならない、鋭い勘や観察力を持つビジェクに、怖《おそ》れを抱かずにはいられなかった。


翌朝、イシュルが宿の一階にある食堂兼ロビーに下りてくると、意外にもイマル以下全員がすでに顔を揃《そろ》えていた。

イシュルは、昨夜は早々に部屋に戻って寝床についたが、ゴルンらは相当遅くまで飲んでいた。酒が入ってもしっかりしていて、酒量も底の知れない感じだったビジェクはともかく、ゴルンやイマルはてっきり遅れてくるかと思ったが、ふたりとも朝早くからしっかり起きてきた。だが、やはりというかどちらも顔色がすぐれない。

「二日酔いですか」

と訊《き》くと、ふたりは表情を曇らしたまま、首を横に振った。

「ちょっと悪い噂《うわさ》を耳にしてね」

イマルが心配そうに言うと、

「クシムの銀山が何日か前に赤帝龍に襲われたらしい」

と、ゴルンも同じ心配そうな声音でイマルの言を引きついだ。

「赤帝龍⁉」

……赤帝龍出現の噂は、少し前にシエラから聞いている。彼女は確か、その巨龍が辺境伯領に現れたといっていた。

クシム銀山は辺境伯領にあるのだ。

「よりにもよって、あの銀鉱山が襲われたのか」

イシュルは口の中で、呟くように言った。

クシム銀山は、王国の屋台骨を支えているといっても過言ではない、重要な銀鉱山である。領内南東部の山岳地帯にあり、鉱区は聖王国にもまたがっていて、広域に分布している。

クシムから産出する銀だけで、大陸全域で産出する銀の半分を超える。周辺の山岳地帯に魔獣討伐の賞金稼ぎ、ハンターや傭兵《ようへい》らが多く集まるのは、魔物が人里に下りてくるのを防ぐことよりも、銀山の防衛がその主たる理由である。クシム銀山を直接運営する辺境伯と御用商人、鉱山ギルド、それらを保護する最大の鉱業権者でラディス王家、それにオルスト聖王国側でも、彼らを集めるために多額の資金を投入していた。

イマルとゴルンが深刻そうな表情をしているのも、クシム銀山が赤帝龍に襲われ大きな被害が出たり、巣をつくるなりして居座られたりすれば銀の産出が止まってしまい、辺境伯が窮地に陥るのはもちろん、王国全体の経済に大きな影響が出るのを心配してのことだった。銀の採掘が止まれば、国内の景気が落ち込むのはもちろん、国力自体も削《そ》がれることになるだろう。農家はともかく商人やその護衛をする傭兵にとっては、深刻な問題だった。

ただ、赤帝龍がすぐにでも別のところに行ってくれれば、被害は最小限で済む。途方もなく巨大で強いらしく、人間の力でどうにかできるわけでなし、すべては赤帝龍次第、完全に運まかせだが。

「まだ詳しいことはわからないんだけどね」

と、イマル。

昨晩、あれからイマルやビジェクが自室に去った後、ひとりになったゴルンは、彼と同じ居残っていた同業者と一緒に飲み、その男から赤帝龍がクシム銀山に出現した話を聞いたのだった。赤帝龍が銀山で何をしたのか、被害の大きさなどはわからないが、辺境伯領では騒動になっているという。

「とりあえず、フロンテーラへ急ごう。フロンテーラに着けば、より詳しいこともわかるだろう」

イマルがイシュルらを見回して言った。

「……」

イシュルは頷《うなず》きながら、視線を素早く左右に走らせた。

宿の食堂には他に、行商人らしい男たちが何組かいた。彼らが何を話しているか、まさか同じ赤帝龍の噂話でもあったというのか、イシュルはいつの間にか、室内が重く緊張した空気に覆われているのを感じた。

男たちの不安や恐怖が赤帝龍によるものだと、はっきりとわかった。

その後、一行はオーフスを出発、南下を続けた。翌日にはオーヴェ伯爵領を抜け、その後騎士爵を持つ小土豪の領地を幾つか通過、途中豪雨で二日間足止めされ、六日後にシーノ男爵領に入った。

赤帝龍が銀山を襲った話を聞いてから、みな心なしか足を早め、途中雨に降られた日もあったが、旅程はここまで予定より幾分早く、順調に来ていた。

しかし、シーノ男爵領での宿泊地、セニト村まであと一〇里長《スカール》（六〜七キロメートル）ほどのところで、ついに魔獣と遭遇することになった。周囲はまだ畑も人家も見えない、人けない草原だった。街道の左手、少し高台になった雑木林から、白い狼《おおかみ》のような動物が三匹、姿を現した。最初に気づいたのは案の定、ビジェクである。

時刻は夕方近く、暗くなる前に村に着こうと一行が急ぎはじめた時、ビジェクが急に立ち止まった。

「どうした？」

ゴルンがすかさず訊く。

ビジェクは無言で、前方やや左側の遠方を指さした。

「遠いな。おそらく……赤目狼だな。ありゃ」

ゴルンが片手を額にかざして言った。

かなり遠く、以前にビジェクが狐の親子を見つけた時と、同じくらい離れている。距離はおそらく、六〇長歩《スカル》（約四〇〇メートル）以上はある。三匹の赤目狼は、西に傾いた夕日を受けて白く輝いて見えた。じっと動かずにいて、おそらく彼らもこちらを見ている。

腹が満たされているのか、距離があるからなのか、以前の大牙熊のように一心不乱に向かってくる、という感じはない。

この距離では相手が激しい動きをしていたり、魔法を発動でもしていない限り、イシュルの能力では感知するのが難しくなってくる。

イマルも馬車を止め不安そうに見ている。馬は落ち着かない様子だが、今のところそれほど怯《おび》えていない。

そこでビジェクがおもむろに弓を構え、矢をつがえた。仰角を四〇度くらいに上げ、本気で赤目狼に当てようとしている。

「おい、いくら何でも無理だろう」

ゴルンがビジェクに声をかける。

……確かにこの距離は無理だ。ただ、届かなくとも赤目狼の近くに落ちれば、威嚇にはなるだろう。

ぎりぎりと弓が鳴り、ビジェクの露出した上腕から筋肉が盛り上がる。

矢尻の先は空高く、遠くを指している。

すかさずイシュルも上空に風を集めた。気圧を高めた空気の弾をつくる。ビジェクの矢がどこまで届くかわからないが、地面に刺さる同じタイミングで着弾させ、赤目狼に対する威嚇の効果を上げようと思った。あの距離はイシュルの魔法の「手」が抜けて、魔法の効果もほとんど消えてしまうぎりぎりの距離だ。

耳元でヒュン！　と音がした。ビジェクが矢を放った。

ついでに飛んでいく矢に後ろからかるく風を当てる。多少は飛距離が伸びるだろう。不自然に見えないよう、慎重にやる。

矢は山なりに高く上がると、今度は落下しはじめる。飛距離がぐんぐん伸びていく。上空に待機させていた空気の弾を、タイミングを見ながら後方から追尾させる。

弾の動きを少しずつ調節していき、ビジェクが放った矢の落ちる辺りより少し先へ、赤目狼の足元に落とした。途中で魔力の「手」が離れてしまったため、気圧が下がりたいした威力はない。赤目狼の一匹がかるく前足を上げ後ろに飛びのいたようだ。ちょっと驚かせたくらいの感じか。ビジェクの矢はその直前に、赤目狼より少し手前の草地に刺さった。うまくいった。いいタイミングだ。

三匹の魔獣は、こちらをちらちら見ながら林の奥に姿を消した。

彼らは俺の魔力を感じ取ったろうか。

あの三匹からはまだ距離があったからか、戦意や殺意、あるいは食欲のようなものは感じ取れなかった。

「よし、やつらは逃げていったぞ」

ゴルンがうれしそうに叫ぶ。

「よくやったビジェク」

「凄いなぁ」と、イマル。

「赤目はたとえ三匹でも、強敵だからな」と、続けてゴルン。

「凄いですね」

イシュルがビジェクに声をかけると、じーっと無言で、見つめ返してきた。

……まさか気づかれたか？

その後もいつもと同じ、ビジェクは無言だったが、自分に何度も視線を向けてくるのを感じた。

しばらく、彼の方に顔を向けられなかった。


セニト村で一泊し、いよいよフロンテーラまであと数日、シーノ男爵領と王領の境を流れる川の手前で、イシュルたち一行は突然、足止めをくらった。

道の先、川にかかる木造の橋の手前に丸太で組んだ柵が設けられ、その傍《そば》に六角形の大きなテントが設置されていた。テントの上にはエンジの地に金の縁取り、中央に左右から獅子《しし》が王冠を捧げ持つおなじみの絵柄、ラディス王国の旗がひるがえっていた。

テントの前には一頭、立派な体格の馬が繋《つな》がれ、その右側、少し離れたところに荷車が一台、道からそれて草叢《くさむら》の中にも一台見えた。草叢の荷車の方には近隣の行商の者か、薄茶のマントに白い帽子をかぶった男が腰かけ、細長い木のパイプをくわえ、煙草を吸っていた。

付近に兵隊か役人か、王国に関係する者の姿は見えない。

「何だか、まずいことになってるみたいだな」

ゴルンが呟《つぶや》いた。

［三］

その後イマルが他の、待ちぼうけをくらっている商人に話を聞いてきた。

「三日ほど前に、この先にあるラジド村がドラゴンに襲われたらしい。フロンテーラに駐留している王国軍が討伐に出動してきている。街道はここから先、フロンテーラまで封鎖されているって」

「ドラゴン？　まさか赤帝龍が……」

「いやいや違うよ。ふつうの龍、火龍って言ってたな。ふつう、って言ったって凄くでかくて強いんだろうけど」

イマルがため息をつく。

ラジドというのはこの先、フロンテーラの手前の街道沿いにある村だ。川を渡って一五里長《スカール》（約一〇キロメートル）ほど先にある。

王国軍がその龍を討伐するか、どこか遠くへ追い払うかしないと、街道の封鎖は解かれないだろうということだった。

イマルの説明に、イシュルも顔を曇らした。

……大変なことになった。

幼い頃はドラゴンといえば、胸躍らす夢のような存在だったが、こうして危険な魔獣として実際に接すると、とてもそんなふうには思えない。

「火龍ってのはな、大きさはまぁまぁって感じだが、口から火を吹くし、鱗《うろこ》も固い。もちろん空も飛べるしな。軍隊が出てきたってすぐには倒せないぞ。やばくなったら飛んで逃げるしな」

とゴルンが解説してくれる。

「飛んでどこか遠くに行ってくれれば、それで終わりとかになりませんか？」

イシュルが質問する。

「そうもいかねぇ。あいつらはな、一度人里に来ちまうと、大抵は居ついちまうのよ」

ゴルンがイシュルに厳しい視線を向けてきた。

「あいつらは、人間より牛とか馬とか、家畜を襲うんだがな、一度その家畜を食っちまうとその味を憶《おぼ》えちまうんだよ。馬は知らねぇが、よく肥えた牛や豚はそりゃああいつらにとってもいいご馳走《ちそう》だろう」

ゴルンは顔を歪《ゆが》めた。

「それでやつらは人里から離れず、村々を飛び回っては家畜を襲い続けるようになる」

その後、テントから出てきた王国軍の兵士に事情を聞いても、詳しいことはわからなかった。ただ、ラジドに現れた火龍を討伐しない限り、街道の封鎖は解かれない、このことは上からの命令だそうで、イシュルたちはフロンテーラを目前にしてこの先、一歩も進めなくなった。

一行は仕方なく、荷車を王国軍のテントから少し離れた下流の川端、背後に木々の茂った辺りに移動し、数日野宿して様子を見ることにした。同じ考えなのか、近くには以前から停《と》まっている荷車が見えた。積んでいるのは麦わらの束で、火龍に襲われたラジドに運ぶ予定のものだったかもしれない。人の姿は見えなかった。麦わらの束を盗んでいく者などそうはいない。

商人見習いのイシュルは、こうしてただ待つだけの間も炊事洗濯や薪《まき》拾いなど仕事に追われていたが、時間ができると封鎖された街道に出て、王国軍のテントやその先に広がる野原を観察していた。

……風魔法の感知力を使っても、特に気になる動きは感じ取れない。風の魔法具といえども、限界はある。その範囲は屋外で半径八〇〇長歩《スカル》（五〇〇メートル弱）ほどだ。

せっかくだから、その火龍とやらを何とかこの目で直接見たいのだが、ラジド村はもっと先、当然その龍《ドラゴン》も王家の軍隊も、その存在を毛ほどにも感じることはできない。

村域はかなり広いらしいし、火龍は空を飛べるのでどこへでも、高速で遠距離を移動できる。

まさかイマルたちと分かれて行動するわけにはいかないし、この待ちぼうけが仮に何日か続くとしても、長い時間、荷の傍《そば》を離れるわけにはいかない。つまり何か、例えば最新の火龍の位置だとか、確かな情報を得なければ動くに動けない。

その情報も、ただ待っているだけではどうしようもない。他所《よそ》者の旅の商人では、火龍が退治されるか、どこかへ逃げてしまうか、すべてが終わって街道の封鎖が解かれるまで、何も知ることができないかもしれない。

火龍の捜索に充てられる時間はどれくらいだろうか。何か理由をつけて、ひとりで単独行動できるのは長くとも半日程度、みんなに気づかれない、目立たない夜中の、それも自分の見張りの時間に抜け出すのがベストか。

となると、風魔法の感知力を働かせ、魔力のアシストをつけて高速で移動しても、とても十分な捜索の時間は得られないだろう。

ラジド村周辺を一定の範囲で区分けして、ひと晩ごとに捜索していくしかないか。

果たして逃げてしまったり、退治される前に火龍を見つけることができるか、完全に運次第、になってしまうが……。

もうひとつ問題がある。それは、もし運よく火龍を見つけることができたら、どうするかである。

どんな状況で遭遇することになるか、それはわからないが、いい力試しの機会にはなるだろう。できるなら、いや、ぜひ戦ってみたいのだ。

子どもの頃、ファーロに読み書きを教えてもらおうと、頼みに行った時のことを思い出す。

この転生した世界に、本物の龍がいることを初めて知った、あの不思議な気持ちを今でも覚えている。

そんな龍と戦う日がついに到来した、のかもしれない……。

と、そこでいつの間にか、目の前にビジェクが立っていた。

じっと、真正面からこちらを見つめてくる。野宿に欠かせない小枝を、両手いっぱいに抱えている。

王国軍のテントは今日も人影がなく、旅人も荷馬車も来た道を引き返したのか、街道にも人けがない。

日差しが妙に暑い。地面に落ちた影が真っ黒だ。

……今回は、おとなしくしていた方がいいか。

イシュルは首をすくめ、視線をそらした。

ビジェクに何だか、すべてを見透かされているような気がした。


それから数日間、何も起きず街道は封鎖されたままだった。

あれから特に追及してくることはなかったが、イシュルはビジェクを警戒して、夜の捜索に出かけるのを控えていた。

日にちが経つにつれ、みなイシュルの仕事を手伝うようになり、ビジェクは薪集めの他に水汲《く》みや馬の世話、炊事はイマルとゴルンも交代でやるようになった。それからイマルとゴルンのふたりは、沿道に増えはじめた荷馬車にたむろする商人や、テントにいる兵隊から話を聞き、情報を集めてくるようになった。

念のため塩や干し肉、芋やパン、酒なども途中、街で補充してある。街道を封鎖され、野宿を続けることになってもしばらくは食っていける。

夜はみんなで火を囲んで飯を食い、時々酒も飲んだ。酒が入るとゴルンが中海の都市国家、ブラガで傭兵をしていた頃の話をたくさん聞かせてくれ、夜話の一席はゴルンの独壇場となった。

だが、街道の封鎖は解かれずついに一〇日ほども経つと、いつもほがらかなイマルの顔つきが変わってきた。これからどうするか、このままここで待ち続けていいのか。一旦オーフスまで戻って西へ大きく迂回《うかい》することも検討されたが、そうなると当然、相当な時間がかかってしまう。フロンテーラに着く頃には、秋も半ばになるだろう。しかも、迂回途中で、例えばオーフスに到着する辺りで火龍が討伐され、街道の封鎖が解かれたりしたら、ただバカを見るだけになってしまう。

迂回する案は早々に破棄され、結局このまま、もうしばらく待つことになった。


ちょうどその頃、一日中雨の降る日があった。雨が降ると、荷車の荷物の上に被せている大きな布に紐《ひも》を渡し、四隅を木々の枝に結びつけて即席の屋根をつくる。そこに荷車の荷台を入れ、みんなで膝を抱えてからだを寄せ合い、その屋根の下で日がな一日何もせずに過ごすのだ。

布を張る時は、たまった水が一カ所に落ちるよう傾けるのがコツである。その下に空いた壺《つぼ》や、木樽《きだる》を置いて雨水を溜めておく。ためた雨水は一度沸かして飲み水にしたり、料理に使う。

イシュルは壺に落ちる雨水の水滴をぼーっと見つめながら、同じく所在なげに隣に座るイマルに話しかけた。

「火龍がこんなところに出てきたのも、やっぱり赤帝龍がクシム辺りまで、出てきたせいなんですかね」

「前にセヴィルさんが言ってたやつ？」

「ええ」

「まぁ、関係ないとは言えないよね。他の魔獣も以前から増えてきてるんだし」

火龍はその名の示すとおり、火属性の魔法を主に使う。赤帝龍はその親玉、王様みたいな存在だろう。赤帝龍の動きが今回の火龍出現の騒動に関係しているのは、間違いないのではないか。

「イマルさんと坊主の話してること、何となくわかるぜ」

後ろであぐらをかいてたゴルンが話に割り込んできた。

「俺は東の山の方は詳しくは知らないがな、魔獣が里に出てくる時は、その魔獣たちの主、王様みたいのが動き出す時と、数が増えすぎて新しいエサ場が必要になる時と、大きくふたつに分けられるんだ」

ゴルンは胸を張って鼻をうごめかした。

「だからな、人間と魔獣は、陣地取りをいつまでも続けていかなきゃならないのさ。弱い魔獣しかいないところ、数が少ないところは俺たちのものになる。強い魔獣がいる、数が多いところはやつらのものになる」

「なるほど。我々が東の山々を越えて先に行こうとしないのも、魔獣が多くて、その親玉に赤帝龍がいるからってことなんですね」

イシュルが何げなく言うとゴルンは重々しく、もっともらしく頷いた。

「まぁ、そういうことなんだろうな。赤帝龍なんてあまりに恐ろしくて、そんなやつの近くに住むなんて、とてもできねぇ」

自分で言っておいてなんだが、実際はそうではないだろう。赤帝龍や魔獣の存在も原因のひとつではあるだろうが、東の山岳地帯への進出が進まないのは、地形や気候上の問題に加え、大陸平野部の人口に比較し、農作物の生産高に余裕があるからだ。

この世界は、前の世界の例えば中世期のように、人の寿命が短くはない。農作物の生育が良く収穫量が多い。飢饉《ききん》などは滅多に起きない。疫病もあまり流行らず、人間の基本的な生命力が強いということなのか、老齢になるまで病気になることが少ない。

なのになぜ人口爆発のようなことが起きないのか。それは医療技術が未発達で、一度重い病気をしたり大怪我《けが》をすれば、神官による治癒魔法など希少な例外はあるものの、効果的な治療ができず傷病者の死亡率が高くなってしまうことと、より根本的な原因、子どもの出生率がそれほど高くなく、人口が急増する素地がもともとないためだ。どの家庭も大抵は子どもがふたりほどで、三人も四人もいる家は少ない。子どものいない夫婦もめずらしくない。

そこに急激な人口増加が起こるとすれば、それはやはり魔法であれ科学であれ、人類社会の技術を基にした、産業革命のような飛躍的な進歩が契機となるのではないか。

大陸には、ラディス王国をはじめ封建制の王国が数多くある。現在は大規模な戦争こそ起きていないが、互いに対立し緊張状態にある国々は存在する。一方で、厳しい戒律を持つ排他的な宗教は存在しない。

この大陸の文明は、決して停滞を宿命づけられているわけではない。前の世界のように、今後数百年の間に産業革命のような大きな変革が起こる可能性が、ないとは言い切れない。

もし、この大陸で魔法や科学技術の発達による人口爆発が起これば、大陸の人々は魔獣をすべて、たとえ赤帝龍だろうと滅ぼし、気候や地勢上の問題をたやすく克服して、大陸の東の山岳地帯の先へも、西の大海の先へも進出し、世界へ広く拡散していくことだろう。

イシュルは壺に落ちる雨水の水滴を、またぼーっと見つめた。

……やがて、魔法だか科学だかが高度に発達して、前世のような世界になっていくのだろうか。

それはつまらない雨の日の、なぜか物悲しい気分になる小さな思索だ。

前の世界を知る者にはいちいち考えるまでもない、繰り返される未来だ。

でも、心の意識しないどこか奥深くで、多分この世界はそんなことにはならない、起こるようにはなっていない、と漠然と感じるもうひとりの自分がいた。

ふと気づくと、雨水がいっぱいにたまり、壺から雨水がこぼれ落ちている。

イシュルは腰を上げるとその壺を、隣に置いてあった空の木樽にさしかえた。


封鎖も一〇日を過ぎると、道沿いは同じ足止めされた商人たちの荷車で混雑してきた。多めに確保していた食糧もなくなり、イシュルはビジェクとセニト村まで何度か、食物の買い出しに出かけた。それもさらに五日ほど経つと村の方から、立ち往生している商人たちのために食物や雑貨を売る行商がやってくるようになり、イシュルたちはセニト村まで買い出しに行く必要がなくなった。

それからさらに数日後、イシュルは洗濯や水汲みなどその日の日課を早々に終わらせ、荷車の傍にある木陰でゴロ寝していた。一応、荷の見張りも兼ねてはいた。

周りはイシュルたちと同じ、封鎖が解けるのを待つ商人らの荷車やテントで埋まり、まるでキャンプ場のようになっている。

ビジェクは朝から馬を連れ、水をやり、草を食わせにどこかへ行ってしまった。イマルはご近所で顔見知りになった商人のところへ、情報収集という名目の歓談に行き、ゴルンは同じように仲良くなった傭兵のところへ行っている筈だ。

イシュルは昨晩、ゴルンが話してくれたブラガで傭兵をしていた頃の話で気になることがあって、今日もたっぷりとある暇な時間を使ってじっくり考えようと決めていた。

木陰の中で思索の底に沈もうとしていた時、イマルが小走りでイシュルの許へやってきた。見開かれた目にばたばたした手の動き、少し慌てている。

「ねぇイシュル、いい話を聞いてきたよ。王家は何日か前に宮廷魔導師を寄越して、その魔法使いがさっそく火龍に深手を負わせたらしいんだ。火龍は空を飛べなくなって、王国軍に追いつめられているらしいよ。やっとだねぇ。そろそろ封鎖も解かれるよ」

イマルの話は、イシュルの考えごとをきれいさっぱり、一瞬で吹き飛ばすほどのものだった。

【幕間《まくあい》】夜話

ブラガの囚われの姫

【幕間《まくあい》】夜話　ブラガの囚《とら》われの姫

なんだよ、坊主。

もう、おもしろい話もネタ切れでしょう、だって？

とんでもない、俺さまをなめるなよ。今晩は、今までずーっと大事にとっておいた、とっておきの話をしてやろう。

当時はブラガじゃ大いに盛り上がった話だからな。あの頃は本当のことも、うそっぱちも、尾ひれはひれがついていろんな噂がブラガ中を飛び交っていてな。俺さまも当事者のひとりだったからには、今日はたっぷり、くわしく話してやろう。

え？　いやいやイマルさん、そんなことはないですよ。今日のお話はただのばか話じゃねぇ。もちろん、へへ。下品な話もなしだ。


あれはな、もう一〇年以上も前の、いやもっと昔の俺がまだ二〇歳《はたち》過ぎの、若造だった頃だ。

当時俺は、ブラガの港を守る、アグスティナって岬の先っぽにある大きなお城に雇われていてな。その城の名もアグスティナ城っていって、岬の断崖絶壁の上にそびえ立つ、中海じゃあ知らぬ者のいない有名な城だった。

お城は、岬の上からなお高い城壁で囲まれていてまさに難攻不落、それでいて青い海と空に真っ白な城壁がよく映えてな、高い塔が幾つも立つ美しい城だった。

その城の下、岬のへりには小さな港があった。大小一〇隻くらいの軍船がいて、もともとアグスティナ城はその港を守るためにつくられた城だった。

まぁ、俺は陸《おか》の上専門でな。軍船に乗ってる港のやつらとはあまりつきあいがなかったけどよ。

で、俺はその頃、城に傭兵として雇われて丸五年、城塔の守備隊の副隊長をやっていたんだ。

ん？　若いのに凄いって？　そりゃあそうだろう、俺さまは優秀だったからな。へへ。

まぁ、実のところ、副隊長は何人かいてな、俺もそのうちのひとりだった。副隊長はそれぞれひとつずつ城の塔の警備をしていて、俺は五人ほど部下をつけてもらってな、お城で一番きれいな塔、白鷺《しらさぎ》の塔と呼ばれてたんだが、その白鷺の塔の警備とほかに雑用なんかもやらされていたわけだ。

その塔には、ヘリタっていうな、海向かいの大陸ベルムラにある、ギビクっていう小国のお姫さんが囚われていた。

ブラガの隣にカエタノといって、ブラガと同じ商売で食ってる、仲の悪い国があるんだが、そこの王子様にギビクの姫さんが輿入《こしい》れする時、アグスティナ城の軍船がその姫さんの乗った船を襲ってな。

ギビクの船にはなかなか手強い兵が乗っていてかなり手こずったらしいが、乱戦の中、軍船のやつらがうまく姫さん付きの女官を人質にとることに成功して、その姫さん直々の命令でギビクのやつらは降伏した。それで姫さんと付き添いの女官や家臣らを捕らえて城に連れ帰ったのさ。

アグスティナ城の城主マルスラン大公、ブラガの王様の伯父に当たる人だが、こいつがどうも誰かのたれ込みか何かで、その船にギビクのお姫さまが乗ってることを知っていたらしい。初めからその姫さんを横取りするつもりで、城の軍船に襲わせたんだろうな。

最初はギビクのお姫さまを捕らえて、カエタノかギビクに身代金でもふっかけるつもりだったらしいが、この姫さんてのがえらい別嬪《べっぴん》でな。小麦色の肌に流れるような銀髪の、異国情緒たっぷりなベルムラ美人の見本、みたいな人だった。で、大公さまはその姫さんに一目惚《ぼ》れ、もうぞっこんになっちまった。

それから大公は、俺さまの守る、城でも一番美しく高い塔、白鷺の塔にその姫さまを閉じ込めて、何とか自分のものにできないかと悪巧みをはじめた。

姫さまに付き従ってきた女官や家臣、小者たちはみな牢屋《ろうや》に入れられ、その後娼館《しょうかん》や鉱山、港の労働奴隷として売られるか殺されてしまったが、ひとりだけ、姫さまに付き従ってきた家臣に姫さまの従弟《いとこ》に当たる少年がいてな、この少年を姫さまがとてもかわいがっていたことを知った大公は、ヘリタ姫にある取引をもちかけた。

少年を奴隷に売ったり殺したりしない、それどころか余の家来としてとりたててやるから、余の愛人になれ、とな。

姫さまはその取引を受け入れた。少年は大公さまの家臣となった。だが家臣なんてのは名ばかり、アグスティナの軍船に乗り込む兵隊の十人隊長になっただけだ。まぁ、俺と同じようなもんよ。しかも城務めと違って、船に乗り込むやつらはいつも危険な目に遭ってるからな。

な？　大公ってのは嫌なやつだろう。あいつは、城がブラガの王宮から離れているのをいいことに、女はとっかえひっかえ、酒が入れば気に入らない家臣をいじめ倒し時には殺しちまう、本当にいけすかねぇ嫌なやつだった。

しかも大公は、ヘリタ姫に取引を持ちかける一方で、その姫さまの従弟の少年にも取引をもちかけた。姫さまを牢獄に入れるのは勘弁してやる、賓客として扱ってやるから、俺の部下になって必死に働け、とな。少年はアグスティナの軍船に襲われた時最も手強く戦ったらしい。大公も使えるやつ、と踏んでいたんだろう。もちろん少年も大公との取引を受け入れた。

マルスラン大公は、こうしてふたりを騙《だま》して手玉にとり、自分のいいようにやっていたわけだ。

ある時、ブラガの商船がヒュドラに襲われてな。ヒュドラってのは、首が九つある海蛇のお化けみたいなやつだ。あそこら辺では一番恐ろしい魔獣だ。数は少ないが、運悪く出くわしたらもうお終《しま》いだ。小さな船なら簡単に沈めちまうからな。こいつの討伐に、アグスティナ城の軍船もかり出されることになった。

それでヒュドラが時々襲ってくる漁の時に、近場で張ってやつが現れるのを待つことにした。

ヒュドラはよく、漁師の獲《と》った魚を網ごと食いちぎって丸ごと持っていっちまう。頭の数が多いから、それを一度に何カ所もやられる。やられた漁師はたまったもんじゃねぇ。ヒュドラはほんと、漁師どもにはとても嫌われ、恐れられていた。

数日後、読みどおりにヒュドラが漁師らの舟を襲ってきた。化け物が流し網に首を突っ込んでる隙《すき》に、軍船で取り囲んで何本も銛《もり》を射《う》ち込み、逃げられないようにして数え切れないほどの矢を浴びせ、さんざんに傷めつけたが、さすがに大物、ちっとも弱らねぇ。首がたくさんあって危なくて近づけねぇもんだから、なかなか致命傷が与えられない。こちらも怪我人が増えてきてな、さてどうしようかって時に、軍船の十人隊長になってたあの少年、姫さまの従弟のやつだ、その少年が大振りのナイフを一本口にくわえてひとり海に飛び込んだ。

少年はまずヒュドラの正面の水中から、目にも留まらぬ早さで飛ぶように跳躍すると、瞬く間にその道をひとつ、切り落とした。そしてまた水中に潜ると今度は痛みに暴れ回るヒュドラの背に這い上がって、何度も振り落とされそうになりながらも、刺さった銛や槍を摑《つか》み首の方へじわじわと近寄っていった。ヒュドラの首がひとつ少年の方に向かっていくと、それを待ち構えていたかのように少年の持つナイフが閃《ひらめ》いて、またひとつヒュドラの首が落ちた。もうひとつのヒュドラの首が追撃しようとすると、少年はヒュドラのからだを蹴って後ろに大きく飛び上がり、空中で曲芸師のようにくるくると回転して海の中に逃れた。と、今度はヒュドラの左側の水中からもの凄い勢いで飛び出して、また別の首を切り落とした。

そんな感じで少年は、ヒュドラの周りを水の中と外を行ったり来たりしながら飛び回り、その九つの首をすべて切り落としてしまった。今まで見たこともない、少年のあざやかな戦いぶりにもう、軍船の連中も大喜びでな。弱っていくヒュドラに銛や槍も次々と射ち込まれて、ついにやつを倒すことができた。

ギビクの少年は、これでアグスティナの英雄になったわけだ。

あいつは坊主、ちょうどおまえくらいの歳だったはずだ。世の中には凄いやつがいるもんだよな。

それで少年は、マルスラン大公から直々に褒美をもらうことになった。

ヒュドラを討伐して数日後、少年は大公の御前に呼びだされた。褒美は鍵付きの木箱に溢《あふ》れるばかりに入った金貨や銀貨だ。

あっちの方は傭兵が多いからな。褒美といえば金、なのよ。名のある剣だとかマントだとか、爵位とかそんなもんじゃねぇ。金、さ。

少年は大公の前で跪《ひざまず》き、大公が少年の勇気を讃《たた》え褒めそやし、側の者が金の入った木箱を少年に手渡そうとした時だ。少年は、木箱を受け取ろうと腰を上げたと思ったら、どこに隠し持っていたのか小さなナイフを取り出し、もの凄い早さで大公に斬りつけた。胸を、心の臓をひと突きだ。

それはまるで神業のような早さだったらしい。少年はヒュドラを倒した時といい、赤目狼の使う魔法のように、素早く動ける魔法具を持っていたらしい。姫さまの護衛として持たされていたんだろう。

誰もがその瞬間、大公が死んだ、と思った。だが、死んだのは少年の方だった。

大公もな、魔法具を持っていたのさ。

少年のナイフの先が大公の胸に触れる瞬間、本当にぎりぎりの間合いで、大公は左腕にはめていた腕輪に、右手の指先で触れることができた。その翡翠《ひすい》でできた古めかしい腕輪が魔法具で、手で触れると動き出すということだった。

それは人が言うには「鏡の魔法具」と呼ばれていて、自分に向けられた攻撃をすべて、そのまま攻撃してきた相手に返してしまうという、恐ろしい魔法具だった。

……どうした坊主？　難しい顔して。

それで、少年が大公の胸をナイフで刺した瞬間、少年の首飾りの珠《たま》が割れ、胸から真っ赤な血が吹き出して、少年は死んでしまった。大公はもちろん怪我ひとつ負わなかった。着ている服にも傷ひとつつかなかった。少年の返り血で、真っ赤に染まってしまったがな。

少年の使っていた魔法具を奪おうとして、大公は死んだ少年の身に着けているものを調べさせたが、特にこれといったものは見つからなかった。砕け散った、少年の首飾りが魔法具だったんだな。ちょうどあいつが大公の胸を刺した、同じ位置に首飾りの珠があったからな。

少年の死体は城から海へ投げ捨てられた。

ついでに、謁見の場にいた者は口封じのため、大公に代々仕えてきた者とプラガ出身の者を除いてみな殺された。

数日後、城務めをしていた若い女官が城壁の上から海に身を投げた。どうもその女官は死んだ少年と仲が良かったみたいでな、っていうか惚《ほ》れていたんだろう。その女官は少年の後を追ったのだと噂されたが、その頃から城の女たちからいろいろな話が聞こえてくるようになった。特に大公さまの普段のお振る舞いとかな。女たちは少年と身を投げた女官に同情したんだろう。少年は姫さんに似ていい男だったしな。

女たちの話では、少年が大公を殺そうとしたのは、大公が姫さんを愛人にしたのを知ったからだそうだ。

大公の裏切りを知った時から、少年は大公を殺す機会を狙っていた、というわけだ。少年の後を追った女官が、姫さんが大公の愛人にされたことを知らせたんだろう。

それからしばらくして、もっと大事《おおごと》が、大変なことが白鷺の塔で起こった。ちょうど、その日の塔の衛兵は俺がやっててな。夜からは塔のてっぺんの、姫さんの部屋の番をしてたんだ。その部屋の扉の横で、明け方の交代時間までずーっと立ちんぼさ。その日はいつもより幾分早く、宵の頃には大公が姫さんの部屋に渡ってきた。大公が中に入ってしばらくすると、姫さんの甲高い叫び声が聞こえた。

俺が急いで部屋の扉を開けて中に入ると、天蓋のついたベッドの上で、ふたりが中腰になって向き合っていた。

姫さんは、大公が約束を破り少年を殺したことを責め、大公は、少年に殺されそうになったから仕方がなかったんだ、と必死に言い訳して姫さんをなだめていた。

姫さんは両腕で大振りのナイフを握っていて、その刃先は大公に向けられていた。

大公はじりじりとベッドから出ようとする、姫さんがにじり寄る、そこで大公は翡翠の腕輪に手を当てた。

そりゃあ姫さんに色ボケしてようが、自分の命の方が惜しいよな。

大公は腕輪に右手を当てたまま、のっそりとベッドから出てきた。姫さんはその隙をついて大公を刺すと思いきや、意外な行動に出た。

大公に向けていたナイフをいきなり自分に向けて、自ら喉頸《のどくび》を切り裂いたんだ。

わかるかい？

結果、姫さんはまったくの無傷で、大公は首から血を吹き上げるように流して、瞬く間に死んでしまった。

姫さんはその後、塔の窓から身を投げて死んでしまった。

鏡の魔法具には恐ろしい欠陥、とんでもない落とし穴があったのさ。

魔法具を動かすとどんな攻撃も相手に返してしまう一方で、その時に攻撃する側が自分自身を攻撃すれば、その攻撃が今度は逆に、鏡の魔法具を動かした方に返ってきてしまうっていう、本当にとんでもない落とし穴がな。

姫さんがまさかそのことを知っていたのか、思いつきで一か八か、捨て身で試したのか、今となっては誰にもわからねぇ。見たまんま、少年の仇《かたき》討ちをしようとしたが果たせず、大公へのあてつけで、大公の目の前でただ自害しようとしただけだったのかもしれねぇ。


大公の遺体はブラガの王宮に運ばれ王家の墓に埋葬されたが、誰もその魔法具を取ろうとはしなかった。腕輪にさわる者さえいなかった。

そりゃそうだよな。そんな持っているだけで危険な、使い道のねぇ魔法具なんか誰も欲しがるわけがねぇ。

姫さんが城の塔から海に身を投げた数日後には、姫さんの母国、ベルムラのギビクから恐ろしい兵隊が襲ってきてな。一夜にして城は落城してしまった。

ギビクはおそらく粘り強く身代金の交渉をやってたんだろう。だが姫さんが死んでしまい、その甲斐《かい》がなくなった。姫さんの死を知ったギビクの王様は怒り狂って、とっておきの切り札の兵隊どもを城に差し向けたんだ。

夜中に城を襲ってきたやつらは、何艘《そう》かの小舟で城の下の岩場にこっそりと乗り付けた。そして手足に鉄のかぎ爪をつけ、岬の崖を登ってきた。一部の者は城壁も越えて音もなく見張りを倒し、一部の者は岬の陸《おか》の方にある城門を開き、城内に侵入した。音もなく歩く、恐ろしくすばしっこいやつらで、眠っていた城兵たちを次々と殺していった。そして城に火をかけて去っていった。

城主のいない、大公の家臣も去っていった傭兵ばかりの城は大混乱、何もできず大火事になった。生き残ったのは、ギビクの兵隊に襲われることなく、城の火事からも逃げおおせた、一部の女官や下女たちだけだった。

ギビクの兵隊はただ復讐《ふくしゅう》だけが目的だったみたいで、城を奪取してブラガの喉元を押さえよう、なんて気はさらさらなく、城に留《とど》まることはしなかった。

これで俺の話はおしまいだ。

ん？　なんで俺が生きてられたんだって？

そりゃあ、大公が死んだ次の日には俺は城を出たからな。

姫さまと大公が死んだ件で嫌になっちまってな。縁起もよくねぇし、翌朝、お城がまだどたばたしてた時に、半ば逃げるようにしてアグスティナの守備隊を辞めてやったのよ。ブラガの北の、山の方を守る部隊にでも鞍《くら》替えしようと思ってな。

まぁ実は、姫さんと大公が死んだのが白鷺の塔だったからな。いずれ厳しい取り調べがあるだろうと思って、急いでずらかった、てのが本当の話だ。

ほんと、その後に起こったことを思えばまさに間一髪、さすが俺さまの読み勝ち、ってところだよな。

どうした坊主、いろいろ訊きたそうな顔してるじゃねえか。

姫さまに少年の死を教えたのは誰かって？

そりゃあ、側付きの女官や召使いどもだろ。みんなブラガの人間だったが、少年と同じように姫さんも周りから好かれて、同情されていたからな。

ナイフを姫さんに渡したのは誰かって？

そりゃあ、同じ、女官たちだろう。

姫さんの部屋にはベッドと衣装棚くらいしかなくてな。もちろん、ナイフなんて危険なものを部屋に置くのは禁止されていたし、それこそ毎日、俺たち衛兵で確認していたしな。

姫さんは女官からナイフをもらって、その日に事を起こしたんだろう。


今思うとよ、あのきれいなお姫さまは、少年のことを本当の弟のように思っていたんだろうな。

いや、それ以上の気持ちを抱いていたかもしれねぇ。

よく夜になると、塔の窓から海を眺めて涙を流していたが、あの時は故郷が恋しくて泣いてるんだろう、くらいに思っていたんだがな。本当は少年に遭えなくて、そして死んでしまって、それで泣いてたんだろうよ。

大公を殺そうとした少年もきっと、姫さんをな。

少年と姫さんは家臣と主《あるじ》、いとこの間柄だったが、きっと互いに好き合っていたんだろう。

……って、おい、なんだよ坊主。変な顔して。

俺が色恋の話をするなんておかしいか？

違う？　そうだろう、とても儚《はかな》い悲しい物語じゃないか。

でも、まだ訊きたいことがあるって？

しつこいなぁ、おまえも。

仕方ねぇな、言ってみな。

姫さんの部屋に入る、女官の持ち物は俺が調べてたんじゃないか、ってか？

そりゃあ、おめぇ、それは調べる女官が別にいたのよ。

なんだよ、その顔。にやにやしやがって。

ふふ。まぁ、なんだ、そういうことにしといてくれや。

火龍と宮廷魔導師

イマルの話には一点、イシュルにとって衝撃的なことが含まれていた。

……それは、宮廷魔導師のことだ。

「その追いつめられた龍《ドラゴン》と王国軍、この先のどこらへんで戦ってるんですかね」

「さぁ？　火龍に襲われたラジドだったら、ここから一五里長《スカール》（約一〇キロメートル）くらいだけどね」

「ラジドのどこらへん、ですかね」

「うーん。テントにいる王国軍の兵隊さんに訊いてみたら？　でもあの人たちも下っ端だし、詳しくは知らないだろうなぁ」

「今も戦ってるんですかね」

「イシュル……」

イマルは少し呆《あき》れた顔になって、イシュルに諭すように言った。

「ぼくはいろんなことに興味を持つのは、とてもいいことだと思ってるけど、イシュルの場合は魔法とか魔獣とか、危険なものにも興味を持つよね。それもとっても強く。やめておいた方がいいよ、それは。いつか必ず危険な目に遭うことになる」

「はぁ」

ちょっとしょぼくれて返事をしてみせると、イマルはすぐ笑顔になって言った。

「まぁ、イシュルはとっても頭がいいから、ほんとは心配なんかしてないけどね」

……別にとりたてて頭がいいわけではない。人生経験がちょっと長いだけだ。ふたつの世界をまたいでだが。

そこへビジェクが馬を連れて戻ってきた。ちょっと柔らかな顔つきをしている。馬に草を食わせながらのんびりしていたのだろう。

だが、何かに気づいたのか彼はふっと、その緩んだ表情を引きしめると無言で南の空の方を指さした。

川の対岸の雑木林の木々の上に、薄い茶色の砂埃《ぼこり》のようなものが舞い上がってるのが見えた。

そこそこ距離がありそうだ。もわっと、無音で薄曇りの空に広がっている。

「まさか、あそこで?」

あの砂埃のようなものは、あのへんで王国軍と火龍が戦っているということか?

「……木々がざわめいている。龍はまだ死んでいない」

ビジェクは指差した方をじっと見ながら、呟くように言った。

イマルらと夕食を食べながら、イシュルはみんなが寝静まった夜中に、何としても王国軍と火龍が戦っている現場を見に行こう、と考えていた。

周りは足止めをくらった商人たちでいっぱいだ。王国軍のテントがあり、歩哨《ほしょう》も時々見かける。魔物や盗賊を警戒する必要はなく、一行から誰かひとり荷物の近く、荷馬車の荷台で寝るようにしていて、もう夜中に交代で見張りを立てたりはしていない。

……夜中に起きて、そしてどこかへ行ってしばらく帰ってこないことも、イマルやゴルンはともかく、ビジェクには確実に気づかれるだろうが、それで彼に何らかの疑惑を持たれてもかまわない、もうそんなことを気にかけている状況ではないと思った。

火龍はまだいい、だが宮廷魔導師がどんな魔法を使うのか、どうやって火龍を倒そうとするのか、これは是が非でも見ておかなければならないと思った。二〇〇年ぶりに現れた赤帝龍を見ることよりも、今の自分には重要なことのように思えた。

近くで酒盛りでもしているのか、少し離れたところから男たちの騒ぐ声が聞こえてくる。

イマルも、ゴルンも、荷台の上で横になっているビジェクも寝ている。ビジェクの寝息も自然な感じだ。おかしいところは感じられない。

イシュルはそっと起き上がると、下に敷いていたマントを拾い上げた。

だがそこで、やはりビジェクが目を覚ました。異様に敏感なのか勘がいいのか、やはり油断のならない男だ。立ち上がったイシュルを荷台から見上げてくる。イシュルはマントを羽織ると、ビジェクに小さな声で言った。

「朝までには戻ってきます。多分」

ビジェクの返事も待たずに、下流の方へ歩いていく。

……やはりビジェクに気づかれてしまった。だが、でも、そのことはもう気にしないと決めている。ただ、もし明日の朝までに帰ってこられなければ、イマルにも心配をかけることになる。その時はおとなしく、彼に怒られるしかないだろう。

足止めをくらって川沿いに陣取っている商人や荷車がまばらになると、イシュルは風を巻き上げ、かるく助走をつけて三〇長歩《スカル》（約二〇メートル）ほどの川幅を南へ飛び越えた。

対岸に下りると、目の前の雑木林を抜けて街道に出る。怪しい人影はない。そのまま魔法のアシストをつけてラジドに向けて走り出した。

後ろから追い風も吹かせ、体力の消耗をなるべく避けるようにする。月齢は満月に近く、道を照らす月の光が明るい。

道の両側は、時々途切れながらも雑木林が続いている。視界は狭い。

イシュルは何度か大きく跳躍して、空中で昼間に見た砂埃の方に視線を向けた。

ラジド村に入ったのか、走るうちに右手の雑木林が消え、視界が開けてきた。どうやら牧草地のようだ。一面、丈の短い草で覆われている。遠くに家屋のような影も見えた。

今のところ、何かが光ったり、これといった振動や音も感じない。イシュルは走る速度を上げた。

しばらくすると道の左手、雑木林の影の向こうに、空が明るくなっているのが見えてきた。

……あそこか。

イシュルはさらにスピードを上げると大きく跳躍し、道の左側の林の中に飛び込んだ。木々の枝の上を伝って、奥の方へ進んでいく。

やがて地鳴りのような低い音と、キーンと空気を震わす高い音が入り交じった奇妙な音が、木々の間から微かに聞こえてきた。今まで聞いたことのない、生き物の声……。

あれはきっと火龍の鳴き声だ。

今、おそらくこの先で王国軍と火龍がやりあっている。

はやる気持ちを抑えスピードを落とし、声のした方へ慎重に進んでいく。

しばらくすると木々がまばらになり、前方に大きく空気の揺らぐ、ただならぬ気配が押し寄せてきた。やがて視界の左側に火龍と、右側に展開する王国軍らしき兵士たちが見えてきた。

やや王国軍寄りに、そこそこの距離を保ち木々の上を移動する。周囲ではところどころ、小火《ぼや》が起きている。その灯《あか》りに金色の鱗を輝かせて、牛舎だろうか、半壊した細長い建物を背に火龍が踞《うずくま》っていた。明らかにゾウやサイなどより大きい。博物館で見る大型恐竜の骨格に肉付けするとこれくらいの大きさになるだろう、そのままの感じだ。

火龍は片方の翼を怪我でもしているのか、折りたためずにだらりと下げ、長く伸びた首をもたげ、時おり低い唸《うな》り声を上げて王国軍を威嚇していた。

その王国軍側は二〇〇長歩《スカル》（約一三〇メートル）ほど離れて、前面にタワーシールドを並べた重装歩兵が展開し、その奥にかるく散開した弓兵の集団、そしてその間に槍兵や、指揮をとっているらしい騎士の姿がちらほらと見えた。

散発的に火龍に向け矢が放たれているが、とても龍の鱗を貫通できるようには見えず、効果があるとは思えない。火龍の胴体に弓矢や槍は一本も刺さっていないようだ。

ただ火龍は翼の片方をやられ、牛舎と思われる牧畜農家の建物に半ば押し込められ、だいぶ弱っているように見える。牛舎の裏は疎林が広がり、この場所に火龍が追いつめられたのは確かだと思われた。

膠着状態《こうちゃくじょうたい》なのか、今現在双方に大きな動きはない……と思った瞬間、王国軍の、弓兵の集団に隠れた一角から火球がふたつ浮かび上がった。火球はぼーっと炎の爆《は》ぜるような音を立てながら火龍の方へ飛んでいき、その長い首の付け根辺りに命中した。

火球は龍のからだに当たるとぼわっと燃え広がり、不自然とも思える強い火力でその鱗を焼いた。火龍は不快そうに低い唸り声を上げた。その凶暴な音色は、虎や獅子の唸り声の比ではない、今まで聞いたことのない恐ろしいものだった。

火球の浮かび上がった辺りに、それまで目につかなかった黒いフードを被った魔法使いがいた。大きな、うねるような唐草の彫刻がなされた木の杖《つえ》を持っていた。

からだが小さい、子どものような魔法使いだった。

森の魔女、レーネのような年老いた魔法使いだろうか。イマルの言っていたあれが宮廷魔導師なのか。

初めて、魔法使いがそれらしい、絵に描いたような攻撃魔法を使うのを見た。迫力も威力も今ひとつのような気もするが……。しかも火龍に対して、火の魔法なのはどうなんだ?

魔法使いをよく見ると、その横に少し離れて黒いローブを着た、おそらく男の魔法使いが倒れていた。王国軍の兵隊らしき者が数名とりつき、介抱しているようだ。あれは多分、魔力切れのような状態だろう。魔法を使いすぎて昏倒《こんとう》したのか、意識を失った状態のようだ。彼はどんな魔法で火龍と戦ったんだろうか。

と、先ほど火球を放った魔法使いが、両手に杖を捧げ持ち何事か呪文を唱えはじめた。杖の先に、魔力が火のように灯るのがわかる。魔力の密度がどんどん濃くなっていく。

対する火龍も全身に魔力を漲《みなぎ》らせ、首の付け根辺りに集中しはじめた。おそらく火炎を吐こうとしている。

魔法使いは杖の先を火龍に向け、鋭く強い魔力を放った。それは炎となって空中で円錐《えんすい》状に広がり、火龍の手前で渦を巻きはじめ、轟音《ごうおん》を立てながら龍の形になった。炎でできた龍はよく響く、それでいてすーっと闇夜に溶けていくような不思議な声で雄叫びを上げた。

王国軍の兵士たちから「おおっ」と、歓喜と畏怖の入り交じったどよめきが起こった。炎でできた龍は宙に浮き、火龍に向かって突っ込んでいく。

火龍はそこで大きく空気を吸い込み、ためていた魔力を口から放出するように炎を吐いた。その火勢は前世の、何かで見た火炎放射器の炎に似ていた。吹き上がる炎が衰えることなく前方へ、驚くほどの距離を一直線に伸びていった。

火龍の放った火炎はだが、空を駆ける同じ炎でできた龍にぶち当たると一瞬ではじけ飛び、瞬く間に消えてしまった。少し遅れて、異様な熱気がこちらの方まで押し寄せてきた。

魔法使いの生んだ炎でできた龍は、火龍の放った炎にまったくダメージを受けなかったようで、勢いそのままに火龍の首にくらいついていった。火龍も負けじとからだを起こし、炎の龍の首に嚙《か》み付こうとする。

炎の塊が激しく吹き上がり爆ぜる音が、周囲の空気をぶるぶると震わせた。両者は互いの首を狙い、うねるようにからみついて格闘をはじめた。

怒り狂った怪物どもの咆哮《ほうこう》が、夜の森の静寂を突き破り幾度となく耳朶《じだ》を打った。

これが魔法……。

それは今まで知らなかった、自分の行使していた力とは違う新たな魔法の姿だった。呪文を唱え、何らかの規準により魔力を発動することで、魔法はある境界を越え、その先の領域に至るのだ。自然科学の法則に縛り付けられた前の世界の常識を超越し、いわば物語の、空想の世界へと。

もつれあう二匹の龍は、まるで血を飛び散らせるように周囲に炎をまき散らし、渦を巻くように格闘を続けている。

火龍はあの地鳴りのような低い音と、キーンと空気を震わす高音が入り交じった独特の声で咆哮を上げると、再び全身に魔力を漲らせ、炎でできた龍を己が首で万力のように締め上げた。

炎の龍は苦しそうな唸り声を上げると全身を震わし、爆発するように四散して消えてしまった。だが、その散り散りになった炎が火龍に燃え移って、なんと全身を焼きはじめた。燃え上がる業火に包まれ、火龍が苦しそうな呻《うめ》き声を上げげた。

周囲に布陣する王国軍の兵らはみな、その場に佇み呆然《ぼうぜん》とその光景を見守った。誰も矢を射かけ、槍をつける者はいなかった。

木々の切れ目の草原に、巨大な火柱が立ち上った。みな、何かに魅入られたかのように無言で、ただひたすらその炎を見つめた。やがて火龍を覆う炎の勢いが落ち、少しずつ消えていった。

龍の鱗が深紅に輝き、一方でそのからだの至るところから、無数の煙が立ち上っているのが夜目にもわかった。

あの火龍は、すべてを焼き尽くす魔法の炎に見事、耐えきったのだ。

同じ火属性の、しかも火龍をも苦しませる炎など、自然に存在するはずがない。恐るべき火の魔法だった。しかしやはり同じ属性だったためか、手負いであっても火龍は耐えた。討ち滅ぼすことはできなかった。もしあの龍が他の属性であったなら、はるかに大きなダメージを受けただろう。

王国軍には他に魔導師はいないようだ。たまたま火系統の魔法使いしかいなかったのは、ツキがなかったということか。

……とはいえ、あの龍も少なからず打撃を受けたようだ。全身から煙を吹き上げ、紅く熱をおびてその場に苦しそうに踞っている。

と、その時、王国軍の方から兵士らのどよめく声が上がった。みな自陣の一点を見つめ、その先に数名の兵士が頭を突き合わせ、下を向いてかがんでいた。

そこは、あの小さな魔法使いが立っていた場所だった。あの魔導師も倒れたのだ。

炎の龍を生み出し、使役したことで疲労が限界を超えたのか。だが、意識はあるようだ。周りの兵士のひとり、騎士らしき身分の高そうな男が話しかけている。倒れた魔導師の方も頷き、何事か話しているようだ。

対する火龍は踞ったまま、動かない。もし逃げるか反撃するなら今、この時なのだろうが、相当なダメージを負っているのか、反応しない。

……ん？

騎士らしき男が魔導師の肩を抱き、上半身を起こした。その時頭を覆っていたフードが後ろへずり落ちた。

「あれは……」

小柄だったし動きもゆっくりしていたから、てっきりレーネのような老魔法使いかと思ったら、まだ若いというか、子どものような女の子だった。……多分、女の子だ。ボブカットの黒髪に白い肌。眉間に皺《しわ》を寄せ、苦しそうな表情をしている。

あの子、俺より若いんじゃないか。

宮廷魔導師には、あんな小さい女の子がいるのか？　何だか意外な感じがする。

しばらく呆然としていたら、踞っていた火龍が重そうに首をもたげ、魔導師の方を睨《にら》んだ。

少し回復したのか、首の周りに火炎を吐く時に現れる、火の魔力がぼんやりと発光するのがわかった。

火龍は己が生き残るために、まず誰を最初に仕留めるべきか、よくわかっているのだ。持てる力を振り絞って、あの魔導師に火炎をお見舞いしようとしている。

これはまずい……。

あの倒れたふたりの魔導師以外に王国軍側にはもう、魔法を使える者はいないようだ。あの火炎放射を防ぐ術《すべ》は王国軍にはもう、残っていないのではないか。

……派手に魔法を使うわけにはいかないが、とりあえず火龍が火炎を吐くのを邪魔するか。

王国軍に義理立てする理由などないが、目の前で死人が出るのは見過ごせないし、何より火龍を始末しないと、こちらもいつまで経ってもフロンテーラに行けない……。

イシュルはズボンのベルトに刺していたナイフを取り出した。エリスタールで、ジノバの護衛をしていたナイフ使いから奪ったものだ。大きさや重さ、握りの感じなど投擲《とうてき》に適したものだった。

……このまま、木の上から火龍の右目を狙う。距離は約二一〇長歩《スカル》（八〇メートル弱）、本来なら命中どころか絶対に届かない距離だが、もちろん魔法を使って無理やり届かせる。

イシュルはナイフを投げるとその周りに風を集め、火龍の右目に向けて加速させていった。

ナイフはまるで誘導弾のように、不自然な放物線を描き火龍に近づくと、その手前で一直線に加速し右目に突き刺さった。火炎を吐くために集中して気づかなかったのか、火龍はまったく警戒していなかった。

そしてさらに仰向くと、夜空に向かってあの高音と低音の入り交じった、苦しげな叫声を上げた。首筋に集まっていた魔力が消えていく。

そこへ突然、がしゃん、と木と鉄の激しくぶつかる音が響き、王国軍の陣地からほぼ水平に、何か大きい棒のようなものが火龍に放たれた。

それが痛みに首をもたげ、露出した火龍の首の付け根付近に突き刺さった。火龍が今度は、断末魔の低く弱々しい声を上げた。

……あれは矢、だ。対人用ではない、大型の矢だった。火龍の胴体の下側は鱗が薄いか、生えていないようだ。見事に龍の硬い皮膚を貫いた。

陣地の方に目を向けるとバリスタ、攻城戦に用いられる大型の弩《ゆみ》が目に飛び込んできた。わざわざ火龍退治のために運んできたのだろう。あれも初めて見る、とてもめずらしいものだった。王国もただ兵隊を集め、雁首《がんくび》を揃えていたわけではなかった。攻城用の大弩弓《おおどきゅう》を切り札に用意していたのだ。

ふたりの宮廷魔導師は牽制《けんせい》かつ、火龍を弱らせるために戦っていたのかもしれない。火龍の動きが弱まり、弱点の下腹部を晒《さら》す機会をずっと狙っていたのかもしれない。

確かファフニールの龍も腹部が弱点ではなかったか。

大きな槍を首の付け根に受けた火龍は、そこからちろちろと火の燃える、まるで油のような血を流し、踞ったまま動かなくなった。長い首を背の方へ、不自然な形で後ろへ垂れたまま絶命した。

王国軍側から大きな歓声が上がった。それはすぐ、勝鬨《かちどき》の声にとって変わった。

……終わったな。

イシュルが去ろうとした時だった。

誰かに見られている。

その視線は王国軍の方から向けられていた。

凶報

［一］

火魔法を使った宮廷魔導師の少女が、騎士に支えられながら立ち上がり、イシュルを見ていた。

……バレたか？

イシュルは後ろへ大きく飛び退がると、木の枝伝いに急いで来た道を引き返した。

途中、樹上で立ち止まり後方を窺《うかが》う。

……とりあえず、誰かが追ってくる気配はない。

かなり離れていたのに、一瞬目が合ったような気がした。夜だし、こちらのいた方が森の中で暗かったから、顔を覚えられるようなことはなかったと思うが……。

投げたナイフはいい。足がつくことはないだろう。たとえ王家であろうと前の世界の警察組織のような捜査能力などあるはずもない。それは心配していないのだが、こちらの使った魔法を、あの魔法使いの少女に気づかれた可能性が高い。

まぁ、面が割れてなければ大丈夫だろう。

彼女らもいわば王家のお役人だし、しばらくは事後処理で忙しいだろう。

凄いものを見て興奮し気分が高揚していたせいか、何とはなしに楽観的な気分になって、それで片づけてしまった。

イシュルは林を抜け、街道に出ると全速で北上した。

……しかし、ゴルンの話に出てきた鏡の魔法具といい、炎でできた龍を生み出したあの宮廷魔導師の魔法といい、あれじゃあ、もう何でもありじゃないか。自然科学とか、物理法則とか、それって何？　って感じだ。

イシュルは夜の街道を駆けながら、己の頬が緩むのを、次第に笑いが込み上げてくるのを抑えることができなかった。

明け方、まだ暗いうちにイマルたちのところに戻ってくると、イシュルは何事もなかったようにマントを脱ぎ、下に敷いて横になった。

ビジェクは薄目をあけて、帰ってきたイシュルをちらっと見たが何も言わなかった。

朝起きてからも、ビジェクはもちろん、ゴルンもイシュルが夜中、長い間いなくなっていたことに気づいていたようだが、特に何も言ってこなかった。

その日の午後、街道の封鎖が解かれた。

「混んでるなぁ」

イマルがぽつりと呟いた。

そろそろ夕方、ラジド村に入ろうかという辺りだ。街道の右側、西側は木々がまばらになり、牧草地が南の方に広がっているのが見える。

イシュルたちの荷車の前にも後ろにも、他の商人らの荷車が並んでいる。今は止まり、時々動き、少しずつだが何とか前に進んでいる、そんな状況になっている。

封鎖が解かれると、足止めされていた商人の車両がいっせいに動きだしたが、進むうちに自然と車間が広がり、ここまで街道は混み合うというほどでもなく、フロンテーラに向け順調に南下してきた。

それがラジド村に入った辺りで状況が変わった。街道は多くの車両で混雑し、思うように進めなくなった。

この先の街道の左側、東に少しそれた牧草地が昨晩、火龍と王国軍が戦っていたところだ。そこでは今朝方から、おそらく倒した火龍の解体や、その場で負傷者の治療なども行われ、付近の道はまだ、王国軍の輜《し》重《ちょう》関係の車両で埋まっていることだろう。

さらに火龍が討伐されたことで、フロンテーラに逃れていたラジド村の人々も村へ戻ろうとしているはずだ。

数は少ないが、北のセニト村に避難していた人もいたようで、時々、子連れの夫婦が大きな荷物を背負い、イシュルたち商人の車列を追い越していった。

「こりゃあ、しばらくかかるな。今日は行けるところまで行って、そこで野宿だ」

と、ゴルン。

「戦争になるとこんな感じになる。火龍討伐は戦争と変わらない、ってこった」

街道の車列は今のところ、ほんの少しずつだが一応、前へ動いてはいる。

イシュルは朝からいつもの雑用を、街道の封鎖が解けてからは出発の準備をやりながら、昨晩のことをずっと考えていた。

火龍と王国軍、というよりは火龍と宮廷魔導師の戦い、そしてあの魔導師の少女の使った魔法についてだ。

……彼女によって生み出された炎の龍、あれはいったい何なのか？

単純に、〝使い魔〟を召喚した、という見立てでいいのだろうか。

仮にそうだとして、彼女はどうやってあの炎でできた龍を生み出したのか。どこから呼び入れ、招き、連れてきて、あるいは創り出したのか。

それは魔法だ。

この世界には魔法が存在する。あるいは超能力、異能、と捉えてもいいかもしれない。

魔法で呼び出すものなら、それはやはり使い魔、と言ってもよいだろう。

この世界には魔物、魔獣も存在する。あの炎の龍はそれら、何かの魔物、精霊のような存在で、あの少女に使役される立場にあるわけだ。

あの使い魔を呼び出す、召喚するのにも魔法具が必要で、それはあの大きな木の杖だった。

……結局、昨夜に考えたことと結論は変わらない。

あの時、火の魔力を感じたのは確かだった。

俺も魔法を使うことができ、魔力を感じとることができる。あれは現実に起きたことだ、実感したことなのだ。

だが彼女の使った魔法は、あの炎でできた龍は、自分の感じ、考えていた魔法とはいささか違う、〝超能力〟や〝異能〟などの言葉で言い換えられるものではなかった。

あの少女はまさしく物語に出てくる魔女のように、呪文らしきものを唱え、魔法の杖を掲げ、炎の龍を生み出したのだ。

あれは魔力をそのまま、直接使うだけのものではなかった。自分の使う風の魔法や、ツアフの姿や気配を消す魔法と、種類が違うと言ったらいいだろうか。

魔法具の力を単純に使うのではなく、呪文を唱え、何らかの定型化された方法でより複雑な、いや不思議な、物語に出てくるような現象をつくり出す力、技術だ。

魔法、あるいは魔力はもちろん非科学的な存在だが、自分は今まで風の魔法を自然科学の、現代人の常識や感覚をもって使ってきた。

今まで空気を圧縮してその反発力を利用したりとか、そういう使い方ばかり考えてきた。

ただ前世での常識や先入観だけでない、自分が得たこの力を、魔力をそのように使うものだと自然に感じたからでもある。

だが昨晩のことで、魔法具の違いや、呪文によって次元の違う、物語に出てくるような、完全に自然科学や物理法則から逸脱した魔法を使うことができる、これが確実となった。

あの炎でできた龍、火の魔物か火の精霊の出現、そしてゴルンの話に出てきた〝鏡の魔法〟。

ともに科学的な根拠は皆無で、前世の常識では説明できない。身の回りに存在するさまざまな現象、科学的な概念を自由に〝書き替え〟、〝差し替え〟てしまっている。まるで言葉遊びのように、科学的現象と概念を混ぜ合わせ、組み替えてしまっている。

言葉遊び、といえば、呪文もある種そのようなものか。呪文という言葉の組合わせが魔法具の触媒として、科学的な現象とその概念を破壊し、本来は物語上の、空想上の現象を現実世界で再構成していく。それが魔法だ。

この世界は、自然科学に沿って存在する前世の、元の世界の上に、魔法のような非科学的な要素が上書きされた構造になっている。

風の魔法具により超常の能力を得たが、その力はいささか自分の考えているものと違っていた。この世界には本来の自然法則を超越し、またそこへ回帰していく、神の手によるものか、人為的なものなのか、〝本物の〟魔法が存在したのだ。

この世界にいる魔法使いや魔物は、まさしく物語に登場する空想上の産物、そのものの存在だ。

それならば前世の知識が通用しない、この世界の魔法の本質を知らなければならない。風の魔法具を持つ俺には必要なことだ。俺にはその能力が、資格があるはずだ。

前の世界の常識を、科学の領域を、その境界を飛び越える感覚を知りたい。その先を見極めるのだ。

……きっとそこに、この世界を成す根源がある。

自分がなぜこの世界に生まれ出たのか、なぜ前世の記憶を持っているのか。

成す術もなくあきらめるしかなかった、前世に残してきた元の、もうひとつの俺の家族とも、もしかしたら再会できるかもしれない。何か、伝えることができるかもしれない。失った人生を、取り戻すことさえできるかもしれない……。

ここは、人智を超えた異世界なのだから。


後ろに並ぶ、見知らぬ商人のぼやく声が聞こえた。先に並ぶ荷馬車を曳く馬が、何度も前かきしている。

街道の渋滞は依然、解消されていない。

イシュルは御者台の、イマルの隣りに座って延々と思索に耽《ふけ》っていた。

……この世界の魔法を知るには、やはり魔導書を手に入れることが必要なのだ。魔法の仕組みを学ばなければならない。

そのことがますます重要になった。

まずは呪文を知り、覚えなければならない。風の魔法の呪文を……。

「おい、あれ、魔法使いだよな」

ふとそこで、横を歩いていたゴルンの声がした。

街道を少しずつ進んで、いつのまにか昨夜、火龍と国王軍が戦っていた辺りまで来ていた。

前方には王国軍の兵隊がたくさん、寄り集まっていた。道の脇に停めてある荷車に木箱や布袋を運んだり、打ち合わせしているのか談笑でもしているのか、何人かで固まって立ち話している兵隊もいる。ゴルンより低いイシュルの目線からは、魔法使いらしき人物は見えなかった。

道の左手には、木々のまばらに繁る奥にも、多くの兵士が集まっているのが透けて見えた。多分、あの人垣の辺りに昨日の火龍の死体があるのだろう。おそらく龍の牙や爪、鱗などを剝ぎ取り回収しているのだ。龍のからだの部位の多くが、希少で高価なものである。鱗などは美しく光り、またかるくて強く、わずかだが魔法に対する耐性も有するので、貴人のマントや女性用の高価な防具などに使われる。すこぶる見栄えの良い、強力な防具となる。

少し進むとイシュルにも、兵隊の群れに隔てられていた魔法使いが見えてきた。街道の脇に幾つか置かれた木箱のひとつに座っている。すぐ後ろにはお付きの者か護衛の者か、平服に細身の剣を差した男がひとり立っている。

その魔法使いは昨晩、火の魔法を使って火龍と戦っていた少女だった。今日は黒いローブ姿ではなく、赤色の大きな魔法使いの帽子をかぶっている。あの大きな魔法の杖を自分の肩に立てかけ、足をぶらぶらさせて、ナイフを一本片手に持ちその柄を強く握りしめたり、刃を傾けて陽を反射させたりして弄《いじ》っている。

……げっ。

そのナイフは昨晩、イシュルが火龍の目に投げつけたものだった。

イシュルは両目を見開き、その場で固まった。

まさか、あの少女は街道脇でああやって座って、火龍にナイフを投げつけた者が道を通ったりしないか、ずっと見張ってるんじゃないか。

あのナイフ自体は魔法具でも何でもない。そんなことはナイフの柄《つか》を握ったりすればすぐにわかる。彼女は魔法使いなのだから、魔法具を持っているのだから、見ただけでもわかるだろう。

それなのに、何の変哲もないナイフを自ら手にして持っていた。やはりあの時に使った魔法を、彼女は感じ取ったのだ。風の魔法が使われたのがわかったのだ。

そして当然、その魔法を誰が使ったか気にしている。火龍の解体を待つ間、道端に座ってもしやそれらしき者が街道を通らないか、それとなく見張っている……。

もちろん、そうと決まったわけではないだろう。ナイフを持っているとはいえ、道端にいること自体は単に他の誰かを待っているとか、たまたまあそこで火龍の解体が終わるまで、時間を潰しているだけなのかもしれない。俺の方で、意識し過ぎているだけかもしれない。

だがもしあの時、顔を見られていたら？

このまま彼女の座っているところまで車列が進んで、自分の顔をしっかり見られて、目が合ったりして、「このナイフ、あなたが投げたのね？」なんて、声をかけられたらどうする？

まずいことになったかもしれない。どうしようか……。

その時だった。

「セヴィルさん？」

後ろから、ビジェクの声がした。

……は？

前斜め、右側を見ると疲れた顔をこちらに向け、悄然《しょうぜん》と立つセヴィルとフルネがいた。

ふたりとも、疲労困憊《こんぱい》、消耗した様子だ。肩に大きな袋をぶら下げ、フルネは杖をついている。衣服も薄汚れていた。

封鎖が解除され街道を進みはじめてから、避難していた北のセニト村からラジド村に戻る人が時々いて何度か追い越されたのだが、その中にセヴィルとフルネも交じっていたのか。

それとも夜のうちに、柵がつくられていた封鎖地点、あの軍用テントの前まで先行していたのか。

なぜ気づかなかった？　考え事をしていたからか。昨夜の出来事で、頭の中がいっぱいだった。

……でもどうして……　いきなりだ、なぜ彼らがここにいる？

「どうしたんですか！」

御者をしていたイマルが荷馬車から飛び降りた。

「はは、こんなところで会えるとはな」

セヴィルが力なく笑う。

「火龍が出て、ずっと街道が封鎖されてたんです。それで遅れてしまって……」

イマルが恐縮して言う、だが。

「いや、いいんだそれは。火龍のことはオーフスでもう、耳にしていたからな。……とにかく出会えて良かった。みな元気そうで良かった」

セヴィルはイマルに向けて寂しそうに微笑んでみせ、みんなの顔をあらためて見渡し、表情を引きしめて言った。

「みな落ち着いて、聞いてほしい」

フルネが泣きそうな顔になる。

夕日がふたりの顔をふちどり、影をより暗くした。

「ベルシュ村がブリガールに襲われてな、村の者がほとんど殺されたらしい。エリスタールでも、ベルシュ村出身者は捕らわれて城に連れていかれるって噂が流れて、怖くなってな。フルネを連れて逃げ出してきたんだ」

「――」

最初、何を言われたかよく理解できなかった。

みんな呆然として、言葉にならない。

「え……でも、どうして」

「そんな」

ベルシュ村が、ブリガール男爵に襲われた？

なぜ？

何が起こった？

村の者がほとんど殺された？

両親と弟の顔が脳裡に浮かんだ。

あり得ない。そんなこと信じられない。なぜそんなことが……。

喉がひりつく。全身が熱くなる。周りは、すべてが夕日に紅《あか》く染まって見える。

「本当なんですか」

そんなこと訊いても意味がない、それはわかってる。こうしてセヴィルとフルネが、目の前にいるじゃないか。エリスタールから逃げてきた、ふたりが。でも……。

「商人ギルドで聞いた話じゃ、辺境伯がブリガールに要請、というか命令を出したらしい」

「は？　何で……。ベルシュ村を襲え、とですか？」

声音に棘が混ざる。

イマルも愕然《がくぜん》として、固まっている。

「まぁ待て、坊主。とにかくここに座って。疲れたでしょう、フルネさん」

ゴルンが遮ってきた。年の功か場を落ち着かせようと、フルネとセヴィルを荷車の荷台に座らせようと導く。

「ちょっと、そこで止まるのやめてくれないかな。俺たちを先に行かせてくれないか」

後ろに並んでいた商人が、荷馬車の御者台から降りて声をかけてきた。

イシュルたちは荷車を街道の道端に寄せた。傍らを後ろにいた荷馬車の車列が、ゆっくりと進んでいく。

セヴィルは荷台には座らず、ため息をひとつつくと、表情を再び引きしめ話をはじめた。フルネは荷車に力なく座り、俯いている。

……これは事実だ。本当なんだ。

イシュルは話しはじめたセヴィルと、俯くフルネを見てそう思った。

その時、風が吹いてきたのだ。紅く染まった野原を渡ってきた微風に、ふたりの心象が混ざっていた。

自分の心の中へ、風となって流れ込んできた。

未《いま》だ混乱し、憔悴《しょうすい》した、深い悲しみ。怖れ。

……そして絶望。

村を出る時、メリリャから感じたあの風だ。悲しみの、嘆きの風だ。

久しぶりのことだった。これで二度目だ。

ふたりは嘘《うそ》をついてない。演技でも狂言でもない。多分、間違いなく起こったことなのだ……。

この魔法具の力は時に、ひとの心の波を風と捉える。

セヴィルの声が、微かに震えている。

「イマルは前に聞いたことがある筈だが、イシュルは知っているかな？　森の魔女が数年前に、火事で死んだろう？　その時に、彼女が持っていたとされる風の魔法具も、一緒に燃えてしまったんだ。ベルシュ家は、ブリガールに魔女の死と風の魔法具の焼失を知らせたが、男爵や辺境伯は当時、その報告を一応は受け入れたものの、実はベルシュ家が風の魔法具を隠し持っているのではないかと、ずっと疑念を抱いていたらしい」

「森の魔女、ですか……。それがどうして」

イマルが小さな声で言った。顔が真っ青だ。

風の魔法具だと⁉

イシュルは唾を飲み込んだ。

何を今さら。それがどうしたというんだ……。

「今、辺境伯は大きな苦境に立たされている。もうみんな耳にしていると思うが、赤帝龍がクシム銀山を襲った。この先、辺境伯領だけでなく、王国全体にも影響を及ぼしかねない重大事だ。辺境伯は傭兵やハンターを集め近隣のギルドに投入し、領民から兵を募り現地に騎士団を派遣した。だがその程度では、赤帝龍を倒すどころか返り討ちに遭うだけだというのが、大方の見方だ。他にも王家や、周りの有力領主たちに魔導師の派遣を要請しているらしいが、もし多くの魔法使いが集まっても、赤帝龍が相手では無理だろうという話だ」

セヴィルは苦しげに、一気に話した。イマルが革袋の水筒を彼に渡した。

「ありがとう」

セヴィルは一口水を飲むと話を続けた。

「レーヴェルトは藁《わら》にもすがりたい窮地《きゅうち》にある。だから万が一の望みをかけて、ブリガールに風の魔法具がベルシュ家にあるか、もう一度確認させたのさ。風の魔法具を持っていた若い頃のレーネは、伝説になるほどの強さだったからな」

「イヴェダの剣、か。俺も聞いたことがある」

ゴルンが呟く。

レーヴェルトは当代の辺境伯の名前、イヴェダとは風の神の名である。「イヴェダの剣」とは初めて聞く名だが、当時のレーネ自身か、彼女の持っていた魔法具の通り名、ふたつ名の類いだろう。

「ブリガールも馬鹿じゃない。最初からいきなり、ベルシュ村を襲ったりなんかしなかったろう。かなり強面《こわもて》で迫っただろうがな。エリスタールの商人ギルドでは、ブリガールとベルシュ家で交渉してる時に何かあったんじゃないかと言っていた。俺も話を聞いてすぐに逃げ出したからな、あの時点ではまだ、詳しい情報はギルドにも入っていなかった」

セヴィルは重いため息をつくと、紺碧《こんぺき》に沈む北の空を仰いだ。

エリスタールの、ベルシュ村の方角だ。

「ここまでの話はほとんど、商人ギルドで仕入れてきたものだ。もちろん俺の見立ても入っているが、まだ不確かではっきりしないことが多い。……それから、エリスタールではベルシュ村出身の者は捕らえられ城に連れていかれて、風の魔法具のありかを知らないか尋問される、って噂が流れてな。俺は眉唾じゃないかと疑ってたんだが、ギルドの連中からは逃げた方が良いと勧められたわけだ」

セヴィルは無理に笑みをつくり、イマルとイシュルを見て言った。

「おまえたちも親や親戚のことが気になるだろうが、今エリスタールやベルシュ村へ戻るのは危険だ。俺はフルネの実家にしばらく身を寄せようと思ってな。運良くおまえたちとも会えたし、詳しい情報が入ってくるまで、しばらくフロンテーラに身を潜めていよう。フロンテーラは王領だ。俺たちがベルシュ村の出身だからといって、いきなり捕らわれたりはしない。俺たちの出身を知っている者だってほとんどいないし、もちろん男爵も辺境伯も王領には手が出せない」

喉がからからに渇く。冷や汗が背中を伝った。

イシュルは両手を握りしめた。

……俺の、この風の魔法具が。俺のせいで……。

いや違う。そうじゃない。なぜ村人が、エルスやルーシが、ルセルが、俺の親や弟が殺されなければならない。

レーネが、俺が、赤帝龍が、辺境伯が、そしてブリガールが——。

耳許を、セヴィルの声が掠《かす》めていく。

「イマル、イシュル、いいな？　俺たちと一緒にフロンテーラへ行こう。まだ、おまえたちの家族が殺されたと決まったわけじゃない。短慮はだめだぞ」

確かにそれは正しい。至極まっとうな考えだ。

だが、そうはいかない。

俺も当事者なのだ。もしブリガールが一方的に村を滅ぼしたのなら、何の関係もない家族や村の者を殺したなら……、そんなことは絶対に許されない。

イシュルは胸に手をやり、シャツの襟元を握りしめた。

……苦しい。

脳裡をエルスやルーシ、ルセルの顔が、そして前世の妻と子どもたちの顔が入れ替わり立ち替わり、ぐるぐると回転した。

またか、また失うのか。また家族を、不幸にしてしまうのか。

……絞り出すように口にした。

「セヴィルさん、ですが、俺は行きます。ベルシュ村に」

夕日を逆光に、影になったセヴィルの顔が向けられる。

「いかん。危険だ」

「大丈夫です。危険なことはしませんよ。村の様子を見てくるだけです」

笑みを浮かべた、つもりだ。だが、おそらくうまくいっていないだろう。

ぶるぶる震えて、俺はどんな顔をしているだろう。

「本当に村が襲われたんですかね？　誰かまだ、生きているかもしれない。この目で確かめなきゃならない」

「イシュル、危ないよ。一旦フロンテーラに行こう。近いうちに必ず、村に行ける時が来るよ。ね？」

イマルの笑みも震えている。このひとだって、父のポーロのことが心配だろうに。

「行ってはだめよ。今は我慢して。またいつか、エリスタールにも戻れるわ」

俯いていたフルネも顔を上げて言ってくる。

かわいそうに手布《ハンカチ》を握りしめ、目にいっぱい涙をためている。

「赤帝龍がどう動くか知らんが、どうせブリガールはおしまいだ。自領の村を皆殺しなんて、命を出した辺境伯でも庇《かば》いきれん。王家はいずれ厳罰を下すだろう。俺たちでどうにかできることじゃないんだ」

……セヴィルの言うとおりだ。辺境伯領で起きている騒動が落ち着けば、ブリガールは間違いなく王家に処断されるだろう。

だが、今はまず家族の安否を知りたい。ベルシュ村だって広い。男爵がどれだけの兵力を動員したか知らないが、村人全員を殺すなんて、そう簡単にできることじゃない。もしかしたら、両親や弟もうまく森の中へ逃げたり、セウタ村の親戚の家に匿《かくま》われている可能性だってあるんじゃないか。

ブリガールのことは後だ。あいつを破滅させるなんて簡単だ。自分には風の魔法がある。今はとにかく家族がどうなったか、村の連中、顔見知りのメリリャやイザークたちがどうなったか、村の様子がどうなっているのか、現地に行って確かめなければならない。

「ぼくは行きます。大丈夫、心配しないで」

セヴィルやフルネの顔に苦悩の色が濃くなる。イマルも泣きそうになっている。

このひとたちに心配をかけて、さらに心の重荷を背負わせることになるのだ。

でも行かなきゃならない。

……俺が、風の魔法具を持っているのだから。

俺は当事者なのだ。この悲劇が、それが本当に起きたのか、見てこなければならない。

家族の顔を見に、戻らなければならない。

「確かに、誰かが現地に行って、しっかり様子を見てくることも大事だ。それができる者がいるのならな」

ゴルンが助け舟を出してくれた。

「坊主なら大丈夫さ。俺より強いくらいだし、おまえは目端がきく。男爵家がどう動くか、領主とはどういうものか、まだガキのくせによくわかってる」

「……」

セヴィルが腕を組んだ。

「イマルさん、ポーロさんの消息も調べてきます。ポーロさんは腕利きの猟師だから、森に逃げ込めば男爵の追手なんていくらでも躱《かわ》せると思う。セヴィルさんの親戚も調べてきますよ。村の南の方に住んでましたよね？」

「あ、ああ。俺の方は年取った兄がいるだけだが……」

そこで、ずっと黙っていたビジェクが覆いかぶさるようにして近づき、低い声で話しかけてきた。

「一族の者、村の者の無念を晴らすのは生き残った男の務めだ。それは村の掟《おきて》だぞ」

「ビジェクさん……」

じっと見つめてくる。厳しく、ひたむきな目だ。

この男は北の森の出身だ。それは彼の部族の掟なのだろう。しかし王国をはじめ、大陸にも似たような考えや習俗はある。

仇討ちや決闘に関しては神殿に届け出て、月の女神レーリアに誓願を立てることがある。レーリアは夜と冥界、運命を司る神である。呪いをかけるなら、邪神や悪しき魔を統べる神、バルタルに贄《にえ》を捧げるのだ。周りには仕方がないか、という空気も流れはじめている。ゴルンは聞こえたのか顔をしかめているが、ビジェクの言は他の者には聞こえなかったようだ。

……このまま押し切ってしまおう。

イシュルは分けて持っていた、フロンテーラで使う予定だった商会の資金をイマルに返した。

「路銀はたくさん持っていますから、ベルシュ村には、気をつけて向かいますから」

背中に背負っていた剣を腰に差し、荷台から干し肉や塩を少しもらって、布袋に詰めてかわりに背負う。セヴィルらの気持ちが揺らいでいる間に、てきぱきと仕度を済ませてしまう。

「村を見てきたら、すぐぼくも、フロンテーラに向かいますから」

精いっぱいの笑顔をつくってみせる。

「気をつけるんだぞ」

ゴルンが後押しするように言ってくれた。

セヴィルもイマルも、フルネも不安そうだ。だが、もうイシュルを制止するようなことは言わなかった。

「気をつけて、無理をしちゃ駄目だよ。ぼくの父さんのことは気にしなくていいから」とイマル。

セヴィルは懐から金の入った小袋を取り出し、イシュルに渡した。

「持っていなさい。もし捕まっても、男爵家の小者くらいなら買収できる筈だ」

イシュルはフルネをそっと抱きしめると、みんなに「すぐ戻ってきます」と最後にひと言残し、間を置かずに背を向け、急ぎ北へ歩き出した。

ベルシュ村を目指して。

イシュルはひとり、街道をこれまでとは逆に、北へ向かって歩きはじめた。だが、今は前方より背後の動きにひとつ、気になることがあった。

みんなと別れる間際、道からはずれ言い合いになっていたのを不審に思ったか、前方にいた魔法使いの少女がずっと凝視していたのだった。彼女の後ろにいたお付きの男も同じく、見つめていた。

イシュルが背を向けて歩きはじめるのとほぼ同じタイミングで、彼女らも追いかけるようにして歩き出した。あの少女は間違いなく、セヴィルたちに声をかけるだろう。彼女がベルシュ村の件をもう知っているか、まだ知らないかそれはわからないが、いずれにしろセヴィルらから詳しく話を聞き出すだろう。

彼女は、彼らと別れて北に向かったイシュルのことも尋ねるだろう。

……あの魔法使いに目をつけられるかもしれない。それも王家の宮廷魔導師に。

だが、それにかまっている余裕はない。今はそれどころじゃない。

とにかく、ベルシュ村へ行かなければならない。

何でこんなことが起きてしまったのか。とにかく今は、両親や弟の無事をただひたすら祈るしかない。

街道をしばらく行くと渋滞していた荷車も少なくなり、周囲に木々が増えはじめる。このまま進むと道の両側を雑木林に囲まれ、やがて長らく閉鎖され待ちぼうけをくらった、小川の橋のたもとに出る。

左手の草原にも木々の繁りが迫り、人影の少なくなった夕方の街道はうら寂しい。

木々の向こうから野鳥の鳴く声が聞こえてくる。目を向けるとまるで計ったように、鳥の群れが木々の影から飛び立った。

……夜になり、人の往来がなくなったら魔法でアシストをつけて、明け方までひたすら走り続けよう。

じりじりと焦る心を押さえつけ、俯き加減に歩いていると、後ろから馬蹄の音が迫ってくる。一頭の馬にふたり乗りだ。振り向かなくてもわかる。おそらく、宮廷魔導師とお付きの男が追ってきている……。

あっと言う間にその馬はイシュルに追いつき追い越すと、思いっきり手綱を引かれ、派手にいななき前足を上げて止まった。馬首をこちらに向けてくる。

魔法使いの少女があの大きな杖を抱え、前側に乗っていた。後ろには手綱を握る、お付きの男。

「下ろして」

少女が男に命令すると、彼は無言で馬から下り彼女を下ろした。

魔法使いはぼんやりと、イシュルを見ている。そのまま、後ろに立つ男に杖を振り上げた。

男は一礼するとひとり馬に乗り、イシュルに目もくれず去っていた。

彼女はとことこと、イシュルのすぐ前まで近寄ると、懐からナイフを取り出し渡そうとした。

昨晩、イシュルが火龍に投げたナイフだ。

「あの時はありがとう。助かった」

舌ったらずな、だが高く澄んだ声音。

やはり顔を見られていたのか。

だがしかし……、どう答えればいいんだ？

まさかこちらから、はい、昨日火龍にナイフを投げたのはわたしです、などとは言えまい。

「……」

イシュルが黙っていると、ちゃんと柄の方を向けてナイフをぐいぐい押し付けてくる。

イシュルが仕方なく受け取ると、小さな笑みを浮かべた。

「わたしはしばらくフロンテーラにいる」

彼女はさらに近づいてくると見上げてきて、

「イシュルは大事な用事がある。それを済ませたら、わたしに会いに来てほしい」

と言った。

なれなれしいというか、何か変だ、こいつは。

きれいな声だが、少し鼻にかかったような抑揚のないしゃべり方だ。何というか、ちょっと残念な感じがする。なかなか憎めない気もするのだが、セヴィルたちから聞いたか、ちゃっかり名前を憶えられてしまっている。

そして、自分の向かう先もだ。しっかりこちらの事情を把握しているようだ。

それに大事なこと、この子は俺の敵ではない。それは確かだ。

……ブリガールのしでかしたことが事実なら、王家がやつの味方をすることはあり得ない。

「こちらも、大事な用事がある」

彼女は今ひとつわからないことを言って、数歩後ろに下がると片手を上げ、かるくふりふりすると背を向けて去っていった。

いったい何だったんだ。何が言いたい？

それとあんた名前は？　宮廷魔導師でいいのか？

イシュルが呆然とその場に佇んでいると、

彼女が振り向いて言った。

「待ってるから。イシュル、がんばれ」

ベルシュ村

翌朝、日の出頃までイシュルは街道を魔法のアシストをつけ走り通した。ほとんど休息も取らず、セニト村を素通りしシーノ男爵領の北辺りまでやってきた。昼は街道からやや離れ、雑木林の木陰で干し肉をかじり、マントに包《くる》まり仮眠を取った。

疲れから何とか眠ることはできたが、睡眠自体はごく浅いものだった。異様に神経が研ぎすまされ、興奮していた。

心のうちは両親のこと、弟のこと、ベルシュ村のこと、メリリャやイザーク、ファーロら村の人たち、ブリガールのこと、昨日の魔法使いの少女のこと、そして尽きることのない怖れと怒りで溢れ、激しく渦巻いていた。

夕方まで仮眠をとると、夜はまたアシストをつけて走り、それを繰り返して三日後にはオーヴェ伯爵領のオーフスに着いた。ここでイシュルは街中の宿に泊まった。

心身の疲労は限界にきていた。この世界の農家に生まれ、足腰の強さ、基本的な体力は前世の比ではない。風魔法のアシストも短時間なら、それほど魔力を消費しない。つまり集中力を奪うものではない。途中、わずかな休息を取れば半日くらいは何とか続けられる。

だが心に重荷をかかえ、その緊張感にまかせて己に鞭《むち》打つように四日間、徹夜で走り続けたのはさすがに堪《こた》えた。自らの限界のその先を、垣間見たような気がした。

イシュルは、宿屋で朝から大陸で主流となっている蒸し風呂に入り、からだの汚れを落とすと個室をとり、久しぶりのベッドで死んだように眠った。夕方に一度起きて食事をとった後はまた眠り、翌朝は宿で水をもらい、オーフスの市で干し肉や少量の野菜を買い込み、服屋に寄って替えの服を買い足した。

どうせ尋常な精神状態ではない。終始、全身を焼き尽くすような焦燥感に囚われ続けている。前後不覚になるくらい、ぎりぎりまで追い込んでそこで休息を取る。でなければとても眠ることなどできない。そして休む時は警戒する必要のない、安全な場所が良いだろう。

こうでもしないとずるずると疲労をためていくことになる。ベルシュ村に着く頃にはまともな状態ではなくなっているだろう。村では何が起きたか、どんな状況になっているか、皆目見当がつかない。心身の少しでも良い状態で臨まなければならない……。

前世から積み重ねてきた経験からイシュルは自分の弱さ、心の弱いところをそれなりに把握していた。

イシュルは買い物を終わらせるとそのまま街道に向かった。

オーフス辺りからは、ブリガール男爵家の者が街道を監視している可能性もあったが、イシュルには不審な者の気配は感じられなかった。

市街を抜けるとすぐ東北へ、セウタ村へ至る小街道に分岐する。その道に入りしばらく、幾つかの村落を経由すると、途中ひとの住まない森や湿地帯が混在する地形になり、そこから街道とは名ばかりの猟師道が続く。セウタの手前、南村から道幅が広がり、再び街道と呼べるような道になる。

イシュルはその道からベルシュ村に向かった。人家のない、森と湿地帯が続く猟師道に入ると夜の行動をやめ、日中歩くことにした。この辺りの湿地帯では葦《あし》が多く群生し、その間を通っていく猟師道は木の板や丸太が杭《くい》で留めてあるだけの細い木道になる。ところどころ腐っている、薄い板を踏み抜かないよう注意して歩いていかねばならなかった。魔力をあまり使うわけにはいかない。周囲に人の住まないこの辺りの森では、魔獣に遭遇する可能性が高く、魔力を使える状態をしっかり維持しておかなければならなかった。

もうこの頃にはイシュルの気持ちも少し落ち着き、ただ歩き、眠り、前に進むだけの、無心の境地、といえる状態になっていた。

いくら考え、悩み、嘆こうとベルシュ村に着くまでは結局、意味のないことなのだ。

ただ、行く手には自分が考えるよりも、さらに大きな絶望が待っているかもしれない。その時に自分の心が潰れてしまわないよう、今から覚悟だけはしておく必要があった。

途中、森の中で一度だけ、めずらしく一〇匹ほどの小悪鬼《コボルト》の群れに遭遇した。彼らが襲ってくる前に空気球を幾つかぶつけ、手加減して追い払った。

夜は湿地を避け、森で睡眠を取った。危険性が高いと感じた時は木に登り、マントを縄のように絞って幹に巻き、からだに縛り付けて樹上で寝た。

オーフスを出発して六日目、イシュルはセウタ村の南端、南村と呼ばれる集落の端に達した。

村の手前で藪《やぶ》に隠れしばらく休息し、道に人影の消えた夜中に、南村を突っ切りセウタ村へ向かった。セウタにはルーシの実家があり、そこか叔父の家に家族が身を寄せている可能性もあったが、安易に立ち寄るのは危険だった。

村を出入りする者を中心に、男爵家の手の者が目を光らせている可能性があった。彼らは大抵、騎士団などの下働きをやっている使用人で、村の暇そうな老人や道端で遊んでいる子どもらに小銭をばらまき、不審な者を見たら知らせてくれ、などと網を張ったりする。そのため、村のすべての者を警戒しなければならなくなる。

セウタの中心地区には男爵騎士団の屯所もある。そんなわけでイシュルは母方の実家には寄らず、セウタ村の市街を避け周囲の畑や牧草地などを通って迂回し、途中からベルシュ村へ延びる街道に入った。

その日の夜が明ける頃には、故郷の村に到着した。イシュルはもう身を隠そうとはせず、街道をそのまま村の中心部へと向った。

男爵の手の者に会おうが、もう知ったことではない。ここまで来れば村の様子を知るのが一番大事だ。もし見張りか何かに遭遇しても幾らでも逃げ切れるし、状況によっては殺してしまってもいい、とさえ思った。

村に入ると豊かに実った麦畑が、朝日に黄金色に輝き視界いっぱいに広がった。もう収穫の時期なのにどこの畑も全面、黄色く染まっている。誰も刈り取る者がいないのだ。

道端、近くの地面に目をやると、雑草などもちらちらと生えてきている。男爵が村を襲ってひと月ほどか、近隣の村や野盗の類いが刈り取りに来てもおかしくないはずだが、その様子が窺えないところを見ると、男爵家の者による監視が今も行われていると見るべきだろう。

村に入って遠方に見えはじめた家々からは、特に変わった感じはしない。

イシュルは、畑の向こうに見える農家の一軒、セヴィルの生家と思われる家に行ってみることにした。

街道から半里長《スカール》（五〇〇長歩《スカル》、約三〇〇メートル）ほど北へ歩き、白壁に茶色の屋根の一軒家の前に立つ。動くものの気配はない。正面の玄関は扉が壊れ、横に転がっていた。

中に入ると荒らされた形跡はほとんどなく、金目のものもなくなっていないようだ。家具や小物もそのままで、逃げ出した形跡もない。だが扉は壊れている。家の人々はいきなり連れ出されたのかもしれない。

イシュルはそれほど詳しくは調べず、早々に街道に引き返した。

……問題は村の中心部、広場やベルシュ家がどうなっているかだ。そして我が家が。

先の方で小道となって消えてしまう街道の終点、その手前で右に曲がり、村の広場の方へ向かう。ちょっと歩くとすぐ、広場の木々の繁りが見えてきた。

その樹木の幾つかが明らかに燃えて、枯れ木のようになっていた。

豊かに実った麦畑を風が渡ってくる。秋の風だ。音でわかる。麦穂の揺れ、擦れる音でわかるのだ。

その風に、異質な匂いが混じっていた。

……炭や鉄。そしてまさか、腐臭か。

イシュルは足を早めた。広場に着くとほとんどの家が全焼か、半焼の状態だった。屋根がすべて焼け落ち、柱さえ残っていない家もあった。真っ黒な土台の上に、炭化した木材が幾らか重なっているだけだ。

……火をつけられたのだ。このやり口は……。

広場の先に、ベルシュ家の屋敷の小さな塔が見える。屋根が焼け落ち、石積みの壁も黒く染まっていた。

広場の端で、足が止まった。そのまま固まる。

思わず唾を飲み込んだ。

喉がからからに渇いていた。膝に力が入らず、がくがくする。

……何も考えられない。いや、心の奥底で、もうひとりの自分がこちらを見ている。

その顔は虚《むな》しく笑っている。

「……」

爪先に力を込める。広場を素通りし、ベルシュ家に向かった。

ベルシュ家の母屋《おもや》はすっかり焼け落ちていた。残っているのは、焼け焦げ黒ずんだ途切れ途切れの城壁と、屋敷の基礎部分の石積みだけだ。周りの木々もきれいに焼けて、つくりものの枯れ木のように見えた。

広場の周囲は、見るも無惨な有様だった。ここで小さな戦争があったのだ。事後にはおそらく略奪があり、火がつけられた。

相変わらず、周りに人の気配がない。まったくの無人で、もう人々の住む場所ではなくなっていた。

心の奥底で、無力に佇むもうひとりの自分。それが消えると小さな光点となった。

その白い光はどんどん大きくなって、一瞬で己れの胸を満たした。

外へ、溢れ出そうだった。

イシュルは全身の血脈がのたうつのを感じた。頭に血が上り、かっと熱くなるのを感じた。

……ブリガールめ。やってくれたな。

微かな希望も、不安も恐れもあっという間に崩れ去った。全身を焼き尽くすような高熱に、ただひたすら堪《こら》えた。

しばらくしてイシュルは、ベルシュ家の門前から我が家へ向かって、ゆっくりと歩きはじめた。

怒りの業火に自らを焼き尽してはなるまい。今は堪えて鎮めるのが肝要だ。まだだ。まだ希望は残っているかもしれない……。

毎日のように行き来した、なじみ深い道を歩いていく。

両手に広がる黄金の波。

麦畑を風が渡っていく。

麦穂を鳴らす豊穣の音がやまない。

小径《こみち》の先、小さく見える我が家は、運良く燃えていないようだ。視線を右にやり、メリリャの家に目を向ける。彼女の家も燃えていなかった。だが、人けがまったくないのは他の家と変わらない。

駆け出したい気持ちを抑え、村にいた頃と同じペースで歩いていく。

大地を踏みしめて。


森の方から風が吹いてきた。

草木がさわさわと鳴り、マントの裾がはためく。

森から吹く風は、以前とあまり変わらないようだ。

わずかな違いは、無人の山野に吹く風が、人里に吹かない風が、早くも混ざりはじめていることだ。

……生き残った人は、誰もいないのか。

イシュルは呆然と畑の中に立ち尽くした。

視線を遠く、山並を、空を見渡した。

再び湧き立ち、渦を巻きはじめた怒りの炎が、風に掻き消されていく。

するとなみだがひと筋、こぼれ落ちた。

凶報を聞き、故郷の村に駆け戻り絶望を目にして、初めて流す涙だった。

懐かしいあの風は戻らない。もう村はなくなってしまった。


自分の家も扉が壊されていた。家の中はここも、荒らされた形跡がない。もちろん家族の、人の気配はしない。そこには安穏も温《ぬく》もりも、懐かしさも、何もなかった。

薄暗く寒々しい、埃漂う我が家。

いったい何があったのか。もうすでにエルスもルーシも、弟のルセルも、彼らの生活していた痕跡は何も

残っていなかった。

消えた家族を想《おも》い、イシュルは悄然と家から出てきた。

裏に回ると、飼っていたニワトリもどきの姿も消えていた。

ふと何か気配を感じて奥の、川の方を見ると、淡い茶色のキジトラの猫が一匹、しっぽを上げて川の方へと小道を歩いていくのが見えた。

あれは隣の、ポーロの家で飼っていた猫だ。昔、ルセルと餌をやったことがある。誰もいなくなった村で、彼女だけが生き残っていたのか。

イシュルは漠然と、何かに誘われるようにしてその後をついていった。

キジトラは知ってか知らずか、イシュルに構うことなく木々の間を進んでいく。

……どこからか、小鳥の鳴き声がする。村に着いて初めてか。それともただ、今まで気づかなかっただけか。

キジトラは、初めて風の魔法を試した廃屋の前を通り過ぎ、さらに奥へと進んでいく。

猫は小道に入ってしばらくすると、忽然《こつぜん》とその姿を消した。道をそれて、藪の中にでも入っていったのか。たとえ視界から消えようと、猫の動きなど簡単に感知できるはずなのに。

イシュルは、猫の消えた辺りまで来ると周りを見渡した。ふと、何かを感じて視線を足元にやった。

草叢に隠れて、白っぽいものが見え隠れしている。上から覗《のぞ》き込むと、動物か何かの骨だった。それほど古いものではない。森の獣にでも荒らされたか、薄汚れた骨片が周囲に散乱していた。奥の方を見ると頭蓋骨がふたつあった。枯れ葉や土くれに半ば埋もれていたが、大きな眼窩《がんか》の形でそれとわかった。

間違いない、ひとの骨だった。

ふたつの頭蓋骨は同じくらいの大きさで、片方にはまだ、傷んだ髪の毛が残っていた。周囲には、引きちぎられた布切れのようなものも埋まっている。

……まさか。

イシュルは嫌な予感に捉われ、跪くと白骨化した、おそらくふたり分の死体を調べはじめた。

この状態では、村の誰の遺体だかとてもわからない。

何げに視線をさまよわせていると、手の、指の部分と思われる骨に目が留まった。その骨には指輪がはまっていた。森の動物に荒らされたろうに、指輪はそのまま指の骨にひっかかり、まだ残っていた。指輪にはまっていた石がなくなっている。

指輪の爪だけが残っていて……いや、指輪の台座の形は、この指輪は見覚えがある。

母の、村を出る時お守りにと渡そうとしてきた、ルーシの指輪だった。

「……、……‼」

イシュルは土くれを握りしめ、天を仰いだ。声にならない叫びを上げた。

どうして、どうして……。

全身が硬直し、弛緩《しかん》し、また硬直する。

ぶるぶる震えながら声にならない呻きを漏らし、滂沱《ぼうだ》のごとく涙を流した。

イシュルはただひたすら誰かに、みんなに、すべてに謝り続けた。

俺がレーネの魔法具を持っていなければ。

俺が早く村を出ようなどと考えなければ。

小賢《こざか》しく振る舞い、周りに神童などと思わせたりしなければ。

いや、もっと賢明に、慎重に振る舞えば森の魔女に目をつけられることもなかった。村がこんなことになることはなかったのだ。

……俺のせいだ。

すべて俺のせいだ。

村で初めて見つけたひとの死体。

それは彼の母と、頭蓋骨の大きさからおそらく、弟のルセルのものだった。

ベルシュ村に戻ってきたイシュルに、最悪の結果が待っていた。

どれくらい時間が経ったろうか。イシュルはルーシの指から石のなくなった指輪を抜き取ると、固く握りしめた。

涙を拭き、からだを起こすとふたりの遺体、草叢に散らばった骨片を見つめた。

……遺体の状況からするとおそらく、川の方へ逃げようとする母と弟をブリガールの手の者が追いかけて、後ろから斬りつけ殺すと、その場で死体を草叢に押し込んだ、という感じになるだろうか。

ルーシの指輪の石がなくなっているということは、その指輪が少なくとも一度はふたりを危機から救ったのかもしれない。ルーシの指輪は一度だけの使い切りの、本物の魔法具だったのかもしれない。

イシュルは自分の家に戻ると、父のマントを取ってきた。父のマントを風呂敷がわりに、ふたりの骨を拾い集めて包んだ。

あのキジトラはどこへ行ったのだろう。彼女は本当に生きていたんだろうか。いずれにしても、あの猫が母と弟の遺骸の在り処《か》を教えてくれたのは間違いない。

イシュルはやや大きな、ふたり分の遺骨が入った包みをぶら下げ、もう一度家に立ち寄ると鍬《くわ》を持ち出して、村の広場の奥にある共同墓地に向かった。

広場のやや奥、焼け焦げた木々の間に、壁面に少し汚れはあるものの以前と変わらず、村の神殿があった。青銅の扉は開いていたが、中は荒らされていないようだ。暗がりに神々の彫像がぼんやりと見えた。

イシュルはそのまま神殿の横を通り過ぎ、村の墓地へ歩いていった。

ベルシュ家の墓の前まで来ると、鍬を振り上げ地面に穴を掘り、ルーシとルセルの骨を埋めた。一旦おさまっていた感情が再び昂《たかぶ》り、涙を堪えてふたりの遺体を埋めた。

墓前では前世のように、両手を合わせてお祈りをした。

……父はどうしたろうか。

ふと何かを感じて辺りを見回すと、墓地のはずれの方の草地に、不自然な箇所があるのを見つけた。周囲と比べ雑草がまばらで、地面に堅さがなく落ち着きがない。かなり広い面積が、最近掘り起こされたように見えた。

まさか……。

イシュルはそこまで歩いていくと、再び鍬を振り上げ、地面を掘りはじめた。

地面をちょっと掘り起こしただけで、すぐに腐敗した人の腕が出てきた。

鍬の先に何か当たる感触があり、周りの土を除《よ》けると、灰色と茶褐色の入り交じった腐った人の腕が出てきた。

「!!」

イシュルは思わずのけぞり、尻餅をつきそうになるのを堪えると、すぐに土を戻した。

……もういい。十分だ。ここら辺に、おそらく殺された村人の遺体がたくさん、埋まっているのだ……。

「おい、おまえ」

突然誰か、後ろから声をかけられた。

振り向くとマントを羽織った、男爵騎士団の平騎士と思われる服装の若い男がひとり、立っていた。

心の平衡を失い、尋常な心持ちでなかったせいか、人が近づいてくるのにまったく気がつかなかった。

「何をしてるんだ?」

男は薄ら笑いを浮かべ、剣を抜いた。

「おまえ、ベルシュ村の者だな」

そしてイシュルに、切っ先を突き付けてきた。

「……」

男の薄ら笑いに合わせるように、イシュルも笑みを浮かべた。

潜入

［一］

イシュルは広場の真ん中にある、石造りの井戸の敷石に座っていた。

ちぎった干し肉を口に含み、水を飲んで無理やり流し込むと、今度はルーシの形見の指輪を、布切れで丹念に磨きはじめた。落ちにくい爪の付け根の汚れも、根気よく落としていく。

「ぐっ、……うう」

傍らで男が倒れ、呻き声を上げている。苦痛に歪んだ顔には脂汗が浮かんでいた。手足を地面にだらしなく投げ出し、からだを横にして動かない。

男はイシュルに声をかけてきた、男爵騎士団の平騎士だった。右腕の手首と左足の膝があらぬ方に折れ曲がり、ちぎれ落ちそうになっている。

「で、他には？」

イシュルは指輪を磨きながら男に質問した。

ちぎれかかった右腕の手首と左足の膝は、破れた着衣が赤黒く染まり、夥《おびただ》しい出血があったようだが、今はその上部に布がきつく巻かれ、傷口からの出血は幾分抑えられているようだ。

「もう、俺の知っていることはすべて話したぞ……」

痛みのせいか、男の声が震えている。

「本当か？　まだあるだろう。何か忘れてないか？　おまえ、生きるか死ぬかの瀬戸際だって、わかってるよな」

イシュルは指輪から男に目を向けた。

「本当だ……、すべて話した。早く治癒魔法を……」

村の共同墓地で声をかけられたイシュルは、魔法でまず男の右手首を粉砕し戦闘力を奪うと、何とかうまく拘束し、ベルシュ村で起きたことを、ブリガール男爵が村に何をしたか訊き出そうとした。

だがその後も男はイシュルに抵抗を続け、隙を見て逃げ出そうとした。イシュルは仕方なく、今度は男の左膝を砕き、戦意を、気力をもきれいに粉砕すると、倒れ込んだ男の襟首を掴み、村の広場まで引きずってきた。他所者の、しかも仇《かたき》の男に村の墓地で死なれるのは困る、のだった。

それから水を補給するため、誰も使わなくなった村の広場にある井戸の水を、きれいになるまで何度もすくい上げ、その間まるで片手間のように男を脅し、なだめすかし、男の知る限りのことを聞き出した。

もちろん、イシュルは治癒魔法など使えない。男から情報を引き出すためについた嘘だ。魔法を使ってみせたイシュルの、すべてを話せば治癒魔法を使って傷を治してやる、との言葉を男は特に疑いもせず信じた。魔法に縁のない者の、魔法に関する知識はその程度のものだった。

「まぁ、待てよ。本当にすべて話したんだな？　嘘はついてないな？」

「ああ……」

男がかすれた声で答えると同時に、森の方から狼の遠吠《ぼ》えが聞こえてきた。よく響く、大きな鳴き声だ。辺りはもう、暗くなってきている。勢いのある、よく響く声音からすると、ただの狼ではないかもしれない。魔獣の赤目狼かもしれない。

イシュルは微かに口角を歪めると束の、山の方を見た。

……もう村には人が住んでいない。森の獣たちの縄張りも、山奥から村の方へ広がってきているのだろう。

これから狩りをはじめる合図か、仲間を呼んでいるのか。

狼の遠吠えが、ふたり以外誰もいない村の広場に響き渡る。

熱が出はじめているのか、赤味のさしてきた男の顔に脅えの色が走った。


ブリガール男爵が辺境伯の命を受け、レーネの風の魔法具が本当に焼失したのか、再び確認すべくベルシュ村に向かったのは、ひと月ほど前、イシュルとイマルが仕入れのためにフロンテーラに向かった数日後のことだった。

ブリガールは騎士団から二〇騎ほど率いていた。徒歩の従兵なども含めると、総勢五〇名ほどになった。小部隊とはいえ、ベルシュ家や村の者を威嚇するには十分すぎる兵力だった。

ブリガールはベルシュ家に入ると、当主のエクトルと話し合いをはじめたが、最初はそれほど高圧的ではなかったようだ。エクトルもうまく応接していたのだろう。その状況が変わったのは、村の広場やベルシュ家の母屋の前にたむろしていた騎士団の者たちが、何事かと集まってきていた村人たちにちょっかいを出しはじめてからだった。

おそらく村の若い娘に、あまり柄の良くない騎士団の従兵がからんだのではないか。そこでちょっとしたいざこざが起きたところで、村の若い男たち、ほとんど少年といっていい年頃の者たちが、その兵隊に矢を射かけた。その兵士は負傷し、周りの騎士団兵が応戦しはじめ乱闘になった。

騒ぎはベルシュ家でエクトルと交渉していたブリガールの耳に入り、ブリガールは交渉を中断、騎士らに命令し、矢を射かけた少年たちを捕らえようとした。その頃には村の大人たちも剣や槍を持ち出して集まってきて、ベルシュ家から村の広場にかけて、男爵家側の兵と小競り合いがはじまってしまった。ブリガールはセウタの分屯に早馬を出し増援を手配、ベルシュ家に兵を集め、一方でエクトルやその妻など同家の者たちを拘束しようとした。

そこで隠居したエクトルの父、前当主らしき初老の男が槍を持ち出し、ブリガールや騎士団の兵士らを襲ってきたという。その前当主はファーロだろう。その男は不思議な魔法具を所持していて、なぜか剣や槍が本人に当たらない。一方的に攻撃されて、瞬く間に騎士団側に数名の犠牲者が出てしまった。

ブリガールは動揺する兵らを叱咤《しった》し、騎士らを集め直接指揮して、ベルシュ家の外に向かっては村の者たちに応戦し、内には疲れの見えはじめたファーロを包囲して、さんざんに攻撃した。だが剣も槍もどれひとつとしてファーロを捉えることができず、傷ひとつ与えることができなかった。狙いすまして繰り出される剣や槍が、本人に触れようとする寸前であらぬ方にそれてしまうのだ。ファーロにはひとの視覚に錯覚を起こしたり、認識を狂わせる魔法が働いているようだった。

外に村人たちの攻撃をいなし、内にファーロを包囲しながらも時折、騎士団の者が討たれていく男爵側にとって厳しい膠着状態がしばらく続いたが、やがてファーロに疲労がたまり魔法の効力が弱まってきたか、男爵側から繰り出す攻撃が本人をかすめ、わずかにだが当たりはじめた。そこでブリガールの発案か他の者か知らないが、ファーロ本人とその周囲にいっせいに槍を突き出す攻撃を試したところ、そのうちの一本が見事にファーロの腹を裂き、彼を倒すことができた。

男爵は彼の遺体をあらため、小さな宝石のついた首飾りを見つけ、それを奪ったという。

ベルシュ家はやはり魔法具を持っていた。昔、レーネから譲り受けたものかもしれない。そしてそれは、ブリガールの手に渡ってしまった。

それからは男爵側の一方的な展開となり、ベルシュ家の者は家人も含め拘束され、周りで戦っていた村人たちも殺され、あるいは捕らえられた。そこへセウタの分屯から竜騎兵一〇騎あまりが到着、ブリガールは村の中心部を制圧した。半日ほど遅れて徒歩兵も到着し、街道を封鎖、ベルシュ家と近隣の家を捜索し、村内に兵士らを分派して村人を広場に強制的に集め、ひとりずつ魔法具について知っていることがないか尋問し、抵抗した者は見せしめに殺していった。

ブリガールは数日村に滞在し、四方に捜索隊を出して村から逃げ出した者を捕らえ、尋問を続け、殺し、一部は従兵たちの略奪を許した。若い女たちの中には乱暴され、殺された者もいたという。

男爵は結局風の魔法具を見つけることも、有力な情報を得ることもできず、抵抗した村への報復と口封じ、生き残りによる反乱や復讐など後顧を断つため、女子どもも含めすべての村人を殺し、遺体をまとめて墓地に埋めた。そして村の中心部の家々に火を放ち、まさしく村丸ごと、攻め滅ぼしてしまった。

目の前に横たわる平騎士の男は、当時セウタの分屯所にいて初期の詳しい状況は知らず、ブリガールに最初からついていった同僚から、後になって話を聞いたということだった。つまり男の話は一部がまた聞き、ということになる。

目の前の男は略奪には加わらなかったものの、村人を何人もその手にかけたらしい。

殺意を隠さず睨みつけてやると、「命令されたからだ！」と必死に弁明してきたが、墓地で声をかけてきた時の男の、あの薄ら笑いを浮かべた侮蔑と嗜虐《しぎゃく》の入り交じった表情を思い出すと、情状酌量の余地はあまりなさそうだった。

その後、セウタの分屯にはベルシュ村を出入りする者を見張り、捕らえよ、という命令が出され、あれからひと月以上たった今も、ほぼ毎日、平騎士や見習い騎士らが村を巡回しているという。

切なる願いも虚しく、故郷の村は途方もない災厄に見舞われ、すでに壊滅していた。

おそらく父も、もう生きていないだろう。遺体はあの墓地に他の者と一緒に埋められたか、どのように殺され、死んだか、何もわからない。

ベルシュ家の人たちもファーロだけでなく、すべて無惨に殺されたろう。男爵家の兵隊に矢を放ったのはイザークたちではなかったろうか。メリリャも死んだろう。彼女は村一番の器量良しだった。在りし日のメリリャの笑顔が脳裡に浮かぶ。村の女には乱暴された者もいたというが、彼女もそんな目に遭ったのだろうか。メリリャの笑顔が歪み、暗く重い想念が心の中を浸していく。それは想像もしたくない、考えたくもない凶事だった。

ポーロはどうだろうか。彼だけは何とか難を逃れたかもしれない。森の奥へ逃げれば、彼なら男爵の手から逃れることもできるだろう。森にも魔獣が増えはじめているだろうが、彼ならうまくやり過ごせるかもしれない。

その森の方からは、相変わらず狼の遠吠えが聞こえてくる。ひとの匂いを、目の前の男の血の匂いを、村を吹く風が森へ運んでいったのだ。夕方から夜間は、風が村から森の方へ吹くことが多い。

イシュルは薄く笑った。

……いいタイミングだ。

イシュルは輝きを取り戻した母の指輪を、サイズの合う左手の薬指にはめると立ち上がった。この世界では、左手の薬指に婚約指輪や結婚指輪をはめる習慣はない。

「……お、おい」

男が悪い予感に怯え、震えながら声をかけてくる。

イシュルは男を無視すると、広場の片隅まで歩いていき、木に繋いであった馬の縄を解き、解放した。

その馬は男が乗ってきた騎士団の馬だった。イシュルが広場に着いた頃にはいなかったから、騎士団の男が村の見回りに来たのはイシュルが広場を通り過ぎた後、ということになる。男が乗ってきた馬は森の狼の遠吠えに怯えていたのか、先ほどから落ち着きがなかった。イシュルは乗馬は得意ではないし、馬での移動は目立つ。彼は最初から移動に馬を使う気がなかった。

……それにまさか、男に馬を使わせるわけにもいかない。あの怪我で、馬にまたがることができるとはとても思えないが。

縄を解かれた馬は、軍馬らしくよく調教された、きれいな駈歩《かけあし》で広場から出ていった。

「きさま……」

イシュルが男の傍まで戻ってくると、憎々しげに呟く声が聞こえた。

「馬に罪はなかろう。それにエリスタールへ行くのに、騎馬は目立つからな」

「約束だろっ！　早く、早く治癒魔法を」

「ああ、治癒魔法？　あれは嘘だ。悪いな。俺は治癒魔法は使えない」

「何だと……」

男の顔が歪む。

「騙して悪かったな。かわりと言っちゃあ、なんだが」

イシュルは傍らにころがっていた、墓地から持ってきていた男の剣を手に取り、地面に刺した。

今は父の形見となってしまった自分の剣よりも、数段良い代物だ。もらっておこうかと思って、男をここまで引きずってくる時に無理して一緒に持ってきたのだが、自分で使うにはいささか大きすぎる。ここは嘘をついてしまったお詫《わ》びに、彼に生きのびる最高のチャンスをプレゼントしよう。

「おまえの剣はここに置いていってやる」

イシュルは男に向かってにっこり微笑んだ。

「森の狼、何匹くらい襲ってくるかな？　もしかしてあの遠吠えの感じ、赤目狼かな？」

「た、たのむ、待ってくれ！　約束したじゃないか」

男は呻き声を上げると左手を地面につき、必死で上半身を起こした。

「たのむ、助けてくれ……」

男は涙を流してイシュルを見上げてきた。

「村の者を殺す時、みんなおまえに何と言ってきた？」

イシュルは上から男を睨《ね》めつけた。

「村の子どもらを殺す時、親たちはおまえに何て言ってきた？　思い出してみろよ」

「くっ……」

男の表情が固まる。

「自業自得だな。まぁ、がんばれよ」

イシュルはまだ人を殺したことがない。

……この男に自ら直接、手をかけるほどの価値があるだろうか。

「先に地獄で待っていろ。いずれおまえの主《あるじ》を送ってやる」

イシュルは踵《きびす》を返すと男の傍を離れた。背中に男の、泣きむせぶ声が響いた。

狼が始末してくれるのは願ったりかなったりだ。男が行方不明になれば、誰かに殺されたとなれば、男爵も警戒するだろう。それが狼や魔獣に襲われたとなれば話は変わってくる。あくまで事故だ。俺自身は動きやすくなる。

イシュルは広場を横切る時、神殿の方に目を向けた。扉がわずかに開いている。辺りはもう暗い。神殿の中は真っ暗だが、イシュルの目は月の女神、レーリアの彫像を捉えていた。

おまえが俺に与えた運命とは、これだったのか。

風の魔法具に、後から重い絶望を潜ませてきた。

だが俺は、決して挫《くじ》けたりしない。

おまえの与える運命も試練も、幾らでも、何度でも乗り越えてみせる。

家族の仇を、村を滅ぼした連中を血祭りに上げるまでは、どんな苦難にも堪えてみせよう。

……おまえが与えた、この風の魔法具を使ってな。


広場を出てからも、男の泣き叫ぶ声が追ってきた。

絶望に打ちひしがれる男と、その惨めな泣き声を背に、神に己の決意を示す男。

何という場違いな、滑稽な取り合わせだろうか。

イシュルは街道へ向かって歩きながら、声もなく笑った。

街道に入ると夜通し歩き続け、ベルシュ村を離れ、セウタ村を来た時と同じように迂回し、途中から街道に復帰した。その後もしばらく街道を行くと、夜が明けてきた。

今まで異常な興奮と緊張に強いられてきたイシュルに、夜明けとともに深くうねるような睡魔と疲労の波が襲ってきた。二晩、一睡もしていなかった。

おぼつかない足取りでイシュルは街道を離れると、傍の木に背を預け、死んだように眠りについた。

……誰かに肩を揺すられている。

「これ、これ、起きなされ」

しまった！

イシュルは目を覚ますと、いきなり立ち上がろうとした。目の前に痩せた老人が立っている。肩に手をかけられていた。

イシュルは力を抜き、立ち上がるのをやめた。とりあえず、老人に危険な感じはしない。

「大丈夫かの？　どこか悪いところはないか」

老人が心配そうに訊いてくる。

彼は近隣の猟師なのか、片手に狩った狐を持っていた。狐は後ろ足を縛られ、頭を下にして老人の左手にぶら下げられている。少し離れた後ろに、黒っぽい毛で覆われた中型の犬が行儀よく座っていた。

陽の角度が浅く、逆光側にいる老人の顔が暗い。もう夕方かもしれない。

「あ、ああ。すいません」

「いやいや、寝ていただけかの。行き倒れかと思ったわい」

寝起きで呂律《ろれつ》の回らないイシュルに、老人が微笑んでみせた。

「旅の疲れが出たかの」

「ええ、でももう大丈夫です。起こしてもらってありがとうございました」

イシュルも微笑み返すと、それじゃあの、と老人は片手を上げ、街道に戻っていった。セウタ村の方へ歩いていく。

老人の背中には弓矢と矢立が見えた。専門の猟師というより、農家の隠居老人が猟をしている、といった感じだろうか。

あの老人は、セウタに着いたら屯所に俺のことを届け出るだろうか？　老人はどこから来ただの、どこへ行くだの、特に何も訊いてこなかった。おそらく大丈夫だろう。それに、通報されても別に構わない。名も知れない少年の不審者がひとり、男爵家がいちいち気にするだろうか。男爵に何ができるというのか。

イシュルは立ち上がると衣服についた草や土を払い、老人の後を追うように街道に戻ってきた。辺りを見渡すとそこは以前、村を出、エリスタールへ向かう時、風の魔法の威力を試し、不思議な老人に出会ったところだった。

あの気の狂った老人は、地の神ウーメオにそっくりの風体だった。

イシュルは、セウタ村へ去っていく老人に目をやった。彼の外見は、あの時の老人とはまったく違う。

ウーメオによく似た老人はあの日、雨に打たれながら何かよくわからない言葉を早口で呟き、じっと東の方を見ていた。今思えば、あの不思議な老人はベルシュ村の方を見ていなかったか。いや、もうちょっと南の方か？　だとすると、赤帝龍が現れた辺境伯領の辺りだ……。

よくわからない。無理にこじつけても意味はない、か。

イシュルは夕日に紅く染まる街道を、エリスタールへ向かった。夜になると魔法のアシストをつけて走り、エリスタールの街の目前で街道を離れ、家々の間を時に屋根伝いに、街の中心部へ向かった。

夜闇に隠れ、音もなく頭上を跳び越えていく人影に、気づく者は誰ひとりいなかった。

イシュルはブリガール男爵の居城、エリスタール城の城前広場に面する建物の屋根の上に立った。

城は月光を浴び、夜空を背景に青白く鈍く光っている。

夜はまだ宵の口、それなのに広場に人影はなかった。おそらく街の人々にも男爵のベルシュ村での行いが知れ渡っているのだろう。こういう時、人々は領主を恐れ、特に夜間は無用な外出を控えるものだ。ブリガールの所業が街から活気を奪い、暗い影を落としているのだ。

イシュルは城を見つめた。

五本の城塔と中央に居館のあるエリスタール城。城の様子はいつもと変わらないようにように見えるが、よく観察すると広場前の城門は早々に閉まり、城壁に立つ衛兵の人数がいつもより多いようだ。目立たないように、だが確実に警戒のレベルを上げているのがわかる。

……あの程度、何でもない。これからすぐ城内に潜入し、風の魔法で強力な竜巻を起こして城の中心部を破壊する。頑強な城壁は壊せなくても、城館や城塔、窓、漆喰《しっくい》の壁などは十分に破壊できる。城館の木造の屋根を吹き飛ばし、建物の内部に竜巻をぶち込めば、中にある物もきれいに破壊できるだろう。もちろん、中にいるやつらもだ。

だが、そんなことはしない。

男爵に、何が起きたかわけのわからないうちに死んでもらう、なんてことはしない。やつには俺がベルシュ村の出身だと名乗り、村人を殺戮《さつりく》した報復をする、としっかり宣言してから死んでもらう。

なぜ自分が殺されるのか、はっきりとわからせてから殺してやる。

それも、できるだけ多くの衆目の中で。

おまえの悪行を、無惨な死にざまを、たくさんの人々の前に晒してやる。

だからその時まで待っていろ、ユリオ・ブリガール。

イシュルは城を鋭く睨み据えると、広場を後にした。

[二]

イシュルは城前の広場を去ると、人けのない裏道を選び、時に跳躍し屋根伝いに歓楽街の方へ向かった。

行き先は歓楽街の情報屋、ツアフのところだ。村で遭遇した騎士団の平騎士から、ベルシュ村で何が起きたかおおよその内容は聞き出せたが、この街にいるベルシュ村出身者がどうなったか、本当に男爵に捕われ尋問を受けているのか、男はセウタの屯所詰めでエリスタールの事情をあまり知らず、しっかり確認することができなかった。

まずこの街でベルシュ村出身の者がどうなっているか、正確な情報を得る必要があった。

ブリガールによって彼らが拘束されるなど、何らかの危機的状況に置かれているのなら、イシュルは同じ村の出身として、その一因となった当時者のひとりとして、彼らを何としても救い出さなければならなかった。

知りたいことは他にもたくさんあった。辺境伯は具体的に、公式にどんな命令を男爵に与えたのか、単に依頼程度のものだったのか。今、男爵は何をしているのか。そして今後の動き、王家の動向、そしてエリスタール城内の居館や獄舎の間取り図や、城に秘密の抜け口があるかなど、もし知ることができるのなら、それらすべてのことを知っておきたかった。

そろそろエリスタールでも、収穫の祭が行われる。お城でも街の名士たちが招かれ、男爵主催で宴《うたげ》が催される。その宴には街の各ギルドの代表、有力な商人や地主、周辺の小領主や貴族の代理、その家族などが招かれる。今年は赤帝龍が現れ、ベルシュ村のことがあったので行われない可能性もあったが、イシュルはその男爵主催の夜会が行われるか否か、行われるならその日取りを知りたかった。

……男爵家の収穫の宴に乱入し、街の有力者らの面前で男爵の人非人ぶりを晒しあげ、派手に、劇的に殺してやる。

収穫の宴を、復讐の宴にかえてやる……。

いつ復讐を果たすべきか、イシュルはすでに狙いを定めていた。

歓楽街の中心に近いところに、かつてエレナが勤めていた大きな娼館がある。イシュルはその建物の屋根に上って、目の前の通りを見渡した。

今は一番街が賑《にぎ》わう時間帯だが、やはり人出は少ない。通りは呼び込みが増えたせいか、賑わいが衰えた感じはあまりしないが、客自体は明らかに減っている。

男爵側の見張りが交じっていないか、しばらく上から通りを観察したが、イシュルにはよくわからなかった。

……いくら警戒しても自分の経験や能力が足りず、一般の通行人とプロの見張りの見分けがつかない。前世から今まで、そんな経験がほとんどないのでしょうがない。魔法を使う者、魔力を放つ者でないと容易に判別することができなかった。

イシュルは娼館の屋根から、通りの向かいの建物の屋根に飛び移り、そのまま屋根伝いにツアフの情報屋がある裏道に向かった。

その路地は相変わらず大小の壺や家具、布切れの束などが左右に積み上げられ、暗く人けがなく、静かだった。表通りの街のざわめきが小さく遠く、まるで別世界から聞こえてくるように感じた。

ツアフの店の扉に近づくと、中にツアフの他にもうひとり、ひとの気配を感じた。どうやら先客がいたようだ。その客は何事か罵り叫んでいるようで、扉の向こう側から緊迫した空気が伝わってくる。客は扉の方へ近づいてきて、また何か叫んでいる。はっきりと聞こえはじめたその高い声からすると、ツアフに叫んでいる客は女のようだ。

イシュルが店の前から離れようとすると、いきなり扉が開き、乱暴に閉められ女が向かってきた。泣いているのか片手を目鼻に当てて、イシュルにぶつかるようにして走ってきた。

扉から出てきた女はまだ若く、夜の歓楽街にそぐわない地味な服を着ていた。日中、街中でよく見かける平凡な街娘、といった感じだ。

……なぜこんなところから?

イシュルは一瞬、呆然として向かってくる女を避けきれず、ぶつかりそうになった。

「あっ……、ごめんなさい」

女が顔を上げる。

「!?」

イシュルに顔を向けてきた女は、傭兵ギルドで事務をしていたツアフの娘、モーラだった。

「イシュルも父さんのお店のこと、知っていたのね」

川面に映る街の灯が揺れている。

河岸の石垣に座るモーラと、傍らに所在なげに佇むイシュルの姿も歪み、揺れている。

ふたりの間には、間の悪い、何とも言えない微妙な空気が流れていた。

あれからふたりは歓楽街から、川沿いに街の中心部へ移動してきた。傭兵ギルドの近くだが、城前広場も近い。イシュルはこんなところに長居をしたくなかった。先ほどからちらちらと左右を見て、怪しい者がいないか警戒していた。

……モーラの問いかけに、どう答えようか。嘘をついてもしらじらしくなるだけだし、今さらごまかしようもない。

観念して「はい」と正直に答えようとした時、決まりの悪そうな表情だったモーラの顔が、あっ、と何かに気づいたような驚きと、困惑の表情に変わった。

「ベルシュ村があんなことになったから、……それで父さんのところに来たのね」

……彼女だって傭兵兼何でも屋のギルドで事務をしているのだから、ベルシュ村で起きたことを当然知っているだろう。そして、俺がベルシュ村の出身であることもだ。ギルドに登録する時、生まれや出身地を記入する欄はなかったが、ゴルンと練習試合をしたあたりで、俺がベルシュ村の生まれであることは耳にしている筈だ。長いつきあいだから、おそらくフロンテーラ商会のセヴィルも同じ村の出身だと知っているだろう。セヴィルがフルネを伴ってエリスタールを脱出したことも、耳にしているかもしれない。

「ええ」

イシュルは小さな声で、短く答えた。

さて、どうごまかすか……。

「男爵さまが村を焼き払ったって聞いてるけど、うまく逃げて助かっている村人もたくさんいると思うわ。だから……」

そこでモーラは顔を歪め、言い淀《よど》んだ。

彼女の気持ちは何となくわかる。村の惨状を思えば、下手な慰めなど逆効果にしかならないだろう。

「でも、危険な真似をしたら駄目よ。気をしっかり持って、冷静に」

「大丈夫、わかっています。何が起きたか調べたら、すぐフロンテーラに戻りますよ。セヴィルさんも逃げてきてるんで。ゴルンさんたちがここに戻ってきたら、詳しい話でも聞いてください」

モーラに最後まで言わせず、イシュルは遮るようにして言った。

赤の他人といってはなんだが、村の出身でもない彼女にあまり気苦労をかけたくなかった。もうこれで彼女とはこの話は終わりにしたい。男爵に復讐するために戻ってきた、なんてもちろん話せないし、勘ぐられたくもない。

「そうね……」

彼女は静かに頷いた。

ふたりはしばらくの間、無言で川面を見つめた。

イシュルがそろそろモーラと別れて、もう一度ツアフの店に行こうかと考えていると、気を使ったか、モーラが話を変えてきた。

「それで、あの店でもう父さんに会った？」

話題を変えるというより、それは彼女がイシュルに一番訊きたかったことかもしれない。

イシュルが無言で頷くと、モーラの顔に一瞬だが、当惑と自嘲、そして苦悩の入り交じった複雑な表情が浮かんだ。

「父さんの格好、おかしかったでしょう？」

モーラは微かに笑みを浮かべて言った。

「あれはね、わたしが小さい頃に死んだ、母なの」

「えっ?」

「父さんはね、夜になるとあの部屋に行って、わたしの母さんになるのよ。わたしの母は生前、情報屋をしていたの」

ベルシュ村であんなことがなければ、もっと驚いていたろう。普通ならまず耳にすることはない、奇怪な話だった。

モーラはイシュルに問われるまでもなく、身の上話を語りはじめた。

モーラの話はやはり、意外なものだった。


モーラの母、ステナは、オルスト聖王国の北西にある要衝テオドールの、高級娼館を経営する家の娘として生まれた。

テオドールはラディス王国とその南のアルサール大公国の国境近くにある。東西で互いに国境を接するオルスト聖王国とアルサール大公国は、昔から対立関係にある、いわば仇敵《きゅうてき》どうしであった。

アルサールはその勢力を中海に伸ばそうと南の都市国家群を圧迫し、聖堂教会の総本山を抱える聖王国は対岸の異教の大陸、ベルムラへの布教に取り組む聖堂教会を助け、その足場となる沿岸の都市国家群と友好関係を維持してきた。このことが長い間、両国に根深い対立を生んできた。

そのアルサール大公国は、一方でラディス王国と同盟関係にあった。故《ゆえ》にラディス王国も聖王国とあまり良好とは言えない関係にあった。ただ、オルスト聖王国と聖堂教会とは一心同体と言ってもよい密接な関係にあり、聖王国はそのためラディス王国はもちろん、敵対関係にあるアルサール大公国でさえも、聖堂教を国教としている限りその関係悪化を抑え、時に慰撫《いぶ》しなければならない立場にあった。また、ラディス王国をはじめ大陸の国々は——アルサール大公国でさえも、オルスト聖王国と、少なくとも宗教上は適切な関係を維持しなければならなかった。

この複雑な三国の関係が、国境の街、聖王国の王領でもあるテオドールに大きな影響を及ぼしていた。テオドールは軍都であり、商都であり、時に三国の諜報《ちょうほう》と謀略が激しくぶつかり合う、陰謀の街でもあった。

ステナの生まれたその娼館には、ある秘密の仕掛けがあった。館内の客室すべてに、魔法具の一種ともいえる伝声管のようなものが仕掛けられ、その部屋での娼婦と客の会話を、囁《ささや》くような小さな声でも聞き取ることができた。

老舗の娼館には三国を行き来する商人や貴族、時には公式、非公式の外交に携わる者、諜報活動をしているような者さえも女を抱きに来る。

その娼館と、オルスト聖王国が直接繋がっていたかはわからない。ステナは成人すると自分の家の店で、その伝声管からいろいろな情報を集め、記録する仕事をするようになった。

その後しばらくして彼女は親から勧められ、テオドールの街中で情報屋をはじめた。ある時から半ば必然か、あるいは最初から仕組まれたことだったのか、彼女に総本山に近い聖堂教会のある組織が接触し、重要な顧客となった。その者たちは国内外に散らばる大陸中の神殿、神官を秘密裏に監視し、彼らに破戒行為など腐敗があればそれを中央に報告し、時に直接処罰する、教会の裏を取り仕切る秘密機関だった。

そこに当時、まだ若いツアフが所属していた。

かつて、歓楽街で相対したやくざ者のジノバの言ったこと、あの時の怯えた顔……。聖堂教会の裏の監察、懲罰組織は実在したのだった。

それでツアフが姿を消す、魔法使いからも気配をさとられない魔法具を持っていた説明がつく。ツアフは、聖堂教会の秘密組織の者だったのだ。

彼はその情報屋、ステナと接触する役目を与えられ、情報を売り買いし、必要があれば彼女と共謀して、敵対する側にニセ情報を流したりもした。

「そこで父さんと母さんはお互いに愛し合うようになって、わたしが生まれたの」

モーラは少しはにかみながら言った。

「ふたりには身分も立場も隔たりがあったから、正式な結婚はできなかったけど、わたしが赤ちゃんだった頃は幸せにやっていたみたい」

聖堂教会の戒律は、基本的に男女の関係にも厳しいが、神官の結婚を一応認めている。ただ女性の神官は結婚すると神官を辞めなければならないし、男の場合は高位の神官にはなれず、教会内で出世が遅くなる傾向があった。

それでも教会でそれなりの地位にいたツアフの父は、自身の初孫にほだされたか、息子の出世はあきらめ、ステナとの事実上の結婚、内縁関係を認めた。ふたりの関係は組織で黙認されることになった。

だが、ふたりの幸せは長くは続かなかった。ある時、ステナが聖堂教会やその組織の情報を、つまり一番の顧客の情報を、教会と敵対する客にも売っていたことが露見した。

なぜ彼女がそんな、自殺行為とも呼べる掟破りなことをしたのかはわからない。情報を売り買いする商売といえども、顧客の秘密は絶対に守らなければならなかった。

どういう人物、団体が、どういう情報を売ったか、買ったか、そこまで商売のネタにしてしまえば、情報屋としてはやっていけなくなる。当然誰も情報を売らなくなるし、買わなくなる。それどころか命が幾つあっても足りない、危険な立場に追い込まれるだろう。

例えば個人の小さな秘密、弱みから王家の醜聞まで、無数の秘密を得ることで、どんな存在でも従わせることができるという錯覚――万能感にでも侵されたか、それとも単純に彼女が聖堂教会とツアフを裏切り、敵対する勢力に買収されただけだったのか。

いずれにしても、彼女は自ら破滅を選ぶことになった。教会の秘密組織はツアフにステナの暗殺を命じた。

命じられたツアフはどんな思いだったろうか。ツアフはまだ小さかったモーラをステナから引き離し、彼女を殺した。

それから何年か経ち、テオドールにまたひとり、新しい情報屋が現れた。その情報屋はなかなか腕がいいと評判になり、ある日その情報屋に、殺されたステナのように教会の秘密組織が接触してきた。

そこで、接触した組織の側で騒動になった。その情報屋は自分の殺した女になり切った、本人がステナ自身と信じて疑わない、ツアフそのひとだったのだ。

彼は非番の夜にだけ、かつて自分が殺した内縁の妻、ステナ自身に成り代わって情報屋の仕事をしていた。教会の組織の仕事をしている時は本人にまったく異常はなく、情報屋をしている時の記憶はあいまい、情報屋をしている時は殺されたステナの人格になっていて、ツアフとモーラを自分の愛する家族と認識していた。

この冗談にもならない異様な事態に、ツアフの父は頭を抱えた。総本山から希少な、精神系等の治癒能力を有する神官が呼ばれ、当人の治療に当たったが効果はなく、ツアフは組織から外され、しばらく謹慎させた後それ相応の金品を与え、彼の持っていた魔法具の存在には目を瞑《つむ》り、神官の身分を剝奪しモーラとともに教会から追放した。

その後、ツアフの父の縁故などを頼り、エリスタールまで流れてきて、小さな傭兵ギルド、実質何でも屋をはじめたのだという。

その間しばらく、ツアフの病状は安定していたが、エリスタールに腰を据え仕事が安定し、本人が街や周囲の環境に慣れてくると再発し、以前のように夜になると、歓楽街で情報屋をやるようになってしまった。

モーラはそんな父を何とかしようと、今晩のように時々父の、あるいは母の、というべきか、お店に顔を出して父を諌《いさ》め、情報屋を辞めるよう説得しているのだという。

「祖父とはもうだいぶ前に連絡がつかなくなっていて、もう亡くなっているかもしれない。だから教会とも組織とも縁は切れているし、父がエリスタールで細々と情報屋をやっている限り、問題はないと思うんだけど……」

モーラの表情は暗い。そこに微かな自嘲が含まれているのが、よけいに哀愁を誘う。

彼女はイシュルに顔を向けると、無理に明るい表情をつくって言った。

「今日はごめんね。こんな聞きたくもない話をしちゃって」

彼女の眸に、川面に揺らめく街の灯の煌めきが映る。

彼女も苦しんでいるのだ。ツアフと同じように……。

「多分ですが、ツアフさんの病気は二重人格、っていうんです。きっと、奥さんを自ら手にかけたせいで、心をおかしくしてしまったんでしょう」

確か解離性同一性障害、とかいうんだったか。近いだけでまた別の病気だろうか？　もし自分に雑学以上の、専門的な知識があるなら力になれたんだが……。だが、いずれにしろ今は先に、やらなければならないことがある。

「二重人格……。初めてそんな言葉を聞いたわ。イシュルは学者さんね」

「いえいえ、昔読んだ本にそんな言葉があったような」

イシュルは小さく笑ってごまかすと、

「あの、話の腰を折るようで申し訳ないんですけど、今日、俺と会ったことは誰にも言わないで、内緒にしておいてもらえますか」

そこでモーラは、あっ、と何かに気づいたような顔になった。

「ええ、そうね。イシュルはうちの大事なお客さまだもんね。もちろん、誰にも言わないわ」

大事なお客とはフロンテーラ商会のことだが。

「でもシエラには」

「いいえ。彼女にも迷惑をかけたくないんです。だから誰にも」

シエラに知られるのはまずい。彼女は何かと力を貸そうとしてくるだろう。それはよろしくない。いろいろと藪蛇になりかねない。彼女自身に危害が及ぶことは、絶対に避けなければならない……。

「わかったわ」

モーラの表情が自然なものに、少し明るいものに変わった。わずかにだが、元気が出てきたかもしれない。

今まで誰にも言えなかった家族の秘密を、吐露することができたからかもしれない。


イシュルはモーラと別れた後、さっそくツアフの店へ向かった。

……数奇な親子の身の上話を聞いた直後に、当の本人、情報屋のツアフと顔を会わすのはいささか気の重い、間の悪さを感じないでもなかったが、こちらも予定を崩すわけにはいかない。

扉を開けると、いつかのようにフードを深くかぶったツアフの姿が、細長い部屋の奥にあった。

前に嗅いだものと同じ香が焚《た》かれている。

「あら、いらっしゃい」

椅子に座ると、ツアフはこの前と同じ調子で声をかけてきた。

イシュルはフードの影の奥にある、ツアフの眸を見つめた。

……ツアフを前にした気持ちは、以前と違っていささか複雑なものだった。

この男を狂わした悲劇を思うと、今の自分も人ごとと片づけられない境遇にある。

俺にも、この男と同じようにもう帰るところはないのだ。

「今日の用件は何かしら」

ツアフは無理に高くつくった、気色の悪い声で訊いてくる。

このままいけば、この男もいずれ……。

「今日はいろいろと、訊きたいことがたくさんある。金は持ってきた」

ツアフもいずれ、彼の殺した最愛の女、ステナと同じ運命をたどることになるだろう。

［三］

イシュルは先に、目の前の机の上に十数枚の銀貨を積み、その横にマティアス金貨を一枚置いた。

フロンテーラに行く時に万が一を考え、自分の金もそれなりに持ってきている。懐にはまだ銅貨が何枚かと、セヴィルにもらった餞別《せんべつ》もある。

「マティアス王金貨……。坊やはお金持ちね」

先に見せ金を出してきたイシュルの意図を察したか、ツアフの薄い唇が醜く歪んだ。笑っているのだ。

「今夜は儲《もう》けさせてもらえそうね。では何なりと訊いてちょうだい」

ひひひ、と気味の悪い笑い声がフードの下から漏れてくる。

生前のステナはまさか、こんなふうではなかったろう。

「この前起きた、男爵のベルシュ村焼き討ちに関して、いろいろと訊きたいことがある」

ツアフの皮肉に歪んだ笑みが大きくなる。

「大変なことになったわよねぇ。おかげであたしのところも繁盛しているわ」

「だろうな」

イシュルは、内心に湧き上がる怒りと嫌悪感を押し殺し、短く答えた。

ベルシュ村に関係のない他所者にとって、所詮は人ごと、対岸の火事でしかないだろう。

だがもちろん、ひやかしでは済せられない、さまざまな身分や生業の者がベルシュ村で起きたこと、その顚末《てんまつ》を知りたがっているのも確かだ。

「それで、知りたいことは何？　ベルシュ村で実際にどんなことが起きたか、坊やは知っているのかしら」

「そこらへんはもう耳にしている。……そうだな、まず誰が生き残ったとか、そんな情報はあるか」

「あたしのところにはないわね。ただ、ベルシュ村の東側は深い森だから、うまく奥の方まで逃げて助かったひとはいるんじゃないかしら。森には木こりや猟師小屋もあるでしょうし」

「そうだな。だがそんな一般論じゃ金はやれないぞ」

「もちろん」

生き延びた者がいるか、こればかりは今は運を天に任すしかない。

イシュルは机にかるく、身を乗り出した。

「村が襲撃された後、エリスタールでもベルシュ村出身者が男爵の手の者に捕らわれている、という噂を耳にしたが、それは本当か」

「ええ。数人だけど、実際に捕らえられてお城か騎士団の庁舎で尋問されたようね。ただベルシュ村の村人のように手荒なことはされず、すぐに放免されたみたい。街中で、ベルシュ村と同じようなことをするわけにもいかないでしょう？　それに男爵も、さすがにやりすぎたと反省してるんじゃないかしら」

ツアフはそこでふふ、と声に出して小さく笑った。

「二〇〇シール（二〇〇銅貨・二銀貨）でいいわ」

イシュルはかるく息を吐くと、手許の銀貨二枚をツアフの方へ押しやった。

エリスタールで、ベルシュ村出身者の身に酷《ひど》いことが起きていなかったのはよかった。顔も名前も知らない人たちでも、同じ村の者が無事だと知れただけで、涙が出そうになるくらいうれしかった。

復讐に燃え、心のうちに怒りが渦巻いている筈なのに、一方でだいぶ気弱になっているところもあるらしい。

イシュルは気を引きしめ、次の質問をした。

「ブリガールが反省している、というが、実際のところはどうなんだ？　今、男爵は何をしている？　王家の懲罰を恐れて城にこもって怯えてるんじゃないか」

ツアフはその口を笑いの形に歪めたまま、答えた。

「ブリガールは今、エリスタールにいないわ」

「何だと」

どういうことだ？

「とはいっても、明日明後日には帰ってくるわ。男爵はヨエルにお忍びで出かけているの。ヨエルで義父の、元王国騎士団長と会って、王家に工作をお願いしいるたみたいね」

なるほど、ヨエルは王都ラディスラウスにほど近い街だ。エリスタールから王都へ向かう途上にある。伯爵位を持つ先の王国騎士団長の領地も、ヨエル近隣にあった筈だ。

「辺境伯領のゴタゴタが収まるまで、王家に大きな動きはないわ。その間に義父に宮廷工作をお願いしたんでしょうね。ヨエルの伯爵家とブリガール男爵家の婚姻をまとめた大臣はもう故人だし、男爵本人や老伯爵の人脈程度じゃ、王家に運動したからといってたいした効果があるとは思えないわ」

「ふん」

イシュルも薄く笑う。

「で、政治的にヤバい立場にたたされてしまった男爵さまが、わざわざ急ぎ戻ってくるとはどういうことだ？　収税時期で領主がいないとまずいからか。男爵主催の収穫の宴もやはりやらないとまずいのか？　いつもならもうやってないとおかしい頃だと思うが」

……話の繋げ方が少し不自然だったろうか。

イシュルは最も訊きたかったこと、ある意味最も勘ぐられたくない質問を、前の話題につけ足すようにしてツアフにぶつけた。

「そうね。街の住民もみな動揺してるみたいだし、これまで以上にきちんと、領主の務めを果たさないと。収穫の宴も三日後にしっかり行われるわ。街の有力ギルドや金持ち連中に招待状が送られているのは確認済みよ」

ツアフは醜悪な笑みを引っ込めると言った。

「男爵の動きと収穫の宴の情報、ふたつで一〇〇〇シールね」

お城で収穫の宴が行われるのは確定か、三日後か。これは朗報だ。やつのやらかしたことは大事だ、最悪領地や爵位を取り上げられる可能性もあるだろう。だが、そんなことはどうでもいいことだった。王家の裁定など待っていられない。俺が先にやる。俺自身の手で直接殺すのだ。

「……それと辺境伯が男爵に出した、風の魔法具に関する命令はどうだ？　どんな文面だったか、詳しくわかるか？」

セヴィルは商人ギルドを通じてかなり詳しく知っていたが、このことはどんな些細《ささい》な話でも聞き出し、知っておかないといけない。

まだまだ知りたいことが、気にかかることがあるのだ。

「……」

一瞬の沈黙。不可解な静寂が訪れた。

ツアフの、周りの空気が変わった。先ほどまでの幾分、侮蔑の混じった皮肉な態度が、真剣な緊張感をはらんだものに変わった。

「坊や、まだ若いのにえらいわねぇ。どんな方々とおつきあいがあるのかしら」

これは、……面白い。

「そんなこと聞いてどうする」

イシュルは威嚇するような笑みを浮かべた。

……どんな方々、だと？

こいつも俺のことをジノバと同じように考えているのか。

今、俺が知っていることはセヴィルを通して聞いた商人ギルドの情報と、現地に行きそこで当事者のひとり、騎士団の下っ端から聞き出したことだけだ。

ツアフは俺の背後に、ただならぬ存在がいるのではないかと考えている。俺が知りたいこともそのこと、聖堂教会の中央やラディス王家の連中が知りたいことと同じなのだ。

この怪しい風体の情報屋とは、以前にジノバの件で取引したことがある。あの後ジノバがどうなったか、こいつが知らぬ筈がない。ジノバと同じこと、俺の背後に巨大な存在がいるのではないかと考えるのも、至極当然のことではある。

俺の背後関係――その巨大な存在とやらが知りたいことは何か。

それは辺境伯が男爵に、どんな命令を出したかだ。辺境伯が男爵に送った書簡にどんなことが書かれていたのか。

それは強硬な、それこそブリガールがベルシュ村にしたような重い命令だったのか？　あるいはもっと穏便な、「ベルシュ家の当主にもう一度話を聞いてこい」程度の依頼、要請の類いだったのだろうか？

辺境伯が強硬な命令を出していたのなら、今回の事件の責任の度合いは、辺境伯により重いものになる。辺境伯の出した命令が要請程度の、穏便で軽いものなら、暴走し最悪の結果を招いた男爵の責任がより重くなる。

そこへ王家や教会の政治的思惑が絡んでくるわけだ。その辺はツアフにとっても興味深い、ぜひとも手に入れたいネタだろう。そういう情報は大商人や貴族、領主家、各地の主神殿の神殿長クラスが取引きするレベルになる。大きな金額が動くことになる。

そしてこれらのことはもちろん、俺も知らなければならない。

ラディス王国東端の大都市、アルヴァを領するベーム辺境伯は、周辺の貴族、小領主に対し主に軍事面で命令権を持つ〝旗頭〟の役を担っている。

辺境伯が男爵に対して「どんな手段を用いてもよいから、必ずレーネの風の魔法具を探し出せ」などと厳命していたら、ベルシュ家にも村にも風の魔法具を秘匿していた事実がなかった以上、辺境伯も男爵に連座する形で、重い責任を取らされることになるだろう。

ベルシュ村は辺境の、田舎の村とはいえ、今まで領主に歯向かうこともなく、納税も滞ることなく続けてきた模範的な村だったし、取次ぎ役（村長）のベルシュ家は、元は騎士爵を持っていた近隣の土豪で、あの伝説の魔導師レーネの出た家だ。

男爵はもちろん、大貴族の辺境伯でさえ、ただでは済まないだろう。現在、赤帝龍のクシム銀山襲撃で彼は苦境に立たされている。それが原因で、もう終わった筈の風の魔法具の話が蒸し返されたのだ。もし本物の風の魔法具を手に入れ、赤帝龍を討つことができれば辺境伯の処遇は逆転し勲功第一、万々歳となるが、このままでは、それができなければ先の落魄《らくはく》は免れないだろう。

風の魔法具は俺が持っているのだ。もちろん、辺境伯に渡すつもりはさらさらない……。

ツアフに漂いはじめた緊張した空気。

ジノバと同じ、俺の背後に大物の存在を嗅ぎ取ったから、そして話が辺境伯やラディス王家にまで及んできたからだろうが、それは当然違う。

……俺の関心は、辺境伯が復讐の対象に含まれるか否か、それを知ることだ。

イシュルは笑みを浮かべたまま、あえてツアフの思い込みを後押しするように言った。

「見てのとおり金はある。おまえが信用できる情報を持っているのなら、支払いに糸目はつけない」

ツアフはめずらしく固い口調で答えた。

「辺境伯がブリガールに出した手紙には、レーネの風の魔法具、〝イヴェダの剣〟を必ず探し出せ、ベルシュ家が隠匿しているのならどんな手段を用いても奪え、とあったわ」

「それは本当か」

「ええ。あたしが入手したものは写しだけど。信頼できるものだわ」

「……」

あまりに強烈な話で――いや、辺境伯が当時の、レーネが死んで半年ほど経った頃、調査した男爵家の報告を疑っていたのなら、そんなとち狂った命令を出すこともあり得るだろう。もしくはクシム銀山の状況が、それほどまでに厳しいのか。

それにだ、このうさんくさい情報屋を、どこまで信じられるか、だ……。

イシュルは何も答えず、値踏みするような目つきでツアフを見やった。

「男爵家にも、取引きさせてもらってる客がたくさんいるのよ。……下から、上まで」

皮肉めいた科白《せりふ》とは裏腹に、ツアフは低い、真剣な口調で話した。

……辺境伯の書簡の中身、それは男爵にごく近い筋からもたらされたということだ。

イシュルはわずかに俯き、顎を引いてフードの奥に隠れたツアフの眸の色を探った。

男爵家の、下から、上まで。

顧客の素性を晒す危険なひと言、ともいえるかもしれない。そこまで晒しても、こちらに信用してもらいたいわけだ。

しかし、無理して情報提供者の素性を明かさずとも、客にその写しを見せて、文面からその真偽を判断してもらうとか、真偽の疑わしいネタでも売る方法はあるだろう。客が金を払うか不安なら、その手紙の写しを見せる前に前金を多めにもらっておくようにすればいい。

……やはりこいつの行き着く先も、ステナと同じになるかもしれない。情報屋だからこそ、口を固くしなきゃいけないことだってあるんじゃないか。

だが、そのプロの情報屋らしくない浅慮は、この男のアタマが足りないからじゃない。

こいつにとっては金も、信用も二の次なのだ。ただひたすら情報を教えたい、情報のやりとりをしたいだけなのだ。

誰かと秘密を共有する、世間に秘密をバラまく、そこに快感を覚える——それとも違う。この男は、情報のやりとりをする狭間に垣間見える、その奥にあるかもしれない危険な何かを、ただ無心に追い求めているだけなのだ。それに触れたいのだ。見れば目が潰れるかもしれない、触れれば火傷《やけど》するかもしれない、それでも。

最初から決められたことなのだ。その時にはもう狂っていたのだ。

……この男にステナの人格が宿った時から。

ツアフとステナ。

魔法具の、魔法の、呪文の秘密。その深奥に、その先にあるもの。風の神、イヴェダ。

それを知ろうとしている俺と、目の前のふたりの、どこに違いがあるだろうか。

脳裏に昨日の、夜の川面に照らされたモーラの顔が浮かんだ。

イシュルも真剣な顔になってツアフを睨んだ。

わざと一拍あけて話す。

「いいだろう。その情報、買ってやろう。その手紙の写しを俺に見せろ」

「わかったわ。明日には用意しておくから、また来てちょうだい。写しそのものも渡せるけど、いらないの？」

「いらない。現物を手配できるのなら別だが」

「それは……」

さすがにツアフも言葉につまる。

俯いたツアフを横目に、イシュルは他に知りたかったこと、城の居館の間取り図や、衛兵の配置など城内の警備、城外に出ることができる抜け道の存在など、訊いておくべきか考えた。

……目の前の、ステナになったつもりでいるツアフが、俺を傭兵ギルドに登録した、フロンテーラ商会に勤める商人見習いの少年であると認識できていないのは確かだ。それならばツアフが誤解している、こちらの背後に大物が存在するかもしれない、という思い込みをそのままにしておいた方が、都合が良いのではないか。

王国国内の有力者が、例えばエリスタール城の居館の構造や城の抜け道に関心を持ったりするだろうか？王家や宮廷ではその程度の情報など、古くから把握されているだろう。

エリスタール城の居館の間取り図や、城の秘密の抜け道などに関する質問はその意図があまりに露骨すぎて、藪蛇になりかねない。

その後のことはともかく、男爵を殺すまでは情報屋に間違った判断をしてもらっておいた方が安全だ。このステナになったつもりの男は、男爵家と切っても切れない、深い繋がりがあるようだ。

イシュルは質問するのをやめることにした。

「では明日、また来よう。支払いはその時でいいか」

「前金で二〇〇〇ちょうだい。残りは三〇〇〇。写しを見せた時に」

金貨を渡すとツアフはしっかりおつりを渡してきた。イシュルの目の前に小さな銀貨の山ができる。

「おまえこそ金持ちじゃないか」

イシュルは腰のベルトに吊《つ》るした革袋に、おつりの銀貨を詰めながら言った。金貨は額が大きく使いづらかったが、かさばらないのが良かった。

「ふふ。そう思うなら、ぜひとも売ってほしい情報があるのよ。幾らでも払うわ。もし坊やが知っているのなら、だけど」

「何だ?」

丸くふくらんだ革袋を腰の後ろに結びつけながら、イシュルは興味なさげに答えた。

「それはもちろん、今、王国の当事者たちの間で一番関心を集めていることよ」

イシュルが顔を上げる。

「風の魔法具よ。〝イヴェダの剣〟が今どこにあるのか、誰が持っているのかしら」


イシュルはツアフの店を出ると、いつかのスリの少年のように、人けのない裏道をジグザグに進みながら、貧民街の方へ向かった。

いつからか、霧のように細かい雨が降りはじめた。イシュルはフードをかぶり、暗い夜道を歩きながら今日の寝床をどこにするか思案した。

……まさか、フロンテーラ商会に戻るわけにはいかないだろう。あそこは見張られている可能性がないとは言えない。ベルシュ村出身者の中には、監視がつけられている者もいるんじゃないか。少なくとも定期的に家主が帰ってきていないか、男爵家の者が見に来ているだろう。

今着ている服も、着替えもすべて取り替えたいし、自室には残りの金貨を隠してある。城で開かれる収穫の宴までに、一度は寄らないといけないだろうが、商会に寝泊まりするなんてことは危険で、とてもできない。

男爵家の収穫の宴まであと三日、潜伏するのならやはり貧民窟がいいだろう。あそこはつまり、領主の持つ領民の徴税台帳に記載のない者が集まるところである。貧民窟に暮らす者、あそこに建つ家々はそのほとんどが租税の対象になっていない。男爵家はどんな者があの区画にいるか、把握していないのだ。

どの街でも貧民窟の存在は、為政者にとって必要悪として黙認される。普段は最下層の労働力の供給源として、何かことあれば一般の領民の身代わりとして、使い潰されるわけだ……。

貧民窟に入ると街の川沿いに幾つか、古い木造の橋が架けられている。イシュルは雨宿りのため、それらのとある橋の、下側に潜り込んだ。

雨のためか、橋の下には先客がたくさんいた。イシュルは横になっている何人かの浮浪者をまたぎ、空いている場所を見つけるとマントを自分のからだに巻きつけ、そのまま横になった。

ひと息つくと目を瞑り、風魔法の感知を使って周りの様子を探った。

特に怪しい気配はない。浮浪者たちもよく眠っている。盗みをはたらくようなやつはいなさそうだが……。

辺りに漂う悪臭も予想していたほどではない。お城の収穫の宴まで我慢するしかない。

ツアフに「風の魔法具の在処を知らないか」と訊かれた時、「その情報はとてもおまえに払える金額ではないだろう」と揶揄《やゆ》した。そこでツアフは緊張を和らげ、いつもの調子で気味の悪い笑みを浮かべた。

それであの場は終わったのだが、あいつの金主である男爵家は、風の魔法具の情報についてどれほどの金を出すつもりなのか。

子どもの頃、かつてファーロやエクトルが言っていたことを思い出す。魔法具は金で簡単に買えるものではないのだ。それは貴族だろうと領民だろうと変わらない。

赤帝龍の出現が契機になったとはいえ、大貴族が村ひとつを滅ぼしても手に入れたいと渇望する代物《シロモノ》なのだ。とても、値段をつけられるようなものではないのだ。

家族を失い、故郷を失い、今ほどそのことを痛切に感じたことはない。

金では買えない、人の命でさえ塵《ちり》のごとく吹き飛ぶ、価値のあるもの。

そんなものを手にした時から、重い業を背負うことになるだろうことは目に見えていた。前世の分も人生経験があるくせに、家族を残して死に、悔恨に苛《さいな》まれてきた──痛い目に遭ってきたのに、この体たらくだ。

八つ当たりであろうと何だろうと、ブリガールには必ず、無惨に殺された家族と、村の連中と同じ苦しみを味わわせてやる。

復讐は何も生まない、虚しいだけだと人は言う。確かにそうかもしれない。だがそれで本当にいいのか？

ブリガールは大罪を犯したのだ。そしておそらく辺境伯も。

この件は赤帝龍も絡んでいる。もし王家が動かなかったら、彼らを裁かなかったら、死んでいった者たちの魂を誰が弔うのか。生き残った者たちは貴族どもの前に何もできず、ただ泣き寝入りするしかないのか。

……男爵らを、仇を討つために失敗は許されない。

はやってはならない。落ち着いて、よく考えろ。

まだまだたくさん、考えなければいけないことがあるはずだ。

思わせぶりな、意味ありげな発言を繰り返し、駆け引きを仕掛けてきたツアフ、いやステナには注意しなければならない。

あいつが男爵家と繋がっているということ、それはこちらが男爵家の情報を手に入れるのと同時に、向こうにもこちらの情報が漏れているということだ。

ツアフ＝ステナはそういうやつだ。どんな秘密も相手かまわずぶちまけ、最後は自滅していくやつだ。

だから今晩のように、俺が王家かどこぞの大貴族あたりとつながっているかもしれないと、やつに思わせたのは良かったかもしれない。やつを使って、男爵家を攪乱《かくらん》できればなお良い。上出来だ。

ツアフ＝ステナは俺が〝イシュル〟だと認識できていない。それは間違いない。なら、俺の正体が男爵側に漏れることはないのだ。

俺がベルシュ村の生き残りだと知られなければ、風の魔法具と紐づけられることもない。

風の魔法具はブリガールや辺境伯以外にも探している者がいそうだが……。

と、イシュルはそこまで考えると、マントの中で思わず身じろぎした。

……大事なことを忘れていた。

俺と風の魔法具のことを知っていそうな、少なくとも疑っていそうな者がひとりいた。

フロンテーラの手前、ラジド村で火龍討伐に従事していた宮廷魔導師の少女、大きな杖を持った火の魔法使いがいた。

彼女も気になることを言ってきたのだ。

あの時、セヴィルからベルシュ村の惨事を聞き、村へ戻ろうと街道を引き返すと、彼女が追いかけてきた。

わざわざ従者らしき者の馬に乗せてもらってだ。

そこで彼女は俺にあのナイフを、傷ついた火龍に風魔法を使って投げたナイフを返してきたのだ。

あの少女は、俺が魔法を使ったことに気づいていた。俺の顔を見ていた。

そして彼女は、

「しばらくフロンテーラにいる」

「用事を済ませたら会いに来い」

「わたしにも大事な用事がある」

といった趣旨のことを伝えてきた。

彼女の言ったことは何を意味するのか。

あの少女は王家の宮廷魔導師だ。当然、ベルシュ村で起きたことも知っているだろう。赤帝龍のことも、辺境伯とブリガールの動きも、思惑も。

ベルシュ村と王都は相当な距離がある。今は王家も事件の情報を集めている段階だろう。

ベルシュ村出身で成功した商人、事件後に危険を見越して夫人同伴でエリスタールから脱出した人物。王家の手の者がセヴィルを見つけ、彼に注目するのはただ、遅いか早いかだけの違いでしかない。

すでに彼の情報を手にしていたか、まさか俺が引き返した直後、あの短い時間でセヴィルと接触したのか、彼女は俺がベルシュ村の出身であることもすでに知っていて、ベルシュ村の惨劇を知って俺がどう動くかも当たりをつけていた。

こちらも得るものが大きかったが、やはり火龍討伐を見に行くべきではなかった。あの時、ナイフを投げて王国軍を助けるようなことはすべきでなかったのだ。

ベルシュ村と風の魔法具、レーネの焼死。

火龍退治で目にした風の魔法と、その魔法を使ったベルシュ村出身の少年。

これらのことから導き出される答えは何か。

あの宮廷魔導師の少女は、想像以上に俺のことを知っている。俺がイヴェダの風の魔法具を持っていることも、ほぼ確信しているのではないか。

彼女が俺に声をかけてきた内容はそのことを示している。

あるいはツアフのように駆け引きで、カマをかけてきただけかもしれないが、それでも疑念を持たれているだけで、俺にとってたいした違いはない、同じことなのだ。

問題はあの宮廷魔導師が、俺の目的が男爵家に報復することだと、看破しているらしいことだ。

「イシュルは大事な用事がある」とはそういうことだろう。

これは重要な問題をはらんでいる。

王家はすでに俺の存在を知り、俺の能力に当たりをつけ、男爵に復讐しようとしていることを推察している、ということだ。

そこで彼女が最後に、挨拶がわりに言ってきたこと、

「待ってるから。イシュル、がんばれ」

彼女は最後に〝がんばれ〟と言ってきたのだ。

……王家は、俺が男爵家にしようとしていることを黙認している……。

いや、俺が本当に風の魔法具を持っているか見極め、ついでに男爵家を処分してもらおうと考えているのかもしれない。

俺を利用したその後は……。

今度は俺が処分される、か。

いかにも王家のお偉いさんが考えそうなことだ。

だが、もちろんそうと断定はできない。

向こうだって俺を〝処分〟するのがどれほど大変か、わかっているだろう。新たな〝イヴェダの剣〟と戦うことになるのだ。

それにだ、あの少女の言い方からすると、俺の情報はまだ彼女の段階で止まっている可能性がある。

宮廷魔導師の多くは、王家に仕える貴族、領主家の者だ。一般の領民は魔法具など持っていない。つまり彼女も、封建領主の一族の出身である可能性が高い。それならば王家に対する忠誠は、絶対のものではないのだ。

彼女は、彼女の一族、一派か――は、俺の力を王家より先に、自らの陣営に取り込もうと考えているのではないか。

……まさしくこれも、風の魔法具などという、途轍《とてつ》もないお宝を手にしてしまった結果だ。

今はまだ、これらのことは何の根拠もない、憶測でしかない
まずはブリガールを地獄に叩《たた》き落とす、そのことに集中しよう。

男爵家主催の収穫の宴は、三日後の夜に行われる。エリスタールの住民が、いや王国中が驚嘆するような演出ができないか、その間、少し考えてみることにしよう……。

イシュルは暗闇の中でほくそ笑んだ。

神の魔法具

朝、明るくなってからも霧雨はやまなかった。

橋の下に蝟集《いしゅう》していた浮浪者たちは、すでにいなくなっていた。空に舞うように降る細かい雨の中、みな今日の食い扶持《ぶち》を得るため、他所へ出かけていったのだろう。

街の残飯あさり、物乞い、スリや置き引きに、まともな者は神殿で手配される種々の仕事、神殿の掃除や修理、男爵家からどこかの商人が請け負った街中の下水やエリスタール川のどぶさらいなど、彼らにも方便《たつき》を得る手段がいろいろとある。

イシュルはからだを起こすと辺りを見回した。

人のいなくなった橋の下、何もない地面に子どもがふたり、両膝を抱えて寄り添うように座っていた。
四、五歳くらいの女の子と、七、八歳くらいの男の子。髪の毛はボサボサ、顔も黒ずんでいる。服も汚れているが、身に着けているものはそんなに悪いものではない。
イシュルは何とはなしに、その子どもらを見つめた。

彼らは兄妹だろうか。ともに俯き加減で眠っているようだが、同じ格好で寄り添うふたりからは何かに堪えているような、微かな緊張感が滲《にじ》み出ているように感じられる。

貧民窟を徘徊《はいかい》する子どもらはみな、一癖も二癖もあるたくましい連中で、目の前のような弱っている子どもの姿を見かけるのはめずらしい。

まだ浮浪者となって間がないのか、日々の糧を得ることができないのだろうか。親に捨てられたのだろうか？

ふたりから漂い出る緊張した感じは、子どもなりの恐怖や絶望によるものかもしれない。厳しい飢えによる命の摩耗が、表に滲み出ているのかもしれない。

イシュルは近づいてふたりに声をかけた。

「お早う。大丈夫か？」

「……」

ふたりは顔も上げず、返事もしない。

「おなかが空《す》いてるのかな」

今度は小さい、女の子の方が顔を上げた。だが返事はなく、薄く開かれた眸がぼんやりとこちらを見ているだけだ。

これはヤバいな……。

「飯、買ってきてやるよ。そこで待ってるんだぞ」

イシュルは橋の下を出ると、飯を買いに走った。貧民窟のはずれ、街の中心部に入る辺りに小さな広場がある。そこに出ている屋台をめぐり、素朴な木彫りの器と壺を買い、スープを壺いっぱいに入れてもらい、パンを幾つか買って帰った。安物のパンは固く、小さくちぎってスープに入れ漬した。

イシュルが戻ってくると、子どもたちは前と同じ位置にまったく同じ格好で座っていた。彼らの前にスープの壺を置くと、匂いにつられてふたりとも顔を上げた。買ってきた木彫りの器に壺からスープを注ぎ子どもたちに与える。

「まずスープから飲むんだぞ。中に入っている芋やパンは後からだ」

子どもたちはがっつく力も残っていないのか、おとなしくゆっくりスープを啜《すす》りはじめた。

「ありがとう」

イシュルの買ってきた飯を食べ終わると、女の子が小さな声でお礼を言った。男の子の方もイシュルに目を合わせ、お礼を言ってきた。

子どもらはその後また眠りにつき、夕方になると再びイシュルが飯を買ってきて、子どもたちに与えた。

夜になると雨がやんだ。すると夕方から少しずつ混みはじめていた橋の下から、今度はいっせいに人がいなくなり、また朝と同じ、イシュルと子どもたちだけになった。

二回の食事で子どもたちも少し、元気が出てきたようだ。ふたりの間から漂っていた緊張した、あの暗い雰囲気がほとんど感じられなくなった。

「俺はちょっと出かけてくる。ふたりとも、明日も飯を食わしてやるからここにいるんだぞ」

「うん」

男の子と女の子、ふたり揃って返事をした。

イシュルは貧民街から歓楽街のツアフの店へ向かった。

ツアフの店のある裏道に入る前に、尾行する者がいないか、不審な動きをする者がいないか、何度も辺りに気を配る。裏道にも人影はない。店の中もツアフひとりのようだ。店の扉を開けると昨晩と何も変わらない、黒いマントで覆われたツアフがいた。

「いらっしゃい」

「辺境伯の手紙の写し、持ってきたか」

イシュルはツアフの前にある机の傍まで寄ると声をかけた。

「ええ。もちろんよ」

ツアフは、机の下から巻紙をひとつ取り出すとイシュルの前に広げた。

イシュルは妙に大人びた、冷たい視線をその文面に落とした。

……幼い頃、ファーロの書斎で昔の王都の役人や、もちろん実際は書記役の書いたものであろうが、何代か前の辺境伯の書簡も読んだことがある。領主や貴族、役人らの書簡や私文書、公文書の類いがどんなものか、だいたいはわかっている。

ツアフが広げた写しの文面は、書式や文体、文章の節々に使われている慣用句や修辞などから、貴族の、辺境伯から出された手紙と見て間違いなさそうだった。

辺境伯の出した手紙にははっきりと、レーネの所有していた風の魔法具をどんなことをしても探し出せ、と書かれてあった。村のすべて、特にベルシュ家を徹底的に捜索し、家人を拷問しても在り処《か》を突き止めよ、と書いてあった。

イシュルは怒りにからだが震えそうになるのを、激情が顔に出ないよう必死に抑え、堪えた。

「文章に不自然な点はないいな」

取り繕って、短く低い声で話す。

この手の文章を書ける人間は、領民にはほとんどいない。たとえ写しであろうと、偽造するには金も手間もかかる。

「それは良かったわ。残りは三〇〇〇ね」

薄い唇を醜く歪めた笑い。ツアフの表情は、いつもと変わらないように見えた。

夜道を貧民街に向かいながら、イシュルは心中で辺境伯に怨嗟《えんさ》の言葉をぶつけていた。

……レーヴェルトめ！　愚か者め！

いくら自領が赤帝龍に荒らされ窮地に立たされているからといって、何の関係もない村人を殺してしまうとは、いったいどういう了見なのか。

もし仮にレーネの風の魔法具を入手し、赤帝龍を斃《たお》したとしても、ベルシュ村の者を皆殺しにしたのでは何の意義もない。自家が安泰ならば他家の領民は死んでもかまわないわけか。それで銀山の採掘が再開されようと、ベルシュ村で失われた命は帰ってこない。

そんなことを誰が許すというのか。たとえ王国において公爵と並ぶような家格であろうと、王家がそれを許そうとも、俺が許さない。

俺は家族を失ったのだ。帰る家、帰る故郷さえなくしたのだ……。

イシュルが橋の下に戻ってくると、子どもたちはすでに寝ていた。ふたりで抱き合うようにして横になっている。昨日の暗い緊張感が消えて、子どもらしい寝姿に見えた。

イシュルは寝ている子どもたちを無言で見下ろした。

前世に残してきた子どもたちのことを、どうしても思い出さずにいられなかった。

もし前の世界でも、こちらと同じように時間が流れているとしたら、ふたりとももう、大人になって仕事をしているような歳だ。外見もすっかり変わってしまい、もう自分の子どもか、わからなくなっているかもしれない。

……子どもたちと妻と離ればなれになり、もう二度と会えない。そして生まれ変わった二度目の人生でも両親と弟を、肉親を一度に失ってしまった。この苦しみ、何という辛さか。

イシュルの眸から、涙がこぼれ落ちた。

橋の下で抱き合って眠る兄妹の寝顔は、川面に揺れる光に照らされて、目や鼻、額や顎と、その照らすところが目まぐるしく変わっていく。横に潰れて広がった頬と、半開きの唇が子どもらしくかわいらしい。

ふたりから漂う日常の、当たり前の安らぎ。

人の命とは本来、このように尊いものではなかったか。

もうそろそろ、夜には肌寒さを感じる頃合いだ。イシュルはマントを脱ぐと、子どもたちの上にそっとかけてやった。

翌日はよく晴れた。

イシュルは子どもらを連れ、昨日飯を買ってきた方とは反対側にある、エリスタールの街全体の西はずれ、周りに人家も少なく、木々に囲まれた大きな広場に向かった。広場の真ん中には井戸があって、一〇人あまりの老若男女が服を脱ぎ、からだを洗ったり、服を洗ったりしていた。中には若い女も交じっていたが、本人も、そして周りの者もまったく気にしていなかった。

イシュルも裸になって服を洗い、からだを洗い、子どもたちも同じように洗わせた。服を乾かす間、三人で一緒にイシュルのマントにくるまった。

子どもは少し体温が高い。三人でマントに包まると、すぐにぽかぽかと心地よい暖かさに包まれた。子どもたちは頭をこくり、こくりと揺らして早くも舟を漕《こ》ぎはじめた。

イシュルは顔を上げ、眸をすぼめて木々の枝葉の間に輝く太陽を見た。

短い間だが、ふたりの子どもたちと過ごして、久しぶりに人間らしい気持ちを取り戻すことができた。

人の命は確かに尊い。復讐は確かに虚しい。自分まで人殺しの身に落ちて、さらに人の死を重ねていくのだ。

復讐しようが、何をしようが、失われた命はもう二度と戻ってこないのに。

「……眩《まぶ》しい」

イシュルは額に手をかざして陽光を遮った。

風が吹くと枝葉の間を陽が躍り、きらきらと輝き瞬いた。

……復讐は何も生まない。ただ人の死を無為に積み上げていくだけだ。

その考えは正しい。正常な判断、思考だと思う。

だが、男爵と辺境伯、彼らを許す気にはならなかった。

復讐をやめる気はまったくなかった。

その尊い人の命の多くを、まるで虫けらのように踏み潰したのは誰か。彼らの罪を見過ごすことこそ、人の命の尊厳を踏みにじることにならないか。

自分に彼らを殺す権利がないというのなら、彼らを許す権利もまたなかろう。

罪と罰は等しく計量されるべきだ。

神が、王がそれを成さないというのなら、自分がやるしかない。

服が乾くと、今度は貧民街を横切り、昨日飯を買ってきた小さな広場に向かった。

途中、街を左右に横切る大きな道に出た。右手に昔は砦《とりで》だった、エリスタールのもうひとつの神殿が見える。あの不思議な、美しい女神官に出会った場所だ。

そうか、あの神殿は孤児院をやっているんだった。

この子たちをあそこに預けよう。

ただ、いきなり子どもたちを連れていって、孤児院で預かってくれと言っても、おそらく断られるだろう。

捨て子や孤児は街にいくらでもいる。

よくわからないが、親戚や身元のはっきりした第三者の委任状みたいなものとか、保証金のようなものが必要になるのではないだろうか。寄付金を積めば何とかなるか。後で話を聞きに行ってみよう。

……また、あの美しい女神官に会えるかもしれない。

「ねぇ、どこに行くの」

立ち止まって神殿を見つめるイシュルに、何を感じたのか女の子が聞いてくる。

「うん？　飯だ。お店で昼飯食おうぜ、な？　そろそろ肉を食べても大丈夫だろう」

「うん！」

今度は男の子の方が大きな返事をした。

昨日、飯を買った屋台の二つ隣に肉料理を出す店があった。三人でその店に入り、遅い昼飯を食べた。

屋台の、傷んだ木の板を渡しただけのカウンターに三人で並んで座った。屋台のおばさんに牛すじを煮込んだスープとパンを注文する。この界隈《かいわい》では安い肉しか出回らないのだろう、肉料理といっても切り落としや臓物を使ったものくらいしかない。

三人で並んで飯を食いながら、イシュルは子どもたちの身の上を聞き出した。

兄妹の兄の方の名はカミル、妹の方はミーナといった。

カミルの話によると、兄妹の父親はこの街で銅細工を扱う小さな工房をやっていたが、一年ほど前に、ひとりだけいた職人見習いに工房の銅板や売上を持ち逃げされ、そこから借金がかさみ、経営が傾いていったらしい。

家族の生活も日に日に苦しくなっていき、ある朝起きてみると両親が消えていて、銀貨や銅貨が十数枚と、よほど慌てて書いたのか、荒れた字で殴り書きされた置き手紙があった。手紙には、神殿に行ってその金を預け、面倒を見てもらいなさい、と書かれてあった。子どもたちは呆然としてしまって、何もできずにいる間に金主が現れ、親が残していった金を金主に奪われてしまった。

それから貧民街まで連れていかれて、銅貨を数枚だけ渡され放たれたのだという。兄妹の親はあまりよろしくない筋から金を借り、よほど切羽詰まった状況だったのか、それとも子ども相手なら金主も見逃してくれると考えたか、カミルは一応文字が読めたので手紙と金を残し、自分たちだけで夜逃げしてしまったのだった。

子どもを連れて夜逃げできないのなら、せめて自分たちで神殿に預けにいけばいいのに、その時間も取れなかったということか。

「……」

イシュルはため息をついた。

子どもたちはその時のことを思い出してしまったのか、途中から食も進まず、ふたり揃って俯いてしまっている。

「父さんと母さんは、本当はおまえたちを一緒に連れていきたかったんだ」

イシュルはふたりの肩を、抱きかかえるようにして手を回した。

「だけど、借金取りが怖い人たちで、それができなかったんだな」

「うぅ、うう」

「うわーん」

子どもたちが揃って泣き出した。

「大丈夫、いつかお父さんとお母さんにも会えるさ。何年かしたらおまえたちを迎えに来ると思う。代わりに俺が神殿まで連れていってやる。お父さんお母さんが迎えに来るまで、神殿の孤児院でしっかり勉強するんだ。な?」

「う、う、う」

カミルとミーナは泣きながら頷いた。

イシュルはその後も必死でふたりを慰めた。俺も両親はいないんだ。そんな子どもたちは世の中にはたくさんいる。おまえたちだけじゃないんだぞ、親がいなくてもみんながんばって生きてるんだ。などと、そんな感じである。

時間はかかったが、ふたりはどうにか泣きやんだ。

「神官さまには、おじさんがお願いするの?」

ミーナが聞いてきた。ミーナはなかなかしっかりしているがまだ小さい。彼女にはイシュルも「おじさん」に見えるらしい。

……おじさん、だと?

イシュルは両目を、これでもかと大きく見開いた。

「おじさんじゃありません。おにいさん、です」

イシュルが仏頂面になって言うと、今度はあらぬ方からしくしくと泣く声が聞こえてきた。顔を向けると、屋台をやってるおばさんがもらい泣きしていた。

イシュルはもう一度、深いため息をついた。

ねぐらの橋の下へ戻る途中、イシュルは子どもたちに先に行くように言いつけ、あの女神官のいた神殿に向かった。彼女に会い、ふたりを孤児院に入れてもらえるよう条件や手続きなど聞いておこう、と思った。空きがないとか、手続きなどに時間がかかる場合は金の力で何とかしようと考えていた。

明日の夜は城で収穫の宴が催される。明日の日中には子どもたちを、神殿に預けなければならない。

「……あの、あ、う」

「何でしょう」

イシュルは神殿の、以前老神官とスリの子どもたちが話していた事務室のような部屋に通され、机を挟んで女神官と向かい合っていた。

向かい合っていたのだが。

向かいに座る女神官は、あの美しい、妙齢の女性ではなかった。やや小太りの、中年の、どこにでもいるような平凡なおばさん、だった。

イシュルの格好は商人服にマント、剣を背負っている。これから何かの用事でひとり旅に出る、あるいは帰ってきた商人、というふうに見えなくもない。街中で商いをやっている者だがお聞きしたいことがある、と前置きして、目の前に座っている中年の女神官にこの部屋へ通されたのだが、ほかに人の姿はなく、あの美貌の女神官もいなかった。

今日は彼女はいないのか、運が悪かった、とかるく気落ちしたが、応接してくれた中年の女神官に、あの美しい女神官について何となくさぐりを入れてみると、以前からこの神殿には、あの時スリの子どもたちと話していた神殿長である老神官と、目の前に座っている中年の女神官しかいないのだという。

……だとすると、あの時会った不思議な女神官は何だったのか。

一時的に他所の神殿から、出向してきていたのだろうか。何とか取り繕ってそれらしい質問をしてみても、こんな貧民窟の小さな神殿に、他所の神官が派遣されてくることなどほとんどない、という至極当たり前な答えしか返ってこなかった。

イシュルは戸惑ってしまい、二の句が継げなかった。

自分の見たあの女はいったい、誰だったのか……。

「あの、お訊きしたい、とは何でしょうか」

中年の女神官が無愛想に訊いてくる。傍目にも動揺しているのがわかるのに、イシュルのことを気にかけたりする様子は微塵《みじん》もない。さっさと仕事を済ませたい、としか考えていないのだろう。

「あ、ああ。そうでした。貧民街で偶然、親に捨てられたかわいそうな子どもを見つけましてね」

イシュルは、引きつった笑みを浮かべて言った。

「これも主神の思《おぼ》し召しかと思い、彼らに衣食を与え、面倒を見ようと思ったのですが、急にこの街を出ていくことになりまして。この神殿は孤児院もやっているということを耳にしたので、子どもたちの面倒を見ていただけないかと」

……ところどころ嘘も織り交ぜ話を持っていく。事情なんてどうでもいいのだ。目的は子どもたちを預かってもらうこと。最後は金で強引にねじ込む。

「はあ、そうですか」

女神官はうさんくさげにイシュルを見つめてくる。

生活に困った親が同じようなことを言って、神殿に自分の子を押し付ける例も多いのだろう。

「何か手続きが必要になりますか？　当の子どもたちを連れてくる前に、教えていただこうかと思いまして」

「その前に、孤児院の方がもういっぱいで」

女神官が無表情に言ってくる。

孤児院がいっぱいなのは事実だろう。だが子どものひとりやふたりくらい、どうにでもなる筈だ。

イシュルは腰の後ろに回していた、銀貨がいっぱいに詰まった革袋を取り出して机の上に置いた。袋の口を開けて中身を見せる。中には銀貨がぎっしり詰まっていた。

「今、ここにあるだけでざっと銀貨五〇枚、五〇〇〇シールはあります」

女神官の表情が変わった。豹変《ひょうへん》した。

確かに、貧民窟にある神殿ではなかなか見ない金額だろう。

「子どもたちを預かって、できれば将来は神官になれるよう、しっかりとした教育もしてやってほしいのです。そのためにぜひ、高額の寄付をさせていただきたい。明日にはより多くの金額を用意できます」

五〇〇〇シールより多額の寄付……。

今度は、女神官の方が不審な態度をとりはじめた。目が見開かれ、額に汗が浮かぶ。明らかに動揺している。

……いや、興奮を、喜びを抑えられないのだ。

「わ、わかりました」

女神官は唾を飲み込み喉を鳴らした。

「手続きは簡単です。お名前と、預ける子どもの名前、お布施の金額を書いてくだされば……」

「なるほど、そうですか。ではまた明日、子どもたちを連れて伺います」

孤児院にはやはり、空きがあったらしい。

イシュルは銀貨をひとつかみ、一〇枚ほど机の上に置くと、

「これは前金として置いておきます。あなたを信用して、受領をあかすものは何もいりません」

「あ、ありがとうございます。お待ちしています」

女神官はイシュルを迎えた時とは打って変わって、神妙な態度で頭を下げてきた。

イシュルは神殿を出ると、歓楽街のはずれまで行き、自分と子どもたちの夕飯を買い込み、今や定宿となっている貧民窟の橋の下まで戻ってくると、待っていた子どもたちと夕食をとった。夕食はパニーニに似た、柔らかいパンに肉や野菜を挟んだものだった。

イシュルは子どもたちに、神殿の孤児院に入れるようになった、と報告した。

「明日、連れていってやるからな。一緒に行こう」

「！」

「うんっ」

子どもたちが笑顔になった。

ふたりが寝つき、夜もだいぶ更けて街に人影が消える頃、イシュルはフロンテーラ商会に向かった。

明日の夜、男爵家に報復した後はなるべく早く街を出たい。今晩のうちに服を着替え、明日の準備をし、その後の旅装も整えておく。もちろん自室に隠してある金貨も回収しておく。

イシュルは明日、神殿に子どもたちを預ける時には、思いきって金貨一枚まるごと寄付しようと考えていた。

……それだけ寄付すればさすがに、あの子たちにしっかりとした教育をしてやらねばと、神殿の者も考えるだろう。いや、教育してもらえるように交渉もできるだろう。あのふたりの出来がいいのなら、本当に王都の神学校にでも行って立派な神官になってほしい。神官というのは、身寄りのない者が年老いても安心して生きていける、ある意味最も安定した身分でもあるのだ。

子どもたちの身の振り方についてはそれでいいだろう。これからフロンテーラ商会に行くことも既定事項だ。

問題は、今日、貧民街の神殿に行って明らかになった不可解な謎、以前にあの神殿で出会った、美しい女神官がいったい誰だったのか、あれはいったい何だったのか、ということだ。

イシュルは川沿いの道を歩きながら、あの時のことを思い起こした。

彼女と出会った時の、あの不思議な現れ方と消え方、彼女から感じられた、ただ美しいだけでない、神々しいまでの存在感。あの部屋にあった、女神ヘレスの彫像と重なる彼女の姿形……。

この大陸には古くから、神々が時に人前にその姿を現し、時に奇跡を行う伝承が数多く伝わっている。

この世界には魔法もあるし魔獣もいる。神々が実在してもおかしくはないのかもしれない。レーネも若かりし頃、森の奥の神殿跡で、実際に風の神、イヴェダと会ったのかもしれない。

ではあの美しい女神官は主神、ヘレスだったのだろうか。彼女はあの時、あの神殿に所属する女神官のように振る舞い、俺の名前を訊いてきた。

その意図は何だったのか。

村を出、エリスタールに向かう途中で会った不思議な老人、彼は地神ウーメオによく似ていた。何をしゃべっているのかわからず、何の意思疎通もできなかったが。

彼らがもし、〝神〟であるとするのなら、自分の前に姿を現したのはなぜだろうか。

あの女神官は、神々しいまでの存在感を発散する一方で、こちらをちょっとからかっているような、何か遊んでいるような、少し楽しげな雰囲気さえ漂わせていた。

彼らが俺に接触してきた理由、それが何なのかと問われれば、今の自分に思い当たることはひとつしかない。それは風の魔法具だ。

イシュルは歩きながら自分の胸に手を当てた。

当てた手を強く握りしめる。

……自分の中に宿る風の魔法具、〝イヴェダの剣〟は、彼らが俺の面前に姿を見せるほどのもの、あるいは風神と同様に強い繋がりを持つもの、とでも考えればいいのだろうか。

昔、森の魔女レーネに殺されそうになったあの日、風の魔法具を身に宿したあの日、エクトルが言った言葉だっただろうか。それは、〝神の分身〟。

それは神器、神の宝具。彼らにとって、とても大切なもの……。

この身に宿る魔法具をただ単に、風神から授けられた最高位の魔法具、と考えるのはまずいかもしれない。単純に、強力な魔法の力を得たと、それだけで済ませてしまうのは危険だ。

森の魔女レーネが死んだ時に現れた蛇と剣、触れた瞬間に消えてしまったあれははじまりに過ぎない。

主神ヘレスの微笑み。

俺はどこに向かおうとしているのか。

彼らは何がしたいのか。何を考えているのか……。

神器、神の魔法具を持つということ。今、そのことの本当の意味を自分は知ろうとしているのかもしれない。

歩みを止め、イシュルは呆然と行く手の、何もない暗闇に視線を彷徨《さまよ》わせた。

そして目を瞑り、また目を開くと、今度はしっかりと先を見据え、両手をぐっと、固く握りしめた。

街を覆う静寂の中、今度は少し歩を早め、歩きはじめた。


フロンテーラ商会のある道の手前まで来ると、曲がり角に建つ家の影から商会の方へ目をやった。街の北へ延びる夜の道は月の光を浴びて、青白く光っている。もちろん人影ひとつ見えない。

イシュルは、道の左側に並ぶ建物の軒下に沿うようにして道の端を歩き、商会へ向かった。

数軒ほど手前まで来た時、商会の建物と、その奥の建物の間に人の気配を感じた。通りの方へ出ようとしている。

見張りか？

イシュルは建物の壁に身を寄せた。

商会と隣の建物の間から、頭に深いフードをかぶった、黒いマント姿の人物が出てきた。マントの裾から見える足元、華奢なからだのラインから女性のようだ。

……誰だろうか？

男爵側の見張りには見えない。

マント姿の人物は商会の前に出てきて、建物の上の方を見上げている。

ふむ。あの人影はシエラかもしれない。

彼女なら俺のことを心配して、時々はこうして店の様子を見に来てくれていてもおかしくはない。ただこんな時間、だが。

彼女に迷惑はかけたくないので、今まで会わないようにしてきた。だが、このままやり過ごすのも何となく悪い気がする。ここはあえて声をかけて、今までのことをかいつまんで説明し、納得してもらった上で以後、危険な行動をしないようしっかり釘《くぎ》を刺しておくべきか。

イシュルは道の反対側の建物の軒下から出て、マント姿の人物の方へ歩いていった。

ふたりの距離が近づく。

マント姿の者が近づいてくるイシュルに気づき、顔を向けてきた。

フードの陰に隠れていた、その美しい容貌が月の光に照らされる。

イシュルは愕然と、立ち止まった。

双眸《そうぼう》が驚愕に見開かれる。彼は叫んだ。

「メリリャっ！」

邂逅

「イシュル……」

喜色を浮かべるメリリャ。

彼女に素早く身を寄せ肩を抱くと、イシュルは先ほど彼女が出てきた、商会と隣の家の間に無理矢理引っぱり込んだ。

「生きてたのか！」

感激に、思わず声が大きくなった。

「うん」

メリリャは顔を上気させ、少し恥ずかしそうに答えた。

「よかった、本当によかった」

しかし、涙ぐむイシュルに対し、彼女がうれしそうな表情を見せたのは、ほんのわずかな間でしかなかった。

彼女の微笑みは形だけのものになり、眸から柔らかな光が消えていった。

「イシュル……、戻ってきてたんだね」

「え？　ああ」

「イシュルも知ってるでしょ？　エリスタールにいるベルシュ村出身のひとたちが、男爵に捕まってる、て噂」

「あ、ああ」

イシュルは涙を拭うと、メリリャの顔を見つめた。

村を出てから一年、彼女の顔は頬が少し痩せ、すっきりとして随分と大人びた、女の顔になっていた。あの頃はまだ残っていた、子どもっぽいほがらかなかわいさがすっかり消えて、かわりに冷たささえ感じられる、冴えた美しさに取ってかわられていた。

家のひさしの間から差し込む月の光が、彼女の顔を明と暗に、鋭い直線で切り分けていた。彼女の大人びた冷たい印象はそのせいかもしれなかった。

「イシュルが戻ってきたら、男爵に捕まっちゃうと思って。心配だったから、こうして時々見にきていたの」

「あ、ああ」

彼女のしゃべり方も随分と大人っぽくなっていた。田舎の村娘の素朴な感じが消えている。

エリスタールにいる……？

いや、ちょっと待て。

「イシュルは商会の人と、フロンテーラに買付に行ってたんでしょ？　でも、村があんなことになったから、必ずこの街に戻ってくると思ってた。イシュルなら――」

メリリャは勝手に、一方的にどんどん話を進めていく。

……この違和感。

彼女のこの感じは何だ？

こうして再会できるなんて奇跡的なことじゃないか。こんなうれしいことなんて、他にあるか？　……なのに。

いや、違う。何かおかしい。メリリャの態度だけじゃない。

時々見に来ていた、だと?

なぜ、彼女はここにいるんだ? うまく逃げてこられたのか?

まさか村が襲われる前にどこかに働きに出ていたとか? そんな話は聞いてないが……。

「ちょっと待って」

イシュルはしゃべり続けようとするメリリャを制止して言った。

「ごめんよ。今、メリリャはどこにいるんだ? まさか……」

彼女は顔をそらし、目の前の商会の壁を見つめた。そして薄く笑みを浮かべて言った。

「男爵さまのところよ」

「!!」

それは……。

全身を冷たいものが満ちていく。

……万が一でも、ブリガールの襲撃からうまく逃れ、村の縁故者か誰かのところに保護されていたら、もしそうだったら、良かったのに。

変わってしまったメリリャのこの様子。この感じの正体……。

「くっ」

イシュルは打ちのめされ、震え出しそうになる心とからだを必死に押さえつけた。

そして、覚悟して彼女を見つめた。

……泣きそうで、でも恐ろしい、鋭い目つきになってしまったかもしれない。

「辛いだろうと思うけど、村であったことを話してくれないか」

わずかに震えた、自分のものとは思えない低い声音だ。

「……」

彼女は笑顔を消した。そして視線をそらし、横を向いたまま答えた。

「イシュルはもう知ってるんでしょ？　村がどうなったか」

「ああ」

俺がすでにベルシュ村で起きたことを知っている、そのことを彼女は知っている。それはいい。さっきの俺の態度で十分に伝わったろう。

だがこの違和感は尋常じゃない。

彼女ももちろん、とても辛い、酷い目に遭ったろう。だが……。

買付って言ったか？　フロンテーラ？

確かに彼女は、俺がフロンテーラ商会で働いていることは知ってるだろう。この場所だって誰かに聞けばすぐわかるだろう。

誰か？　誰に？

買付、なんて誰から聞いたんだ？

まさか商人ギルドで聞いてきたとか？

メリリャのこの感じはいったい……。

イシュルの抱いた不審感は、湧き上がってくる絶望と怒りとともに大きく渦を巻いていく。

「だいたいのことは調べて知ってる。でもごめん。これはどうしても聞かなきゃならないことなんだ。メリリャがどうしても話したくないところは伏せてくれていい。だから」

メリリャはイシュルに顔を向けると、一瞬だけ目を合わせてきた。そしてまた視線をはずし、イシュルの言う意味を正しく理解したのか、小さく自嘲気味な笑みを浮かべ、しっかりと話しはじめた。

「最初は何が起きたのか全然わからなかった。わたしはあの日、家で母さんと裁縫をしていたの」

何を見ているのだろうか。彼女の眸に、暗い影が差していく。

「お昼くらいに急に村の、広場の方が騒がしくなって、畑に出てた父さんが帰ってきた。そしてわたしたちに家から出ないように、奥の方へ隠れているように言って、槍を持って家を飛び出していったわ。その後すぐに兵隊さんがたくさん来て……わたしも母さんたちも皆びっくりしちゃって。本当は、兵隊さんが家に入ってくるまで、ずいぶんと時間が経ってたかもしれないけど……それで、わたしたちが男爵の兵隊さんに捕まって、ベルシュのお屋敷まで連れてこられた時には、村の大人たち、男の人はほとんど殺されていたわ。多分わたしの父さんも、イシュルのお父さんも」

メリリャは目を合わせてこない。壁を見つめたまま、笑みを浮かべたまま話を続ける。

「ベルシュ家の敷地の端っこに、みんなの死体が積み上げられていたの。母さんもわたしも、連れてこられた村の人たちも皆、泣き叫んでいたわ。でも、それもすぐ静かになった」

メリリャはそこでまた、イシュルに一瞬だけ目を合わせてきた。

「大声で泣き叫び、暴れて抵抗した人は、目の前で容赦なく殺されたから。それから、偉そうな騎士の人が、森の魔女が持っていた風の魔法具を知る者はいないかって、聞いてきたの。わたしはそんな話、今まで聞いたこともなかった」

彼女の眸がまた揺れる……。

「それから、ひとりずつ引き出され、男爵に尋問されたわけか」

イシュルがメリリャの言葉を引き継いだ。

メリリャはまだ笑みを浮かべていた。だが話す声はぶるぶると震えだした。

「そうよ。ひとりとか、家族ごと二、三人ずつとか、呼び出されてベルシュの屋敷の裏の方へ連れていかれるの。裏の方からは時々悲鳴が聞こえてきたわ。わたしたちは男爵の兵隊に囲まれて、ぶるぶる震えてた。とても怖かった。そしてわたしたちの順番が近づいてきた時、立派な鎧《よろい》を着た騎士のひとが来て、やらしい顔をしてわたしひとりを無理矢理引っ張り出したの。その時」

メリリャは堪えきれず、両手で顔を覆った。

イシュルはメリリャを抱きしめた。しばらくの間、イシュルの腕の中で彼女は震え続けた。

しばらくすると少しだけ、彼女の震えがおさまってきた。

メリリャはそのまま、イシュルに抱かれたまま再び話しだした。

「その時が母さんとエメリとおばあちゃんと、最後のお別れになった。わたしはその騎士の男のひとに連れていかれて、屋敷の奥の、物置みたいな部屋に閉じ込められたの。その日はずっと、外から時々悲鳴が聞こえてきて、わたしは部屋の中でひとり震え続けていた。夜遅くになると静かになって、そうしたら男爵が入ってきて……」

メリリャはそっとイシュルの腕の中から離れると、涙を流しながらまた引きつった笑みを浮かべた。

笑みを浮かべたまま、話を続けた。

「わたしは男爵が何をしようとしてきたか何となくわかって、滅茶苦茶抵抗した。そうしたら、男爵に思いっきり殴られて、気を失ったの。その後――」

「もういい。もういいから」

イシュルは彼女の両肩を摑んで話をやめさせようとした。

だが彼女は自分の顔に、その笑みを貼りつけたまま話を続けた。

何か、よくできた仮面を着けているように見えた。

「……何か痛くて、目が覚めたら終わってたわ。男爵は、顔はきれいだが小娘はつまらん、とか言って」

だが、それ以上は無理だった。メリリャは立っていられずイシュルにもたれかかってきた。

再びイシュルに抱きかかえられながら、彼女は声もなく泣き続けた。

それもしばらくすると、

「ありがとう。もう大丈夫」

と言ってメリリャはイシュルから離れ、またひとりで立って話を続けた。

イシュルは彼女を抱きしめようと持ち上げた両手を、力なく下ろした。彼女からは何かかたくなな、彼を、誰をも拒絶するような心の内側がわずかに透けて見えた。そのように感じられた。

「男爵が部屋を出ていった後も、わたしは閉じ込められていた。次の日のお昼くらいかな。鎧を着てない、若い男のひとが部屋に入ってきて、そのひとはやさしくしてくれて、わたしを部屋から連れ出してくれたの。そのまま男爵とも会わずに屋敷の外に出て、村の人はいなくなってたけど、わたしを馬に乗せて、エリスタールまで連れてきてくれたの」

そこでメリリャは何度目か、イシュルの顔を見て微笑んだ。心なしか、緊張の取れた自然な笑みで。今までとは違った笑みで。

「エリスタールに着くと、お城の中にある大きな家まで連れていかれて、屋根裏の召使い部屋に入れられたの。しばらくここに住んでくれって言われて。その人はお城でもとても偉いみたいで、同じ階の召使いのひとたちにやさしくしてやってくれ、って言ってくれたの。その時に、わたしの家族もダメだったみたいだって教えられて……」

その男は周りのメイドたちに、メリリャがベルシュ村の生き残りで、家族はみな死んでしまったから、やさしく面倒を見てやれと命じたらしい。

「最初は食事の時とか、その人が来る時以外は部屋に外から鍵をかけられていたんだけど」

そこで彼女はイシュルから目をそらし、唾を飲み込み、ひと息間を置いてから言った。

「……そのうち、部屋に鍵をかけられることもなくなって、少しは自由にしてもいい、って言われたの」

「そうだったのか」

怒りと悲しみと、怖れ、いろいろなものが渦巻くようだったイシュルの胸が、先ほどとは違う冷たさで覆われていった。沸騰していた意識が急激に冷えて、落ち着きを取り戻した。

「……それで?」

「お城の召使いで、ベルシュ村に親戚がいた、っていう女のひとがいて、そのひとがいろいろと面倒見てくれて、何度かお城の外にも出してもらえたわ。イシュルの働いているこのお店の場所も、そのひとに調べてもらったの」

「そうか……」

イシュルは微かに笑みを浮かべ、頷いてみせた。

……かわいそうなメリリャ。

彼女を村から連れ出した若い男、お城でそれなりの地位にいる男。それはおそらく、家令のヴェルスだろう。

「イザークとか、村のやつらはどうなった？」

やつら、とは一緒に育った村の子どもたちのことだ。みんな幼なじみみたいなものなのだ。メリリャならそれがわかる。

……俺の態度は、顔つきは今、どんな感じだろう。メリリャにはどう見えているだろう。

せっかく生き残ったのに、こんなことになってしまうなんて。

「わからない。……みんな多分駄目だったと思う。ごめんね。イシュルのお母さんもルセルも」

「母さんとルセルなら大丈夫」

また泣きそうになったメリリャに、今度はイシュルが薄く笑った。

彼は左手の薬指にはまった、石のない指輪を彼女に見せた。

「これ、母さんがしてたものなんだ。ふたりの亡骸《なきがら》は、見つけることができたよ。村の墓地に埋めてきた」

メリリャの目が大きく見開かれる。

「……」

イシュルは懐からハンカチがわりに使っている布切れを出して、涙でいっぱいの彼女の眸を拭いてあげた。

一応、昼に洗濯したばかりだ。

彼女は昔のように微笑んだ。

そして少し上目遣いで、以前のように打ち解けた、やさしい感じで訊いてきた。

「石がなくなってる……。兵隊さんに、宝石だけとられちゃったのかな？」

悲しさは消えていないが、口調は柔らかくなった。

素で話すメリリャはこのとおり、一五歳の素朴な村娘だ。これが本来の彼女なのだ。

「取るなら指輪ごと取るさ」

イシュルは左腕を下ろすとメリリャを正面から見つめた。

「それより、城にいるのは危険だ。俺と一緒に今すぐこの街を出よう。男爵の手の届かないところに行くんだ。あてはある。俺にまかせてくれて大丈夫。心配しなくていいから、な?」

メリリャは一瞬だけ目を泳がせた。一瞬だけ。

彼女はその小さな動揺を押さえ込むと、また薄く笑って、イシュルを見つめ返してきた。

もうさっきの素朴な感じは、昔の感じは消えてしまった。

「でも、イシュルは村の仇討ちをするために戻ってきたんでしょ? イシュルのお父さんやお母さんの、仇討ちをするんでしょ? わたしにはわかるの。わたしもそのためにあそこにいるんだもの」

メリリャの目がすわっている。

「ブリガールは絶対許さない。必ず復讐する」

彼女の言うことには、確かに真実が、彼女の本心が含まれている。

「それは俺ひとりでやる。メリリャには安全なところにいてほしいんだ」

「でも、イシュルひとりで何ができるの? わたしが手伝えば、お城の中に入るのも簡単よ。ブリガールの寝室だってすぐにわかる」

メリリャは強い視線を向けてきた。

確かに彼女の男爵に対する憎悪、復讐心は本物だろう。

……だが、それだけが彼女の望んでいることだろうか。

彼女は俺の誘いに乗ってこなかった。

あの時の、自分が村を出た時の彼女のままだったら、彼女は俺の言うことを聞いてくれて、一緒についてきてくれたんじゃないか。

彼女がついてきてくれるのなら、男爵への復讐を後回しにして、フロンテーラへ行ってセヴィルやイマルの元に預けたのに。フロンテーラまで往復する手間、男爵への復讐が後になってしまうことも、そんなこと何でもないのに。

彼女は変わってしまった。それはそうだ。あんなことがあったのだ。誰だって以前のままではいられない。でも、それだけじゃない。

俺に前世の記憶がなかったら、田舎の村に生まれたただの一五歳の少年だったら、どれだけ衝撃を受け、悲しみ落ち込んでいたろうか。

……だが、違うんだよ。

「そうだな。そのとおりかもしれない。でもやつらを殺す段取りはもう、考えてあるんだ」

イシュルはメリリャの、彼女の背後にいる者に向かって言った。

彼女はもうこちら側にはいないのだ。彼女は向こう側にいる。

メリリャとヴェルスは繋がっている。

彼女はヴェルスの走狗《そうく》となっている。

城内で軟禁を解かれ、出入りが自由になった。それなのに城に居続ける理由は何だ？

男爵への復讐のため？　確かに城内にいる方がやりやすいだろう。そこで俺のような協力者が現れるのを待っていた？　まさかメリリャは、ヴェルスには秘密にして男爵への復讐を進めようとしているのか？

それはないだろう。彼女ひとりの力で男爵の寝室を調べ、俺を城の奥まで引き入れることなどできるわけがない。それは城内で起居している彼女自身が、一番よくわかっている筈だ。

急に不自然になった彼女の話、辻褄《つじつま》合わせ。下手な嘘。

本当に以前から、彼女はフロンテーラ商会に見に来ていたのだろうか？　俺が〝買付〟から戻ってくると思って？

俺が帰ってくるのを確認するために、彼女がフロンテーラ商会に見に行くようになったのはいつ頃からだろうか。

もし、それがここ数日のことだとしたら。

だとしたら、俺がエリスタールに帰ってきたのを、どうやって知ったのか。

あの夜にエリスタールに潜入したことを察知し、しかも俺の素性を知っている者。そんなやつ、いるわけがない。

だが、何も手がかりがないわけではない。

男爵家の者、ヴェルスとツアフ、いやステナか。彼らが繋がっているのはわかっている。

ツアフからベルシュ村で起きたことや男爵家の情報を買った、正体不明の少年、つまり俺だ——が現れたのは二日前。

その情報を、ヴェルスがツアフからこの二日間で入手したとする。

その少年がフロンテーラ商会に勤める、見習いのイシュルという者と同じ人物だと、もし仮に特定できれば、メリリャをこのタイミングで商会に見に来させることは可能だ。

だが、どうやったらツアフから情報を買っていた正体不明の少年と、フロンテーラ商会に勤める少年、イシュルが結びつくのか。つまり俺の素性や行動がわかるというのか。

……そこがわからない。

ツアフ＝ステナが、互いの記憶を共有していない限り、ツアフが実はまったくの正常で、自分に対する態度のすべてが演技であった場合、それ以外に俺のことを特定することはできない筈だ。ステナに化けたツアフは、俺がイシュル、であることを認識していなかった。

もちろん、モーラの身の上話が嘘だったとは思えない。

だがそこに、メリリャが加われば可能になるかもしれない。

俺↓メリリャ↓ヴェルスで、一本に繋がることになる。

さらに一方ではヴェルスと情報屋のツアフが繋がっており、ツアフからベルシュ村の情報を買った少年の情報は、ヴェルスにだだ漏れの状態だ。

これで俺と三者、メリリャとヴェルス、そしてツアフは繋がるのだが、まだ疑問は残る。なぜメリリャが、いやヴェルスが俺に、誘いをかけてきたのか……。

「イシュル？」

「ああ、ごめん」

「もう段取りを考えているって……、どういうこと？　何をしようとしているの？」

メリリャが訊いてくる。

人差し指の爪先を唇に当て、首をかしげながら。

「わたしにも手伝えるなら教えて。ね？」

メリリャ……。

「それを今から話してもな。実は、明日の夜には決行しようと思ってるんだ」

「え……」

メリリャは思いっきりとまどった顔をした。

「そんな、急すぎる。わたしも調べなくちゃいけないし……あっ、まさか収穫の宴に……」

ヴェルスはどこまで知っている？　やつとメリリャは、どんな話をしているんだ？

「そうだ。男爵家で催される収穫の宴で、仕掛ける」

このことを隠す必要はない。むしろメリリャを通じて伝わるようにすることで、彼女とヴェルス、男爵家側がどう繋がっているか、それを知ることができるだろう。やつらがどのように対応してくるか、その動きを見ることでいろいろなことがわかってくるはずだ。

ブリガールやヴェルスを殺すなんて簡単なことだ。その前に、やつらが俺と風の魔法具のことをどこまで知っているのか、なぜベルシュ村出身の商人見習いに接触してきたか、それを知らなければならない。

「なかなか面白そうだろ？」

それにこの計画を漏らしても、男爵は収穫の宴を中止も延期もできない。もう間に合わない。突然中止して悪い噂でも広がれば、王家の心証はさらに悪くなるだろう。

「え、うん」

彼女は口ごもったりながら答えた。一息遅れて頷いた。

「メリリャがほかの日じゃないと協力できないというのなら、俺ひとりでやる」

彼女が困惑しているのがはっきりとわかる。でも何か真剣に考えているようだ。

「……わかったわ。私も手伝う。何をしたらいい？」

彼女は少し間を置いて言った。何かの見込みが立ったのか、何か決断したらしい。

「そうだな。男爵家の者や騎士団のやつらに疑われないよう、城の中に入れてもらえないかな？　明日はもっと、きれいで高そうな服を着てくるから、宴に招待された客のひとりということでごまかせると思う」

「わかった。それだけでいいの？」

本来なら女中部屋に軟禁されるような立場の、しかもただの田舎の村娘が、そんなことできるはずもない。ここで今、彼女を強引に問いつめ、ヴェルスがどんなやつか教えてやり、彼女を彼から、男爵家から無理やり引き離すのはどうだろうか。

イシュルは顎に手をやり、メリリャの質問に思案するふうを装った。

……いや、まだわからないことが多すぎる。やはり、メリリャとヴェルスたちの動きを見極めた方がいい。何かがちぐはぐなのだ。しっくりこない。なぜメリリャなのか、なぜ俺なのか。

男爵家が、風の魔法具がまだこの世に存在しているか、しているのならそれはどこか、今も調べ続けている。それはわかる。だがまさか、俺が風の魔法具を持っていることまでは知らないだろう。家族も、ベルシュ村の者も、俺の秘密を知る者はいなかった。それは確かだ。

……あるいは疑っているのか。

ただひとり、あの火魔法を使う宮廷魔導師には風の魔法を使ったところを見られてしまい、思いっきり疑われているが。

もし男爵や辺境伯に知られていたのなら、メリリャを使ってこんなヌルい罠《わな》を仕掛けてこないだろう。もっと以前に、例えばベルシュ村に入る前に捕捉され、大部隊による厳しい攻撃を受けていたに違いない。

だがもちろん、今現在も周囲に怪しい気配はない。怪しい人物はひとりもいない。

「ああ、それで十分だ」

イシュルは思考を読まれぬよう、子どもの頃のような微笑みを浮かべ機嫌よく頷いてみせた。

「それじゃ夕方、お城の鐘が鳴る頃に練兵場に来て。奥に通用門があるの」

お城の鐘とは、城にそびえる五つの塔のうち、北西にある五番目の塔の最上部に備え付けられた鐘のことだ。火事など緊急時の他、日の出と日没に鳴らされる。城の練兵場は城壁で囲まれた城郭の外、城の西側にある。

「兵舎の裏の城壁のところだな」

「うん」

彼女は頷くと、「じゃあ明日ね。待っていから」と笑みを浮かべ、そそくさと表通りの方へ出ていった。

奇跡の再会、と言っては大げさに過ぎるが……。

なのに、随分とあっさりしてるじゃないか。

でも仕方がないよな。これから男爵家の誰かに、俺の言ったことを急いで知らせないといけないんだろ?

もう時間がないもんな。

「明日はがんばろうね」

「ああ」

メリリャ……。

イシュルは不意に、胸中を深い悲しみが突き抜けていくのを感じた。

メリリャはかるく手を振ると、足早に通りを北へ去っていった。

月に照らされた彼女の影が、路面を長く伸びていく。

悲しみはすぐに、跡形もなく霧散した。

村を出る時、心のうちに流れ込んできた彼女の真心を、今はまったく感じることができなかった。

イシュルはしばらく間を置くと、隣の家の屋根に飛び上がり、身をかがめ遠ざかる彼女の後ろ姿を見つめた。

すぐに、彼女の向かう先に新たな人の気配を感じた。

二〇〇長歩《スカル》（約一三〇メートル）ほど先で、油商をやっている家の影から街路へ出てきた者がいる。

南北に延びる通りは月光に照らされ、肉眼でも何とか見渡せる。その人物にメリリャが駆け寄り、ふたりの影がひとつになった。その影は抱き合うようにもつれ合い、街路を右に曲がり姿を消した。

彼らは城の方へ向かっている。その気配は一定の距離を超えると急速に弱まり、知覚の輪から外に出て、消えてしまった。

メリリャに合流した人物がヴェルスかどうかはわからない。だが男爵家の者であることは確かだ。

これからふたりを城まで尾行して城内に忍び込み、メリリャとヴェルスの、あるいは男爵らも加わるのか、その会話を盗み聞きするのはどうだろうか。

だがそれは、かなりのリスクがある。彼らが城内のどこへ向かうのか、場所によっては見失うか、荒事になるのを覚悟しないと忍び込めない可能性も高い。こちらは風の魔法とその感知能力が使えるとはいえ、盗賊や猟兵の経験は皆無、そんなスキルは持ち合わせていない。

もしバレれば騒動になって、明日の計画が吹っ飛ぶ。いろいろと知りたいことはあるが、ここは無理しない方がいいだろう。

「それにしても……」

イシュルは軒下に下りて肩を落とし、深いため息を吐いた。

メリリャ……。

おまえがあんなやつなんかと……。

だが、彼女の憎しみは本物だ。男爵に復讐しようとしているのは確かだ。ヴェルスもその対象になっているか、それはわからないが。

ふと、イザークの在りし日の姿が脳裏に浮かんだ。

あるいはヴェルスがメリリャを利用しようとしているように、メリリャもヴェルスを利用しているのかもしれない。

いずれにしても、ヴェルスを殺すのは決定済みだ。男爵をどう殺《や》るか、その演出も考えてある。

問題は、メリリャが単純にヴェルスに騙されていた場合だ。何とかして彼女の目を覚まさせ、ヴェルスから引き離さなければならない。ヴェルスを殺すのは、彼女が騙されていたと気づいてからだ。ヴェルスの本性をわからせてからだ。

……でなければ、メリリャがあまりにかわいそうではないか。

彼女をやつから引き離す、救い出すためにも、やはり向こうの張った罠に飛び込むしかないだろう。ここは虎穴に入らずんば、だ。

何ともチグハグな、こんなずさんな罠を張ったやつ。そいつには、聞かなければならないことがたくさんある。

イシュルは商会の裏手に回ると、今度は二階の屋根まで一気に跳躍し、普段は使われていない空き部屋の真上に移動すると、屋根の上から頭を下にしてぶら下がり、その部屋の鎧戸の隙間にナイフを刺して内側の閂《かんぬき》を引き上げた。その部屋の窓の鎧戸は少しガタついていて、左右の戸の間にわずかな隙間があった。

イシュルは鎧戸を開けると中に入り、同じ二階の自分の部屋に向かった。暗闇の中、まったく戸惑うことなく自分の部屋に入り、蠟燭《ろうそく》に火をつけると服を着替え、旅装を整えた。それから天井裏に隠してあった金貨を回収した。

イシュルの着替えた服はイマルのお古で、かつて城に行き男爵にお目見えする時に着たものだった。

背中に背負っていた父の形見の剣ははずし、旅装をおさめた背負い袋と一緒に商会に隠しておくことにした。荷物は商会の建物の脇、古い木樽が二つ並んで置かれたその裏に隠した。

明日、お城で事がすんだら、一旦商会に寄って荷物を回収し、メリリャを連れてエリスタールを出る……。

イシュルは彼女の不幸を思い、湧き上がる怒りや悲しみをぐっと堪え、黙々と準備を進めた。用事をすべて済ますとすぐ、商会を足早に去った。

……商会に長い間留まるのは危険だ。尾行にももっと、気をつけないといけない。

イシュルは自身の後方にも十分気を配り、裏道や屋根伝いに蛇行して貧民窟へ向かった。

橋の下まで戻ってくると、寝ている子どもたちの傍らに両足を抱えて座った。眠るように頭を下げ俯き沈思する。

……先ほどの、月光に分断された影の下から浮き上がる、彼女の白い顔が瞼《まぶた》に浮かぶ。

メリリャを見舞った悲劇。そして今の境遇……。

とてもこのまま眠りにつくことはできなかった。

やはり村を出る時、無理矢理にでも彼女を連れて出るべきだったか。あるいは商会の仕事にも慣れたところで、彼女を迎えに行ってやれば良かったのだろうか。

だが、それはできなかった。

それは風の魔法具を得て、魔法を詳しく調べ、冒険し、世界を見て回るという、自分の夢を捨てることだ。何の能力も持たない、ただの村娘でしかない彼女を連れてはいけない。無理に連れていっても、彼女を危険に晒すだけだ。

彼女を不幸にすることはできない。だから、彼女の気持ちに応えることはできない。

そう思ってメリリャを村に残し、彼女に想いを寄せていたイザークに託したのに。

あいつ、何をしていたんだ？ 何でメリリャを守ってやれなかったんだ？ ……などと、今さら文句を言ってもしょうがない。ただの八つ当たりだ。イザークも多分、死んでしまったろう。彼だってとても口では言い表せない。辛く悲しい、口惜しい思いをしたに違いないのだ。

頭の中をぐるぐると、イザークや村の人々の、父の、母の、ルセルの、メリリャの顔が、入れ替わり立ち替わり浮かんでは消えていく。

頬を、麦畑を渡ってくるあの風が掠めていく。

俯いたまま、拳をぐっと握りしめた。

……今さら過去を悔やんでもしょうがない。嘆き悲しんでも何も変わらない。

必ず仇を討つ。メリリャを救う。

やるしかない。

イシュルは顔を上げ、月明かりに揺れる。川面を見つめた。川の流れは橋の影の下に入ると真っ黒に染まり、その美しく細やかな輝きを失くしてしまう。

「ああ」

そこでふと思いついた。

気になっていたこと。城に帰るメリリャを追いかけて、盗み聞きして、そこまでして知りたかったことだ。

ヴェルスが俺の存在を知り、手なずけたメリリャを使って罠を張る可能性だ。

俺が風の魔法具の持ち主かもしれないと、やつらが考える可能性だ。

……幾つかの条件が合わされば、それは成立する。

例えばヴェルスが情報屋のツアフから、ベルシュ村の焼き討ちや男爵家のことを探る少年の情報を買った場合だ。

ツアフがヴェルスに、「ベルシュ村の件であなた方を調べている者がいる」と誘いをかければ、やつは間違いなく俺の情報を買うだろう。

そうすればヴェルスは俺の年格好、外見や人となりを知ることになる。続いてそれをメリリャに話せば、彼女はその少年が俺なんじゃないかと気づくかもしれない。

「ベルシュ村の事件や男爵のことを嗅ぎ回っている少年がいる。歳は一五歳くらい、やや小柄で童顔だが、やたらと世慣れた、大人顔負けの言動をする。村の焼き討ちで生き残った者がいるか訊いていたというから、メリリャと同じベルシュ村の子かもしれない」

もしヴェルスがメリリャにこんなふうに話したら、彼女は十中八九、「その少年はイシュルだ」と答えるだろう。

メリリャは俺がフロンテーラ商会で見習いをしていることを知っているから、これでヴェルスからメリリャ、俺、そして今晩の再会まで、すべて繋がることになる。

ベルシュ村出身の商会の店員、イマルと俺がフロンテーラへ仕入れに行っていること、事件後にエリスタールを脱出した、店主のセヴィルもベルシュ村の出身であること――これらのことも、商人ギルドや、商会の近所でちょっと聞き込みをすればすぐに知ることができる。

ただ、どうしてもわからないことがある。

男爵家は街にいるベルシュ村出身の者を捕らえ、レーネの焼死や風の魔法具について尋問し、かつ、村の出身者で組織化された集団による男爵家への報復を、未然に防ごうとしている。

村の出身者で、情報屋から焼き討ちの情報や男爵の動向を探っている者がいたら、それは確かにヴェルスも、メリリャを使ってでも俺を捕らえようとするかもしれない。

だが、小賢しく動くだけで何の力も持たない少年を捕らえるのに、何であんな手の込んだ誘いをかけてくるのか。わざわざ騎士団を使うまでもない、男の使用人を何名か用意するだけで、商人見習いの子どもひとりくらい、簡単に捕まえられるだろう。

情報屋のツアフ=ステナは、いったいどこまで俺の情報を漏らしたのだろうか。

あいつは多分、ジノバ邸を襲撃したのが俺ではないかと当たりをつけている。俺がやつからジノバの情報を仕入れてからすぐ、やつの邸宅が襲われたからだ。誰だってそれくらいのことはわかる。そして俺は辺境伯の男爵に宛てた書簡の中身を知るために、一般の領民がほとんど目にすることのない、王金貨を使って支払いをした。

これだけでツアフは俺がただ者ではない、例えばどこかの大貴族か教会のお偉いさんに雇われた、魔法を使う腕利きの賞金稼ぎ、くらいの見当はつけているだろう。

ツアフがそんなことまでしゃべったから、ヴェルスは俺を危険な人物だと考え、メリリャを使って工作してきたのだろうか。

いや……どうだろう。ブリガールは今、危うい立場にいる。それはヴェルスも同じだ。背後に大物がいるかもしれない、得体の知れない相手に、あんなずさんな罠を張って誘いをかけてくるだろうか。

俺だったらそんな危険な真似はしない。背後にいる〝大物〟がもし、王家や聖堂教会の中央に近い筋だったらどうするのか。

危な過ぎてとてもじゃないが手を出せない。黙って指をくわえて見ているしかない。

……おそらくツアフは、俺のことをそこまで話してはいないだろう。でなければヴェルスも仕掛けてこなかったろう。

大切なものを失い、傷つき変わってしまったメリリャ。

つたない、見え見えの演技。下手な嘘。

今夜の、あの時の彼女の言葉、表情を思い浮かべるたびに、この茶番に対する疑惑が膨れ上がっていく。

どうしても、わからないことがあるのだ。

それはきっと、彼らの罠に飛び込んでみないとわからない。

どんな理由が、事情があるか、それを知らずに殺すわけにはいかない。

メリリャを救い出す鍵も、そのへんにありそうだ。

……この、俺の手にある力。彼女と同じように、どす黒く染まってしまった俺の心。

やつらを早く殺し過ぎないように、気をつけないといけない……。

イシュルは橋の下の真っ黒な川面を見つめ、ひっそりと冷たいな笑みを浮かべた。


ゆさゆさ、ゆさゆさと、からだが揺れている。

イシュルが薄目を開けると、目の前にミーナの顔があった。

「おじ……、おにいちゃん、起きて」

おじ？

イシュルはがばっと、勢いよく跳ね起きた。

下にマントが敷かれている。はっきり覚えていないが、服を汚さないよう自分でちゃんとマントを敷いて寝たらしい。

「おじさんじゃない。おにいさん、だから」

イシュルはぱっちり目が覚めた。たじろぐミーナの後ろでカミルが笑っている。

橋の下から川辺の景色に目をやる。建物に当たる陽の感じ、影の長さから夜が明けて、だいぶ時間が経っているようだ。

……まずい。

「ごめんごめん、急ごうか。すぐ行こう」

イシュルは子どもたちを連れ、さっそく神殿に向かった。

左手にミーナ、右手にカミルと手を繋ぎ、三人で笑い、楽しく話しながら歩いた。

これほど心洗われることはなかった。

子どもたちはご機嫌で、ミーナはスキップしながら歩いていた。

神殿に着くと今日は神殿長がいた。イシュルが挨拶を済ますとさっそく、ふたりを孤児院で預かる手続きに入った。

「――これでよろしいかな」

粗末な曇りガラスの窓から、穏やかな日差しが差し込んでいる。

イシュルの目の前には神殿長が座っている。老神官はイシュルに、一枚の小さな紙きれを渡してきた。

イシュルが神殿に一万シール、金貨一枚を寄付した受領書は、高額な寄付の場合に限られるが、神殿側と寄付した側で同じものが二通つくられる。

イシュルはその受領書二通ともに、神殿長にふたりに語学や聖堂教に関する教育を実施する旨、裏書を要求した。これで一応、カミルとミーナが神官教育を受ける、確実な保証が与えられることになる。

ちなみに慣例として、高額寄付者は神殿の正面入口付近のしかるべき場所に、名前と金額などを記した木板や銅板などが掲示されるが、これはイシュルの方で断った。

「ありがとうございます、神殿長」

イシュルは受領書を受け取ると、微笑んで礼を言った。

いやいやとんでもない、と老神官も満面の笑みで頷いた。

イシュルが三つある神殿の真ん中の部屋、出入口のある広間に出てくると、カミルとミーナ、昨日の中年の女神官がいた。

イシュルはまずその女神官に近寄ると、一〇枚ほどの銀貨をそっと手渡し、言った。

「ふたりをよろしくお願いします」

「はい。それはもう」

女神官も愛想笑いを浮かべた。

孤児院では有象無象、いろんな子どもたちがいる。世話する側も同じだ。その中でふたりが少しでも良い待遇を与えられるよう、彼女に手を打っておくことは重要だ。

イシュルはふたりの前でかがむと頭に手を置き、言った。

「ふたりともがんばってな。しっかり勉強するんだぞ」

「うん」

「おにいちゃんの名前はサコーっていうの？」

素直に頷くミーナに対し、カミルはイシュルが受領書などに署名した偽名を覗き見したか、その名を訊いてきた。

良くも悪くも自分の名は、これから王国に広まっていくだろう。

ふたりのことを考え、イシュルは偽名を使った。

神殿に対し偽名を名乗るのは当然よろしいことではないが、高名な貴族や大商人が神殿に寄付する場合、偽名を使うことはある。それにイシュルはこの大陸の多くの民衆のように、特別信心深いわけではないし、聖堂教会や神を怖れたりしない。

彼はふたりの耳元に顔を寄せ、そっと囁いた。

「本当の名前はイシュル、っていうんだ。秘密だぜ」

神官に一礼し、涙を浮かべるカミルとミーナにお別れすると、イシュルは神殿を出た。

左手に、中を覗き見していた孤児院の子どもたちの駆けていく背中が見えた。そのうちのひとりに見覚えがあった。

イシュルは風の魔法のアシストをつけ、瞬く間に彼らに追いつき、見覚えのある子ども、かつてイシュルの財布をすった男の子の襟首を掴んだ。

その子がからだを固くして振り向く。

「ううっ、なんだよ」

ばつの悪そうな顔をして見上げてくるその男の子に、イシュルはにやりと笑って言った。

「あの時は見逃してやったんだ。あのふたりの子どもたちのこと、よろしくな」

神殿の前を延びる、貧民街では一番広い道を歩いていく。

しばらくして振り向くと、神殿の前でカミルとミーナが手を振っていた。別れる時は泣きそうな顔をしていたが、今は笑顔になっている。

イシュルも笑顔で彼らに手を振り返す。

イシュルは踵を返すと再び神殿の前の道を歩いていった。その顔から笑顔が消えていく。

この後、夜にはたくさんの人を殺すことになるだろう。

大金も使って、あのふたりの子どもを助けるのに力を尽くした理由、それは単にかわいそうだったから、前世の我が子に重ね合わせて情が湧いたから、ただそれだけではない。

そこには自身の心の均衡を保つための、これから背負う罪の意識を少しでもかるくしようとする、ある種の歪んだ代償行為、のようなものが含まれていなかったろうか。

ふたりの子どもを助けたのは自分自身のため。偽善ではない、ときっぱり否定できるだろうか。

だが、それでいいのだ、とも思う。

あの子たちが人間らしさを失っていく自分に、あるべき自分に、どれだけ力を与えてくれたことか。

レーネの末路、ステナの末路、そして男爵や辺境伯もいずれ……。

ほんの少しでいいのだ。それが偽物であってもいい。前世の、この世界の、正義、道徳、良識、人間らしさ、やさしさ……何でもいい。そんな誰もが持っている当たり前のものに爪の先でも触れ続けていられれば、己の求めるものに執着するあまり自滅していった者たちと、同じ結末を迎えずに済むだろう。

魔法を知る。力を求める。それはきっと、世界を知ることになる。

これから自分はおそらく、彼らと同じ道を歩むことになるだろう。

それは破滅の道だ。

……彼らとは違う、自分の未来を摑まなければならない。

イシュルは道を西へ曲がり、エリスタールの街はずれにある広場へ向かった。

貧民窟の昼下がりは、明るい日差しにいつもの荒《すさ》んだ空気が随分と和み、のんびりと時間が流れていた。

広場に着くと、井戸の周りには昨日と同じように、貧民窟の人々がからだを洗い、服を洗い、おしゃべりをし、時に下卑た笑い声を上げていた。

端の方では、遊んでいる子どもたちの姿もあった。そこからも時々、甲高い声が聞こえてきた。

イシュルは広場の片隅、木の幹に背中を預けて座り、特に何を考えるでもなく夕方までぼーっと過ごした。

そして陽が傾いてくるとおもむろに立ち上がり、今度は街を東に、城の方へ向かって歩きはじめた。

街並を抜け、城の西側にある練兵場の前に立つと、ちょうど正面にそびえる城から日没を告げる鐘の音が響いてきた。

鐘音は街の全域に鳴り響くような音量ではない。だがその音は思ったよりも重厚で、街中で幾度か聞いた筈なのに、イシュルには初めて聞く音のように感じられた。

周りはすっかり陽が落ち、薄暗くなっていた。練兵場は北側の半分が丈の低い草に覆われ、馬場としても使われている。その向こうは葦に覆われた湿地、というより沼地になっている。小高い丘の上にあるエリスタール城の北側は、沼や湿地が延々と広がっており、この辺りが昔、城塞を築くのに適した地形だったことがわかる。目の前の練兵場も昔は湿地だった筈で、後に埋め立てられたものだろう。

イシュルは視線をめぐらせ正面を見た。城のそびえる丘の手前には、兵舎や厩《うまや》などの建物が並んでいる。その建物の間に少女がひとり、立っているのが見えた。

その少女はメイド服らしきものを着ていたが、イシュルはその召使いの少女がメリリャだとすぐにわかった。彼女も練兵場の端に立つ少年が誰か、すぐにわかったようだ。

イシュルはお城へ向かって、ゆっくりと歩き出した。

……感じる。メリリャが俺を見ている。

夕闇が迫り、この距離からでは彼女の白い顔の、輪郭しか見えない。

だがそれでも彼女の強い、突き刺さるような視線を感じた。

兵舎にも厩にも人の気配がない。城兵はすでに、収穫の宴の警備についているのか。

彼女はひとり、俺が来るのを待っている。

じっと動かず、無言で待っている。

……互いに正対して、まるでこれから決闘するみたいじゃないか。

「ふふ」

イシュルは顔に出ないよう、声だけ出して笑った。

鐘の鳴る中、イシュルは練兵場をまっすぐ、メリリャに向かって歩いていった。

復讐の夜

［一］

イシュルはメリリャの前まで来ると微笑みを浮かべ、左手を胸に当てると腰をかがめ、それは恭しく、やさしい声で言った。

「今晩は、メリリャ」

イシュルのしてみせた大仰な挨拶は、大陸諸国に広く行き渡っている王家や貴族など上流階級の礼儀作法だ。彼らが女性の貴人に挨拶する時の正式な作法を簡略化したものだ。

彼が少しおどけてそんなことをやってみせたのは、メリリャのメイド服姿がとてもかわいかったからだ。もちろんそれは、貴族の令嬢や王家のお姫様のするような服装ではない。ただの使用人の服装だが、それでも彼女の姿は新鮮で特別だった。

「今晩は、イシュル」

メリリャは少しはにかんで答えた。

「イシュルは昔から時々、本物の貴族さまみたいに上品な仕草をするよね。しゃべり方もそう」

彼女はイシュルの前に立って歩き出しながら言った。

「そうかな」

……彼女の言ったことは、今まで周りにいたひとたちからたびたび指摘されてきたことだ。

もちろん、普段から自らの言動には気をつけているが、それでも前世の、二一世紀の日本人の何げない仕草や、話す時の口調が外に出てしまうことがある。この世界の人々は、それらを妙に洗練された、上品なものに感じるらしい。だからといってこの世界の人々が未開だ、野蛮だとか、そういうことではない。少し田舎臭い、のんびりしたところは確かにあるが。

イシュルはメリリャに屈託のない笑みを浮かべてみせると、ふと視線をあらぬ方に泳がせた。

……いる。

俺を見張っているやつがいる。

その気配は城壁の上、凹凸型の矢狭間の影に感じ取れた。

木造の粗末な兵舎を通り過ぎ、丘の斜面につけられた階段を上ると、より細かい様子が伝わってきた。

二、三人、息を潜め身をかがめている者がいる。同じ城壁の端に立つ衛兵とは別に、矢狭間の裏に弓兵が配置されていた。

イシュルは涼しい顔で素知らぬふうをよそおい、内心ほくそ笑んだ。

……何てわかりやすい。

さて、これからヴェルス本人か、誰がお相手してくれるか知らないが、田舎の村出身の、商人見習いの少年ひとりにこのお出迎えはどうなんだ?

メリリャは、人がふたり、横に並んで何とか通れるくらいの幅しかない、小さな通用門の前に立つと、入口に立つ衛兵に小さな声で「通ります」とひと言声をかけ、中に入っていった。

「……」

メリリャから目で催促され、イシュルも続いて中に入った。衛兵は顔も向けてこず、何の反応もない。

イシュルが城内に入るのを確認すると、メリリャはすぐ目の前の、城壁の内側にある木造の小屋に入っていき、火の灯されたカンテラをぶら下げ出てきた。

カンテラに照らされたメリリャの顔は、少し強ばっているように見える。城門をくぐる辺りからからだの動きも少し固く、ぎこちなくなったような気がする。

彼女も緊張しているのだ。まぁ、それも当然、なんだろうが……。

「ついてきて」

カンテラねぇ。

イシュルは辺りを見回した。

もう夜、と言ってもいい暗さだが、どう考えても灯りなしで歩くのは無理、という状況ではない。そんな場所ではない。

城内には、以前からあった正面奥の大きな樟《くすのき》の他に、左手に同じ樟か、樫《かし》の木が数本植えられていた。その木々の向こうには複数の篝火《かがりび》が焚《た》かれ、たくさんの人々のざわめきに混じって、弦楽器の重奏が聞こえてきた。

あの木々の向こう側が、男爵家の収穫の宴の会場になっているのだろう。木々の間に見え隠れする着飾った人々は、ざっと一〇〇人ほどか、宴に招待された街の名士たち、その夫人、家族らだろう。

そして木々の手前、会場の裏側であるこちら側には、数人の衛兵が目立たぬようにして立っている。

イシュルは新たに植えられた木々と、前からあった奥の樟の方へ、素早く視線を走らせた。

……衛兵らはいい。問題は枝葉に隠れるようにして木の上に数名、弓兵が隠れ潜んでいることだ。彼らの注意は会場の方に向けられており、気になる動きはない。当然、こちらへ矢を射かけてくるような素振りもない。

城壁に隠れていた弓兵だけではない。あの樹上の弓兵。彼らも俺に対する備えではないだろうか。

もしや、夜会に乱入するのを待ち構えている、ということなのか。あれが罠、なのか?

だが、それでは招待客が巻き添えになってしまう。万が一の備え、ということなのか。

今ひとつはっきりしない。よくわからない……。

だが直後、動きがあった。

何げにふたり揃って歩きはじめるとすぐ、メリリャが声をかけてきた。

「ねぇイシュル、ひとつお願いがあるの」

身を寄せて、囁くように言った。……少し、悲しそうな顔をつくって。

「何?」

「あのね、実は何日前にベルシュ村出身の人がブリガールに捕まって、城の牢屋に入れられているの」

彼女はそこで言葉を切った。俺の顔を、覗き込むようにして見上げてくる。

「それで、ブリガールに復讐する前にその人を先に助けられないかな、って思って」

緊張が極まったのか、彼女は胸を押さえ少し息を吐くと、そこからは一気に話した。

「イシュルがどうやってブリガールを殺そうとしてるのか、わたしにはわからないけど、あいつを殺したら、すぐにお城から逃げなきゃいけないでしょ? 大騒ぎになるだろうし。だから先に、その人を助けておいた方がいいと思って」

仕掛けてきたか。

……牢屋、か。そのためのカンテラか。

イシュルはメリリャに微笑んでみせた。

だが実はそれは、彼女に対する肯定のサイン、彼女を安心させるため、というようなものではなかった。露骨でずさんな罠に対する、嘲笑を含んだ皮肉な笑みだった。

もし明るい陽の下で彼の笑顔を見たら、メリリャにもそうとわかっただろう。

イシュルは微笑みを浮かべたまま、しっかり頷いた。

「わかった。その人を先に助けることにしよう。その牢屋まで案内してくれるかな?……無理に助け出せば、それはそれで騒ぎになると思うんだが」

随分と甘く見られたものだ。

「うん! それじゃ、案内するからついてきて」

メリリャはうまくいったと思ったのか、少しうれしそうだ。

イシュルは笑みを消して、前を歩くメリリャの背中を見つめた。

「……」

胸の奥を渦巻く、怒りや悲しみ。

心の鬱屈を、感じないわけにはいかなかった。

メリリャに続き、収穫の宴の会場前を素通りして、城館正面に立つ樟の方へ歩いていく。目の前の衛兵らは何も言ってこない。

今日の俺の服装を見れば、衛兵たちにも収穫の宴の招待客、とわかるはずなんだが。

その招待客が会場の前を素通りしてるのに、誰ひとり声をかけてこないっていうのは、ちょっとおかしいんじゃないか?

さらに樟の奥へ進んでいくと、城館の東側に出た。

その館の一階にも、多くの人の気配がした。おそらく、宴の客に給仕する召使いたちと思われるが、ひとの気配は上のフロアにも感じる。

間違いなく、かなりの数の騎士団兵士も交じっているに違いない。

夜会の警備としては明らかに過剰な兵力だ。万が一の、俺に対する備えということなのか……。

城館の東側には二階建ての木造の建物が、城壁の裏側にへばりつくようにして建てられていた。この建物が城に勤める従僕、召使いたちの住居の筈だ。

屋根の上には等間隔で出窓が並んでいる。あの屋根裏部屋のどれかひとつが、メリリャの仮の住まいになっているわけだ。

城館と木造の建物の間を奥に歩いていくと、左側に城の北東の塔の入口が見えてきた。

ちなみにこの塔は城館と連結され、武骨な石積みの外壁が途中から、館の白い洋漆喰の壁に変わっている。

ふたりの前にある塔の入口は、鉄製の扉が開かれ、地下へ続く階段が見えていた。

「牢屋はこの下だね？」

イシュルが質問すると、メリリャは「うん。足元に気をつけてね」と意外にかるい感じで答え、先に階段を下りていった。

階段は途中で逆側に折り返し、下に続いている。

イシュルはその踊り場のところで、メリリャに小声で訊いた。

「牢番は？」

「今日はお休みよ。お酒を渡して買収したの」

メリリャは振り向いて、イシュルに鍵の束を見せてきた。

「今、牢にはこの前捕まったベルシュ村出身の人しかいないから、暇してたみたい」

……そうですか。これが罠なのか。

階段を下りると、右に通路が延びている。通路の両側には小部屋が並んでいた。一番手前、左側に牢番の詰める部屋があった。メリリャの言うとおり、誰もいない。

なるほど、今は入牢している者がいないからか、分厚い木板と鉄枠で覆われた武骨な扉が、等間隔に並んで通路側へ開いている。

奥まで一直線に延びる通路は、複数の松明《たいまつ》が掲げられ妙に明るい。とても不自然な感じがした。

「一番奥の部屋よ」

とメリリャは言って、通路を奥へ歩き出した。

足音が無気味に響き、地下牢をこだまする。

本当にいるかいないのか、捕らえられたベルシュ村出身の人物は、一番奥の牢屋に閉じ込められているらしい。通路の先の突き当たりに、正面に扉を向けた部屋がある。その部屋の扉だけが閉まっていた。

……俺もあの部屋に閉じ込められてしまうのかな？　それが罠、か。

イシュルはまるで人ごとのように、そう思った。

まさか、それでお終い、なんてことはないよな？

牢獄の、奥の方へ意識を向ける。一番奥の部屋と、そのひとつ手前の小部屋に数人ずつ、ひとの気配がした。何をしているのか細かいことまではわからないが、奥の部屋に二、三人、手前の小部屋の方は通路の両側の部屋にひとりずついる。

ふむ。これは何か用意してそうだ。

イシュルは、すぐ前を行くメリリャにも気づかれないよう、ゆっくり少しずつ自らの四肢に空気を集め、重ね合わせていった。

地下牢の通路は行き止まりの部屋まで、かなり長く続いていた。位置的にはおそらく、東側の城壁の真下辺りになるだろう。

「……」

一番奥の部屋に着くと、メリリャが首を回して横目に見てきた。俺の顔に一瞬だが、異様に力のこもった視線を向けてきた。

両側の小部屋に隠れている者に動きはない。息を潜めてじっとしている。

メリリャが扉の閂についている錠前に、鍵をさした。残りの鍵が鉄輪からぶら下がっている。

鍵はみな同じなのか？　よくわかるものだ。この地下牢に、そんなになじみがあるのか。まさか予行演習でもやってるんじゃないか。

メリリャは鍵を開けると扉を開いた。ギギッと音が鳴る。中は薄暗い。

「入って」

彼女はイシュルに声をかけると、先に入っていった。続いてイシュルも中に入る。

部屋に入るとすぐ、後ろの扉が閉じられた。何者かに外から鍵をかけられる。

両側の部屋に潜んでいた者が、素早く動いて閉めたのだ。

イシュルは構わず、牢屋の中を見回した。

室内はそれなりの広さがあった。メリリャは部屋の奥まで歩いていくと、まだ入口の傍に立っていたイシュルへ振り向いた。彼女の右側の、カンテラの光が届かない薄暗い影の中から、男がひとり、メリリャの方へ近づいていく。

カンテラの灯りに浮き上がる男の姿。それはヴェルスだった。

部屋の両端に、他にふたりの男がいた。彼らはメリリャの持つカンテラから火をもらい、松明に火を灯した。そして奥の壁に架けた。男たちは皮鎧を着け、腰に剣を差している。ヴェルスの私兵か、おそらく騎士団の者ではない。

当のヴェルスは、気の利いた裾の長い深い赤紫の上着、フリルの飾りのついたシャツ、細身の剣を腰に吊るし、足元は編み上げブーツ、という出《い》で立ちだった。そのまま宴の会場に出ても問題のない服装だ。ただし、家令としてはどうだか知らないが。

「初めましてかな? イシュル君。わたしの名はヴェルス・ブリガール。ブリガール男爵家の家令をしている」

目の前のヴェルスは以前に城で初めて会った時と違い、まるで別人のようにやる気に満ちていた。初めて会った時の、あの気だるそうな感じは微塵もない。

……ふーん。

面白い。こいつの思わぬ一面、いやこれが本体か。それとも目論みどおりに事が運んで機嫌がいいのか。

何か、この男を興奮させ、やる気を出させるようなことがこれからはじまるのだ。

両脇に佇む男たちは、それなりに腕が立ちそうだ。堂々として、怯えや緊張も、油断もしていない。

しっかり罠が、俺にはもったいないくらいの罠が張られていた。

イシュルは笑い出しそうになるのを必死に堪えた。

今はまだ駄目だ。こいつとメリリャが何をしようとしているのか、わからない。

しかし、くだらないやつだ。どうでもいいが非嫡子なのに、家名を名乗っていいのか？

そもそも俺に、一介の商人見習いに、その名乗りは何の意味もないだろう。

イシュルはちらっと、メリリャを見た。彼女は表情を消し、何を考えているか窺い知れない。

ヴェルスは片方の眉をくいっと上げると、その端正な顔に手をやり何か考える仕草をした。

「前にどこかで会ったことがあるかな？　きみはフロンテーラ商会で見習いをしてるんだったね」

「!!」

左右から不意に殺気を感じて、イシュルは両側へ素早く視線を走らせた。傭兵らしきふたりの男は、背中から短めの槍を取り出し、穂先をイシュルに向けていた。

腰をしっかり落とし適度に足を開き、構えも堂に入っている。やはり騎士団の槍兵より腕は立ちそうだ。

……はじまったか。

「どうしたのかな？　ちょっと驚かしてしまったか。大丈夫かい？」

イシュルが無反応で何もしゃべらないのをどう思ったか、ヴェルスがかるく侮蔑を含んだ笑みを浮かべ声をかけてきた。

「ごめんね。イシュル」

科白だけなら、いたいけな少年を騙した悪女、といった感じだが、メリリャの表情は本当に悲しそうで、真摯なものだった。

イシュルは小さく、ため息をついた。

両側の男たちは槍を構えたまま。動きはない。

イシュルはメリリャとヴェルスの顔を見比べた。

……さて、どういうふうに進めるか。

どうしたらいいかな。

ヴェルスの企《たくら》みを退け、メリリャをこちらに離反させるには。

「メリリャ、どうして、どうしてこんな……」

うまく演技できてるかわからないが、メリリャから攻めることにする。

「イシュル……」

メリリャは片手を胸に当て、苦しそうに俯いた。

「ははは」

そこへヴェルスの、楽しそうな笑い声。

「いや、それはぼくの方で謝らせてもらおう。彼女はぼくの指示に従っただけなんだ」

ヴェルスが割って入ってくる。狙いどおりだ。「わたし」が「ぼく」になった。

「きみはメリリャの幼なじみなんだろう？　きみを騙すことは、最初は彼女もいやがってたんだけどね、まあ、それはさ」

ヴェルスはメリリャを見てその肩に手を置いた。

「……ヴェルスさま」

対して、少し恥ずかしそうにヴェルスを見上げるメリリャ。

「今では彼女は、ぼくの言うことを何でも聞いてくれる。……まぁ、そういうことさ」

ヴェルスの顔に嗜虐的な笑みが浮かぶ。

――メリリャは俺がもらった。

こいつはそう言っているのだ。

俺がメリリャに裏切られ、彼女を奪われ苦しんでいると勝手に思い込んで、楽しんでいるわけだ。

昨晩、彼女から話を聞いた時点でわかっていたことだが、面と向かってこういうことをされると、さすがに来るものがある。

だが、本当にかわいそうなのはメリリャだ……。

「はは。いやいや、これは失礼。話が少しそれてしまったね。きみをこの部屋に誘《おび》き寄せた理由、それはきみにここで死んでもらいたいからだ。風の魔法具を隠し持っていた、ベルシュ村出身の少年としてね」

「なにっ⁉」

……何だと？

「ははっ、びっくりしたかい？　かわいそうだけど、そういうことにしてもらう」

こいつ、なぜ俺が風の魔法具を持っていることを……。

ん？　違うか。俺が風の魔法具を持っていることに、したいのか？

……何となく、こいつの企んでいることがわかってきたような気がする。

ヴェルスはとてもうれしそうだ。俺がなぜ驚愕したか、こいつは知らない。考え違いをしている。

「きみがベルシュ村を出て、フロンテーラ商会で働きだしたのはここ一年ほどらしいね？　メリリャがいろいろと教えてくれたよ。森の魔女レーネが死んだのは五、六年ほど前のことだ。その間、ベルシュ村を出た者は数えるほどしかいない。しかもきみは、あのベルシュ家の親戚だそうじゃないか」

ヴェルスの笑みが深くなる。

「これは、おあつらえ向きだ」

……ふむ。俺を地下牢に誘導したのはそういうことか。ここでは、風魔法はその力を発揮できない。

「きみは、辺境伯が喉から手が出るほど欲しがっている、あの伝説の風の魔法具を隠し持っていた者として、風魔法を使えないこの牢獄にわが主《あるじ》によって誘き寄せられ、殺されるのだ」

男爵によって？　ではあいつも、このことに一枚噛んでいるのか？

「はは。何が何だかわからない、って顔してるね」

ヴェルスは調子よく、もっともらしく頷いた。

「きみは、何といってもメリリャの幼なじみだ。せめてなぜ殺されるのか、教えてあげようと思ったんだが……。理解できないのなら、それはそれで仕方がない。冥界でじっくり考えればいい」

ヴェルスの言葉に、両脇にいる男たちがにじり寄ってくる。

これで種明かしは終わりなのか？

いろいろと納得がいかないが……、メリリャを攻めればまだ何か出てきそうな気がする。

彼女は男爵を絶対許さない、復讐してやる、と言ったのだ。あの言葉だけは彼女の本心だと、確信を持って言える。それは間違いない。

このまま俺が殺されてしまえば誰が復讐するんだ？　メリリャ、おまえひとりでそれができるというのか？

「メリリャ！　おまえ、男爵には必ず復讐してやるって、あの時言ったじゃないか。あれは嘘だったのか！」

苦しく、悲しそうな声。

だが、表情まで演技できたろうか。両脇にいる男たちが、にじり寄ってくる。

この茶番劇も、いよいよクライマックスを迎えようとしている。

いよいよ最後だ。地下牢は重い緊張感で満たされている……。

「う……」

メリリャは激しく動揺し、不安そうな目でヴェルスを見上げた。

「も、もちろん大丈夫さ。この後親父には彼の、風の魔法具を持つ少年の遺体を検分しに来てもらう。すべて予定どおりだ。その時にはきみに、遺体がきみの幼なじみのイシュルという少年だと、しっかり証言してもらう。親父もその時に、だ。……ね？」

ヴェルスは少し慌てて、まくし立てるように彼女に説明している。

……親父も？　ふふ、そうか。これがこの茶番劇の核心部分なのだ。俺をダシにして、男爵を暗殺することが。

この罠は俺だけでなく、いや、この罠の対象は俺ではなく、男爵本人、ユリオ・ブリガールその人、だったわけだ。

しかも、殺してしまう男爵に証言って何だ？　ヴェルスめ。一緒にメリリャも葬《ほうむ》るつもりだろう。

その慌てよう、おまえの小心ぶりが丸わかりだぞ……。

「なるほどな。それが狙いだったのか」

イシュルの態度が変わった。余裕たっぷりの、冷たい侮蔑を含んだ物言いだ。

ヴェルスとメリリャが、呆然と彼を見やった。

イシュルは不敵な笑みを浮かべると話し出した。

「俺のことを、ただの田舎の村の一少年、って思ってたんだろう？　あまりに酷いお誘いだったから、そうかもとは思っていたんだが、一方でなぜ、わざわざこんな罠を俺に仕掛けたのか、それがどうしてもわからなかったんだ。俺をダシにして、男爵をこの地下牢に誘い込んで殺すのが目的だったわけか」

地下の狭い牢獄では、男爵につき従う者も限られる。いや、風の魔法具を持っていることにされた少年の、死体検分だ。男爵も共謀しているのなら、他の者に現場を見られないようにひとりで来るかもしれない。

さらにだ、少年の死んだ時間帯に男爵本人が地下牢にいた事実がなければ、自身の手柄にはならないから、男爵は一度は必ず、この密室に足を運ばなければならない。

おそらくやつは、地下牢に風の魔法具を持つ少年を捕らえたことと、地下牢に自ら乗り込むことを多くの者に伝えつつも、実際に地下牢に向かうのは自分ひとりか、ごく少数の者に絞るだろう。

一方、ヴェルス側からすると、密室だから無関係の第三者に目撃される恐れがなく、この後連れてくるなら、男爵は収穫の宴の後で酒が入り、ベルシュ家の魔法具を所持していたとしても、十分に効力を発揮しない可能性が高い。うまく発動したとしても狭い室内に槍兵がふたり、外にふたり、範囲攻撃が有効なのはわかっているのだから、殺せないことはないだろう。

街で噂になっているように、ヴェルスが男爵の後釜を狙っているのが事実なら、それは男爵殺害の動機そのものである。ヴェルスは庶子だから正式には男爵家を継げないかもしれない。だが彼の腹違いの兄弟はまだ幼い。その間、男爵家の実権は彼が握ることになる。結果は知らず、ヴェルス自身が正式に男爵家を継げるよう、宮廷に工作する時間もたっぷりある。

もちろんその前に、ベルシュ村の虐殺で男爵家が王家から重い処罰を受けるだろう、現在の状況を打破しなければならないが。

そして、男爵が死ねばメリリャの願いはかなえられることになる。

ヴェルスはメリリャに、ふたりで男爵を倒したらその後は結婚しよう、きみは将来の男爵夫人だ、などと甘言を重ねて騙しているのではないか。何でもない田舎の村娘が、男爵家の正夫人なんか、なれるはずがないのに。

だが、彼女が簡単に騙されたからといって、単純に責めるわけにもいかない。あの絶望的な状況から救い出しやさしくしてくれた、しかも見栄えのいい青年。まるで白馬の王子様だ。これではそこらの世間知らずな村娘なら、誰だってたやすく騙され落とされてしまうだろう。

「……それで、俺を殺して風の魔法具はどうするんだ？　殺した時に壊れてしまいました、とでも辺境伯に報告するのか？」

思いっきり、煽《あお》るようにして言ってやる。

ヴェルスにはまだまだ余裕がある。もうその顔から驚きの表情は消えている。

彼は不敵な笑みを浮かべて言った。

「ふん、小僧が。おまえ、風の魔法具がどんなものか知らないのか？」

そこでヴェルスは一瞬、探るような目を向けてきた。

「まぁいい。なら俺が教えてやろう。イヴェダの剣、レーネの風の魔法具は最高位の、神の魔法具とも呼ばれる宝物なのだ。それは所有者の肉体と一体化し、その所有者が死ねば煙のようにその死体から漏れ出て消えてしまう。つまりイヴェダ神の元に返還されるわけだ。このことは今まで、誰にも知られていなかったことだ。そして」

ヴェルスの笑みが大きくなる。

やつの物言い、「わたし」が「ぼく」になり、「俺」に変わった。

……ふむ。

イシュルは表情を殺し、何げに顎に手をやりさすった。

それにしても、ヴェルスの披露した風の魔法具に関する知識は、どこかで聞いたような、辻褄合わせに終始した中途半端なものだ。正確ではない。

これはそう……まるで、燃える森の魔女の家から逃げてきたあの夜、俺が要所をごまかして話した報告に、ファーロやエクトルが語った話、あの時の、不確かな伝承や推測も混ざった会話を適当に繋ぎ合わせ、脚色したかのような内容だ。

ヴェルスは引き上げられた口の端を歪め、自信を漲らせて言った。

「このことはもちろん、辺境伯さまにお伝えしてある」

……なるほど、な。

風の魔法具は所有者が死ぬと風神の元に返還され、一旦人の世から消えてしまう、という話をこいつが勝手に〝創作〟したわけだ。

「だから、俺の死体から風の魔法具を見つけられなくても、辺境伯に怪しまれることはない、ということか」

だが、この話にはちょっとおかしいところがある。

風の魔法具を持つ者が死ぬと、それが煙になるか知らないがイヴェダ神の元に返還されるのなら、俺のこと、つまり風の魔法具を持つ少年がどうして存在しているのか、説明がつかない。

「そうだ。ふふ、メリリャに聞いたとおりだ。田舎者のわりに頭が回るじゃないか、小僧」

ヴェルスは何度目か、嘲笑を込めて言った。

……まだ余裕があるな。悪巧みはすべて、聞かせてもらわないと。

「いや、それはちょっとおかしくないか？　おまえの言うとおりなら、そもそもレーネが死んだ時点で風の魔法具はこの人の世から消えてしまったことになる。俺が風の魔法具を持っていた、なんて誰も納得しない」

ヴェルスは目を見開き笑った。

「そうだな。やはりおまえは馬鹿じゃなさそうだ。いいだろう。話してやろう」

ヴェルスは今度は眸《ひとみ》を細め、イシュルをなぶるような目つきで睨み、話しはじめた。

「おまえは子どもの頃、森の魔女の家に呼ばれたそうだな。その時に火事が起きてレーネは死んだ。おまえはベルシュ家の一族だ。それに随分と頭のいい子で、神童と呼ばれていたらしいじゃないか。年老いたレーネはおまえをイヴェダの剣の継承者に選び、その時に自分の持つ風の魔法具をおまえに与えたのだ。その昔、ベルシュ村の森の奥の遺跡で、若きレーネがイヴェダ神から授けられた魔法具は剣だったそうだ。レーネは自分のからだから剣を形づくっておまえに授けたのだ。その剣はおまえのからだの中に溶けるようにして入っていった。おまえはその時風の魔法具の新たな継承者となったわけだ。所有者が死ねば魔法具は消えてしまうが、死ぬ前なら当然、話は別だ」

「と、いう話をつくったわけか」

イシュルはヴェルスの話を遮った。

……くだらない、笑える話だが、風の剣が溶けるようにして俺の肉体と同化した、というのは偶然か、不思議な類似点がある。

それにこいつ、俺があの時、レーネに呼ばれたことまで知っているのか……。

「まぁ、そうだ」

ヴェルスはかるく肩をすくめ薄く笑った。

「昔から、他にもからだの一部と同化する魔法具が存在し、その継承が行われた例はあった。こういう話は他国でも広く、伝承として残っている。これらの話に加え、辺境伯さまには重要なことをお伝えしてある。実はレーネの風の魔法具は失われておらず、彼女が焼死する前に継承していた少年がいたらしい。今、その話が事実かどうか、その少年の所在を調査中です、とな。おまえは、同じ村の幼なじみによってこの地下牢に誘き出され、彼女に裏切られたと知るや逆上し、親父と刺し違えて死んだ、ということになる」

ヴェルスはまた歪んだ笑みを浮かべた。メリリャは不安そうな顔をしている。

からだの一部と同化した魔法具の継承、それが過去に本当にあったのならとても興味深い話だが、ともかくこれで、話が一応繋がったことにはなる。

そしてヴェルスの企んでいたことも大方、明らかになったわけだ。

ベルシュ村で暴走し村人を虐殺、レーネの風の魔法具捜索に失敗してしまった男爵家が、唯一得ることのできた成果、それがベルシュ家のファーロやエクトルの持っていた、風の魔法具に関する不確かな知識、だったわけだ。

レーネの死んだあの夜に起こったこと、その断片的な情報も得た、ということになる。

レーネの風の魔法具について、ベルシュ家のふたりより知識を持つ者は、今や王家や宮廷魔導師でも、ほとんどいないかもしれない。あるいはもう、誰も知る者はいないのかもしれない。

あの夜、俺が一部を隠し、ごまかして話した内容と、ファーロやエクトルが以前から知っていたこと、それらの情報が、辺境伯や王家にとってそれなりに有用なものであることは確かだろう。赤帝龍がクシムに居座っている現状では、決して朗報とは言えないが。

――風の魔法具に関する有力な情報を辺境伯や王家に提供し、風の魔法具を持つ少年を殺すことによってその魔法具の捜索に区切りをつけ、男爵家に対する王家や辺境伯の追及を少しでも緩和し男爵家の存続を図る。その一方で、風の魔法具を持つ少年をエサに男爵を罠にはめ殺害し、自身が男爵家を乗っ取りいずれは正統な後継者になる——。

これがヴェルスの狙いだったわけだ。

ただ、その風の魔法具を持つ少年を捕らえて辺境伯に差し出す、なんてことができれば、まさしく勲功第一、だったんだが。それもその少年、俺が偽者だというのならしょうがない。

ヴェルスは風の魔法具に関する偏った知識を得て、それにつくり話を加えることで偶然、俺と風の魔法具の秘密、その核心に触れるところまで近づいたのだ、と言えないこともない。

だがそこには、醜い野心や腐った悪意ばかりで、真実を追求する意志などかけらも存在しない。だから俺には、やつの話のすべてがうさんくささでいっぱいの、与太話としか聞こえてこないのだ。

そんなちゃちなつくり話で男爵家の罪をそそぎ、おまえの栄達などかなうはずもなかろうが。

……以《もっ》て瞑《めい》すべし、とは今のおまえにとって一番遠い言葉だ。おまえはその汚い嘘に見合ったむごたらしい殺し方で葬ってやる。

ヴェルスが部屋の両端の、槍を構えた男たちに目をやった。

「もう、おまえの疑問も解けたろう。そろそろ死んでもらおうか」

両側から向けられた槍の穂先がくいっ、と上がってくる。

……さて。

ところで風の魔法具に関すること、森の魔女に呼ばれた日のこと、それをヴェルスらに話したのは誰だろうか。父やポーロ、ファーロにエクトル、誰が一番可能性が高い？

レーネのこと、風の魔法具のこと、いずれにしても一番知識を持っていたのは、ベルシュ家のふたり、ファーロとエクトルだ。

「いや、まだだ。おまえ、その話、風の魔法具のことを誰から聞いて知ったんだ？　大伯父はおまえらと戦って死んでしまったみたいだから、エクトルおじさんから聞き出したのか」

イシュルは目を細めた。

「……拷問したな？」

「くっ」

ヴェルスの顔に、一瞬焦りの色が浮かぶ。

「……!!」

メリリャが目を見開き、ヴェルスの顔を見た。

こいつ、どうせメリリャには、自分は村人の虐殺に関わってない、とでも思わせていたんだろう。

「貴様……。そんなことはどうでもいい、殺れ！」

ヴェルスが部屋の端で槍を構える男たちに命令する。

彼らが槍をしぼり、イシュルに突き出そうとした瞬間。

その時、槍を構えた男たちからヒューという、今まで誰も耳にしたことのない異音が聞こえてきた。

男たちが槍を落とし、喉や口を押さえた。息が止まり、声が出せないようだ。苦痛に歪んだ顔の、口や鼻から、押さえた手の間から血煙が噴き出してくる。

「ぐぉおお」

「かっ、はは」

男たちは苦しそうに喉元や胸をかきむしり、膝をつくと倒れ込んだ。

「きゃああ」

メリリャの悲鳴が地下牢に響く。

「は？　へっ？」

ヴェルスは呆然と目を見開き、首を左右に振って倒れた男たちを見る。

「別に地下の密室だからといって、風の魔法が使えないわけではないぞ」

イシュルは冷たい笑みを浮かべ、人差し指で頭をつつきながら言った。

「要は頭の使いようだ。風を呼び込めない密室でも、周りに空気があるのなら風の魔法は使える。空気が少ないのなら、あるところでそれを使えばいい。人間の肺は、空気を完全に抜いてしまえば簡単に潰れる。肺が破壊されればあとは死ぬしかない」

イシュルは顎に手をやり、首をひねった。

「その前に肺ってどういう働きをしているか、わかるか？　そこから説明した方がいいかな」

「ひ、ひっ、きさま、ま、まさか」

ヴェルスの顔からどっと汗が噴き出し、顔色が見る間に青黒く変色していく。

「はは、今度はこちらが笑う番だな。まぁ落ち着けよ」

イシュルは笑ってヴェルスに掌《てのひら》を向け、押さえて押さえてと上下に振ってみせた。

メリリャは顔面を蒼白《そうはく》にして、無言でイシュルを見つめている。

……まだヴェルスを殺すのは早い。

メリリャをヴェルスから、引き離してからだ。

「さっきの話の続きをしようぜ。な？　正直に話せばおまえを見逃してやってもいい」

もちろん、見逃すつもりはまったくない。口からでまかせだ。絶対に許さない。

「エクトルおじさんにどんな拷問をした？　まさか捕らえたおじさんの家族を殺す、とか脅して口を割らせたんじゃないだろうな」

ヴェルスの目が泳ぐ。

「それともイザークやおばさんを拷問にかけて、それをエクトルおじさんに見せたのかな？　それならおじさんも簡単に口を割ったろう。知ってることをありったけ、すべて話してしまったろうな」

これはむしろ、メリリャに向けて言った言葉だ。

在りし日のエクトルの顔が浮かぶ。田舎の村には似合わない、上品で知的で、穏やかな人だった。そしてイザークの、あの生意気な顔……。

メリリャは村が襲われた日のことを思い出したか、それともイシュルと同じように昔の記憶、イザークらと遊んだ子どもの頃を思い出したのか、顔を強ばらせ、俯き怒りに震えている。

「……そ、それがどうした」

ヴェルスは震える声で呟いた。

やはりそうだったか。そんなことがあったのか。

半ば、当てずっぽうで言ってみたんだが。

エクトルも村の男たちとともに戦っていたら、負傷していたかもしれない。父を殺され、村の者を殺され、その状況で本人に苦痛を与える拷問をしても、たいした効果があるとは思えない。

彼の家族が生きていたのなら、その家族を脅しに使えば、彼の性格からしても非常に効果的に、いろいろなことを聞き出せたろう。特に拷問してみせたなら、効果は絶大だったろう。

「イザークも俺やメリリャと同じ、幼なじみだったんだ。何の罪もない女子どもを拷問にかけるとはな。この下郎が」

「ううっ」

メリリャが両手の拳を握りしめた。

「……」

ヴェルスは無言で、今は硬直しているようだ。

「おまえ、街でもとても評判悪いぜ？　その顔で甘い言葉を囁いて、街娘を随分とたぶらかして、次から次へととっかえひっかえだそうじゃないか。エリスタールに出てきて、一年足らずの俺でも知ってるんだ。おまえの手ぐせの悪さを街の者で知らぬ者はいない」

メリリャがキッと、ヴェルスを見上げた。

「違う！　俺はそんなことしてない！」

ヴェルスがメリリャに向かって言った。

「おまえは他にも汚いことをしてるだろう。歓楽街の顔役と手を組んで、金集めのためにそこで働く不幸な身の上の女たちを騙し、より深い絶望へと叩き落とした」

「はぁ？　何だと……」

思い当たる節があるのだろう。ヴェルスが唖然《あぜん》として、だらしなく口を開けた。

……身に覚えがないとは言わせないぞ。

「まさしく驚愕の連続だな、ヴェルス。おまえはステナからどこまで俺のことを聞いた？」

「ステナ？」

「おまえが懇意にしている歓楽街の情報屋だよ。あいつの名はステナっていうんだ。おまえ、ジノバ邸襲撃は誰がやったと思う？　あの晩のことだよ」

あの時屋敷の前で、泡を食って逃げ出したヴェルスの姿。

ヴェルスの顔が再び、驚愕に覆われる。

「お、おまえ……」

「運が悪かったな、ヴェルス。俺が風の魔法具を持たない、ただの田舎者だったら、おまえの謀ったとおりになったかもしれないのに」

メリリャは顔色も悪く、虚空に目を彷徨わせている。

「男爵を殺すためにこの部屋に呼びつけて、メリリャに証言させるって？　殺してしまうやつに何を聞かせるんだ？　そんな必要がどこにある」

イシュルは一息間を置き、とどめを刺した。

「ヴェルス。おまえ、メリリャも男爵と一緒に殺そうとしてたろう」

メリリャは青白い顔で何度目か、ヴェルスの顔を見上げた。

その眸には今や、不審ばかりではない、憎悪の色さえ見てとれた。

彼女は肩を怒らし、低く短い吐息をつくと、呻くように言った。

「ヴェルスさま、わたしを騙して」

「違う！　くそっ」

ヴェルスがメリリャの追及を遮り、絞り出すように言った。

怒りに全身をわなわなと震わせ、その端正な顔がどす黒く歪んでいる。

……何か嫌な感じがする。もうこれでメリリャは大丈夫だ。早々にやつから引き離す。

「さぁ、メリリャ。こっちに来るんだ。おまえは騙されていたんだよ。そいつと一緒にいると殺されてしまうぞ」

イシュルはメリリャに向かって手を差し出した。

メリリャはほんの一瞬、逡巡《しゅんじゅん》した。そして力なく、イシュルに向かって歩き出そうとした。その足がつまずく。メリリャのからだが前に投げ出され、イシュルは彼女を抱きとめようと一歩踏み出し、腰をかがめた。

ヴェルスの姿がメリリャの背後に隠れた。

イシュルはメリリャの動きに注意を向けた。

一瞬の出来事だった。

メリリャの手がイシュルに向かってさし出される。

イシュルがその手をとろうとした時。

彼女の胸から剣先がにゅうっと、突き出てきた。メリリャの顔が苦痛に歪む。

「!!」

ヴェルスが短剣でか、メリリャを後ろから刺したのだ。

瞬間、部屋の中を風が渦巻く。

……やつの肺を潰す時間はない。

松明の火が激しくまたたき、片方の火が消える。

標定する瞬間さえ惜しかった。

イシュルはメリリャの背後、ここらへんと見当をつけた辺りに空気球を破裂させた。

密室でそれほど威力がないことはわかってる、……それでも。

「ぎゃああっ」

ヴェルスの悲鳴と同時に、メリリャが背後で起きた空気球の破裂に押され、イシュルの胸に倒れ込んでくる。

……何てことだ……。

「メリリャ！」

イシュルはメリリャを抱きかかえた。彼女の背中に手を回し、剣を抜きとる。

メリリャの着ていたメイド服の、胸の辺りが黒色に染まり、濡れていく。

ああ、メリリャ……、もうだめだ。

くそっ、失敗した。メリリャを、助けられなかった。

「開けろ！　開けろ！」

いつの間にイシュルの後ろに回り込んだのか、ヴェルスが扉を叩き、わめいている。

「メリリャ！　しっかりしろ」

メリリャの眸から光が、命が消えていく。

それでもメリリャは微笑んだ。

「ごめんね、イシュル……」

最後の言葉とともに、メリリャの眸から光が消えた。

「メリリャ！」

かわいそうなメリリャ。どうしてこんな……。

イシュルはメリリャをそっと牢の石畳の床に横たえた。双眸から涙が滴り落ちた。

腰を落とし座り込んだまま両手を握りしめ、無念の想いにぐっと堪える。

部屋が少し明るくなった。ふと顔を上げると、牢獄の扉が開かれ、外にヴェルスが立っていた。

先ほどの風球にやられたか、右手の甲が赤く染まっていた。左手は壁から伸びている、鎖の先の鉄輪を握っている。後ろにひとりふたり、人影が見えた。部屋の外で待機していた男たちだろう。

ヴェルスがその鉄輪を思いっきり引き、叫んだ。

「死ねっ！」

同時に、天井の裏の方で何かが動く気配、ガタンと重い音。

天井の石が崩れはじめる。

……釣り天井!!

イシュルの全身を恐怖が走った。血が逆流する。

牢獄の、室内の空気が下に圧せられていく感覚。

イシュルはその力に押されるようにして風を集め、自分自身を部屋の外へ放り出した。

ドドン、と大きな音と激しい振動が来た。周りが茶色い煙に覆われる。

からだにはまったく痛みも、圧迫感もない。しかし自分が生きているのか、確信が持てなかった。

イシュルは横たわったまま風を起こし、周りの埃を両脇の小部屋に押し込んでいく。

上体を起こすと、元いた牢屋は大小の岩で覆われていた。足元に、部屋の入口からこぼれ出た小石や割れた岩が散乱している。

「げほげほ」

廊下の先の方では、イシュルに突き飛ばされたヴェルスが倒れている。そのさらに先には座り込み、口元に手を当て咳《せ》き込んでいる男がふたり。

茫然《ぼうぜん》自失。

イシュルは石で埋まった牢屋に目を向けた。

無表情に、部屋の入口を覆う石の塊を見つめた。

イシュルはしばらく、ぼんやりした頭で何事か考えた。

メリリャ……。

メリリャはこの中だ、石の下に埋まってしまった。

俺は彼女を助けられなかった。

彼女は石の中。失敗した。

俺が殺したようなものじゃないか。

もう彼女の死に顔も見られず、遺体を弔うことさえできない。

俺は何もできない。

か弱く、きれいで、素朴で純粋で、やさしくて、兄妹のように育ち、ずっと自分に好意を寄せてくれた女の子。

最後まで守らなければならなかった存在……。

イシュルは怒りに身を震わせ、立ち上がった。

目の前に倒れかかってくるメリリャ。あの時、ヴェルスも肺を潰して、その場ですぐに殺してしまえばよかった。こいつも男爵と同じ、簡単には死なせないぞ、と思っていた。

それがまずかったのか。

……どいつもこいつも、ただでは済まさない。

「ヴェルス‼」

イシュルはヴェルスの首根っこを掴むと持ち上げ乱暴に振った。

「おい起きろ」

意識を失っていたのかヴェルスが目を開く。

「ひーっ、い、生きて」

最後まで言わせず、イシュルはヴェルスを殴りつけた。

「がぁ」

ヴェルスが石畳の床に頭を打ちつけ、苦痛に呻いた。

釣り天井……。こいつはこんな恐ろしいものを用意していたのか。本当に危機一髪だった。おかげでメリリャは石の下だ。もうどうしようもない。

ヴェルスはただ激情にかられてメリリャを刺しただけでなく、俺の注意を彼女に引きつけ、その間に牢屋の外に出てしまおう、と計算をしていたのかもしれない。

イシュルは風を集めはじめた。牢獄の入口から吹き込んできた風が、風音を立てて牢獄の奥にいるイシュルの周りに集まってくる。壁に掛けられた、まだ消えていなかった幾つかの松明が、ぼぼっと音を立てて激しく揺らいだ。

……釣り天井の構造は、おそらくそんなに複雑なものではなかったろう。

上部の、頑丈な本物の天井から鎖で吊り下げられ、その留め具を可動式の仕掛けで外せば、釣り天井が落下する……と、そんな感じのものだろう。

だが、これほどの仕掛けは、ヴェルスが俺のことを知った二日間ではとても造れない。おそらく以前から別の目的があって用意していたか、いや、むしろもっと昔から、ブリガール以前の領主の時代からあったものだろう。

こういった仕掛けはどこの城にも少なからずあるものだ。過去の政争、世継ぎ争いなど何らかの謀略のために造られたもの。時が経つにしたがい知る者がいなくなり、領主でさえも知らない。それを何らかの理由でヴェルスは知っていたのかもしれない。

こいつはこの仕掛けを使って、男爵とメリリャ、あの槍を持った男たち、あの部屋にいたすべての関係者を一網打尽に、皆殺しにしようとしていたのではないか。

釣り天井の仕掛けだとバレそうな部材は処分し、周囲の部屋の壁も適当に壊せば、風の魔法具を持つ少年が暴れて、男爵をはじめ多くの犠牲が出たなどと、もっともらしい理由をつけられる。

石の下は遺体も含め滅茶苦茶、その時室内がどんな状況だったか、後から調べることはとてもできない。

……怒りと悲しみに、悔恨の強さに頭がくらくらする。

だがもうひとりの自分は即座に、冷静に分析を進めていく。そいつはこれから俺がやるべきことを、導き、叱咤し、けしかけてくる……。

イシュルはいつかの、ベルシュ村を見回りに来た騎士団の男にやったように、頭を抱え呻くヴェルスの四肢を、ひとつずつ潰していった。

「ひぎゃぁあああ」

「ひゃ、やめてくれぇ」

「がぁあああ」

「ううっ……」

パン、パン、パン、パンと破裂音が四回続き、そのたびにヴェルスは全身を震わし、悲痛な叫び声を上げた。血肉が飛び散り、骨が砕けた。最後の方はもう叫ぶ気力がなくなり、呻き声を上げるだけになった。

そして恐れおののき、逃げ出そうとするふたりの男の首を一撃で吹き飛ばすと、イシュルはヴェルスに声をかけた。

「おまえの親父のところへ連れていってやる。急ぐぞ」

……釣り天井の崩落による振動と轟音が、収穫の宴の会場までどれくらいの大きさで響いたか気になる。この牢獄から宴の会場の間にはこの城の天守にあたる居館、城館や塔があり、そこそこ離れてはいるが、あの会場まで振動も音も何も伝わらなかったとは考えにくい。男爵が何か異常を感じて、収穫の宴を中止してしまったら、せっかく集まった観客がいなくなってしまう。それではこちらの考えた演出が、片手落ちになる。

イシュルは意識を朦朧《もうろう》とさせ、呻き声を上げるだけのヴェルスの襟首を摑むと、そのまま引きずって牢獄の通路を出口へ歩き出した。

「うぐあああ」

イシュルに引きずられ、切れかかった両足や腕からさらに激痛が走ったか、ヴェルスが絞り出すような叫び声を上げた。

「た、助けて……」

痛みに呻吟《しんぎん》しながらも時折懇願してくるヴェルスの声を、イシュルは何も聞こえなかったかのように無視した。

……莫迦《ばか》め。もうおまえは終わりだよ。手足が全部、潰されたんだぞ?

階段を上る途中でヴェルスの苦痛は限界に達したか、彼はもう声も上げず、半ば意識を喪失した状態になった。イシュルは全身に魔法のアシストをつけ、階段を早足で上っていった。

地上に出ると空を見上げ、イシュルはすぐに城の上空に風を集めはじめた。地上にも微風が吹きはじめ、夜空に浮かぶ雲の流れが目に見えて早くなった。

上弦の月を一瞬、雲が覆った。辺りが急に暗くなる。そこへ城館の方から騎士団の兵が一〇名ばかり、イシュルの方へ駆けてきた。やはり、先ほどの釣り天井の落下による轟音や振動が、会場の方へ伝わったのだろう。

月が翳《かげ》るなか、パパン、と複数の破裂音が響いた。イシュルはヴェルスを引きずり、音のした方、兵士らの方へ向かって歩いていく。月を隠していた雲が動き、月光が再び地上を照らすと、そこには、首から上がひしゃげた肉塊と化した男たちの、異様な死体がころがっていた。

イシュルは彼らに目もくれず前を進み、城館を回り込み、大きな樟の手前まで来ると身をかがめ、前方の様子を観察した。

木々の上に潜む射手らしき兵、手前に立つ衛兵に変化はない。彼らは会場を守るよう固く命令されているのだろう。木々の向こう側では先ほどの異変に、人々のざわめく声が少し大きく聞こえてきたが、やがてそれも落ち着き、途絶えていた弦楽器の演奏も再開された。

……何とかいけそうだな。男爵も街の有力者が集まる宴だ。急に終わらせたりしたくないだろう。今は政治的に微妙な立場に置かれている身だ。

イシュルはそのまま動かず、木々の手前に立つ衛兵を窒息させた。声も出させず、倒れる音も空気の層を密にしてクッションがわりにし、抑え込んだ。

そこでイシュルは立ち上がると、勢いをつけて数歩踏み込み、風を吹かせてヴェルスを会場のど真ん中に投げつけた。

風が吹き抜け木々がさざめく。死にかかったヴェルスは手足を揺らしながら、大きな放物線を描いて会場に吸い込まれていく。

その後を追うようにしてイシュルも飛んだ。

イシュルは空中からヴェルスのからだを誘導し、会場の真ん中辺りにある丸テーブルの上に叩きつけた。白い布の掛けられたテーブルの上には料理やグラス類がぎっしりと置かれ、中央には赤や黄色の花々、おそらく金木犀《きんもくせい》やコスモス、それに類似するだろう花が飾られていた。それらが折れ、割れて、周囲にはじけ飛んだ。

会場の招待客から悲鳴が上がり、楽曲の演奏が止まった。

幸い会場は立食形式だったのか、招待客は木々の植えられた方に固まって、男爵らとは中央に並べられたテーブルを挟んで反対側におり、ヴェルスの落下に巻き込まれた者はいなかった。男爵家の者たちと招待客らが、中央の複数のテーブルを挟んで互いに向かい合う形になっていた。男爵か騎士団長あたりが招待客に向かって、閉会の挨拶か何かスピーチする直前だったのかもしれない。

イシュルは空中で、ヴェルスの落下で飛び散った皿やグラスの破片を、顔の前で両腕をクロスさせて防ぎながら、そのすぐ隣のテーブルに下り立った。

四肢のあらぬ方へ曲がったヴェルスの死体は、ふたつに折れたテーブルに挟まれ、白いテーブルクロスを下地に折れて潰れた花々やこぼれ落ちた料理、そして己れの血にまみれ、グロテスクで猥雑《わいざつ》なオブジェに変わり果てていた。

テーブルの上に立ったイシュルの前には男爵がいる。その横にいる赤いドレスの女は男爵夫人か。奥にいた嫌味な口髭《くちひげ》の騎士団長が男爵夫人と入れ替わるように前に出てくる。夫人は後ろの招待客が固まっている方へ、慌てて逃げていく。

女子どもはいい。だが男爵、おまえは絶対許さない。

イシュルは男爵を睨みつけ叫んだ。

「ユリオ、ブリガール！」

［二］

イシュルは無惨なヴェルスの死体を目の前に、呆然とその場に佇む男爵を鋭い視線で睨みつけ、咆《ほ》えるように叫んだ。

「俺の名はイシュル。ベルシュ家に列《つら》なる者だ！　おまえに殺された村人たちになり代わり、おまえを両親を殺した仇として、女神レーリアの名において今この場で討ち果たす。覚悟しろ！」

イシュルは定番の口上を叫ぶ一方で、上空に集めた風から幾つもの渦と、空気を圧縮した球をつくっていった。

周りから一瞬、おおっ、という声が上り、続いて大きなざわめきがわき起った。

「くっ、貴様っ」

ブリガールは目を大きく見開き、歯をむき出しにして睨んできた。

「おまえがヴェルスを殺したのか！」

ブリガールは胸に手をやり、首に巻かれた高そうなサテン地の緑色のスカーフの下に忍ばせた。

……ふん。ベルシュ家の魔法具、首飾りの石を触ったわけか。以前にゴルンからブラガの話を聞いておいて良かった。魔法具には手で触れることにより発動するものが多いらしい。

同時に、ブリガールにいやらしい笑みが浮かんだ。

その姿が複数の残像を見せながら揺らめき、視覚が幻惑されて実体を把握できなくなる。

視界の一部が眩暈《めまい》を起こしたように揺れ動き、空気球で狙いをつけようとしてもうまくいかない。ブリガールの存在があやふやに、大まかにしか認識できない。

ブリガールの右に出た騎士団長が、周りを見渡し右手を上げた。

イシュルが同時に風を降ろす。

居館の窓から、周りを囲む樟や樫の木々に隠れていた射手から、一斉に矢が放たれた。

男爵らが地べたに身を伏せる。

イシュルを中心に風が渦を巻いた。無数の矢が竜巻のような渦に巻き込まれ、空中に、地面にあらぬ方へ飛ばされ落ちていく。

招待客の固まっている方から小さな悲鳴と大きな驚きの声が上がった。

イシュルに矢が一本も当たるどころか、掠りもしなかった。風に巻かれて固く軽いもの、グラスや皿の割れた破片がイシュルの周りを舞っている。

男爵らが頭を上げイシュルを見、驚愕して腰を浮かした瞬間、イシュルは口元に微かな笑みを浮かべると、周りを漂う破片を加速して男爵に叩きつけた。破片はきらっ、きらっと篝火の灯を反射させ、男爵とその周囲に目にも留まらぬ早さで突進した。

シャーッと音がして、大小の破片が男爵に突き刺さった。その歪んだ髭面から呻き声が漏れ、後ろへ、仰向けにどっと倒れ込んだ。

招待客の方からは何度目かの悲鳴とざわめき。

男爵を守っていた魔法の効力が切れ、彼の実体が視覚と一致する。

……思ったとおりだ。範囲攻撃が有効なことはいいとして、本人の集中力や精神の安定が途切れ崩されると、防御系の魔法具も一旦、その効力を失う。

イシュルはテーブルから下りると男爵の前に立った。

食器の破片をほとんど浴びずに済んだ騎士団長が、剣を抜き横から突きを入れてくる。だが、イシュルが手を伸ばすと同時に、その先の騎士団長の頭がパーンと吹っ飛び、首から上は形のよくわからない真っ赤な肉塊と化し、そのままイシュルの背後を横切り、地面に激突するように倒れ込んだ。

今度はより大きな悲鳴が上がる。

イシュルは倒れ込む騎士団長を後に男爵に向かって歩を進め、その首に手をかけると、ベルシュ家の魔法具の首飾りを引きちぎった。それは革紐の先端に小さな青い宝石があしらわれた、古い意匠のペンダントだった。

「これはベルシュ家のものだ。もらっていくぞ」

「ううっ」

男爵は意識が朦朧としているのか、大小の破片が突き刺さり血で汚れた顔面を歪めたまま、ただ唸るだけだ。

「ふふ、無様な」

……こんなやつに、家族が、村のみんなが殺されなければならなかったのか。

イシュルはベルシュ家の魔法具を懐に入れると男爵に背を向け、会場の出口の方へ歩きはじめた。

会場の出入口には、鉄の甲冑《かっちゅう》を付けた騎士を含む、騎士団兵が二〇名ほど固まって、声もなく佇んでいたが、イシュルが睨みつけるとみな算を乱して逃げはじめた。木々に隠れていた射手たちも一斉に飛び下り、彼らの後を追った。

イシュルは背を向けて走り逃げていく兵士らに、後ろから強い風を起こして吹き飛ばし、そのまま正面の、城の南側の城壁に叩きつけた。

イシュルのやったことは、宴に招かれた客たちからは木々が遮りほとんど見えなかった。少し離れたところから聞こえてくる兵士らの悲鳴に、彼らは不安げに互いの顔を見合わせた。

イシュルはさらに歩を進め、男爵から離れていく。

招待客の中には、これで復讐劇が終わったと思った者もいたかもしれない。

だが今日の演目はむしろ、これからがクライマックスだった。

イシュルの背後でいきなり激しい風が巻き起こる。

その風は呻きながら上半身を起こした男爵を持ち上げ、空へと運んでいった。

「うわぁああ」

男爵は叫び声を上げ、手足をばたつかせながら、城の五番目の塔、頂部に鐘を備えた鐘楼に向かって吹き上げられていった。

そして男爵はその鐘のすぐ下、塔の南側の壁に叩きつけられた。

「があああ」

男爵の苦悶《くもん》の呻き声が上から聞こえてくる。

直後にゴーン、ゴーンと、強風に揺れた鐘の音が辺りに響いた。

塔の高さは丘の上の城内からなら、三〇長歩《スカル》（約二〇メートル、五階建てのビルくらい）ほどしかない。夜でも塔の上部に叩きつけられた男爵の姿を、容易に視認することができた。

「や、やめてくれ。助けて……。何で俺が」

男爵の泣き声が降ってくる。

「ブリガール、まだ終わらせないぞ。おまえを冥府に叩き落とすついでに、男爵家の家名も地べたへ叩き落とし、踏みにじってやる」

あっけにとられ、声もない招待客らとともに男爵を見上げながら、イシュルは見得を切るように声を張り上げ、周りの人々へ、辺境伯へ、王家へ、すべての人々に告げた。

言いながら周囲に幾つもの、複雑な風の渦を巻き起こした。

その風の渦に、地面やテーブルの上に落ちていた幾つもの弓矢が頭をもたげ、浮き上がって空へ飛んでいった。複数の弓矢は垂直に頭を揃え、まるで誘導弾のように塔より高く飛び上がると、その向きを変え、加速しながら次々と男爵へ向かって突っ込んでいった。

風が吹き、鐘の鳴り続けるなか、弓矢はガン、ガンと硬い音を立てて男爵の肩、肘、手首、膝、足首を貫き、塔の石壁をうがち突き刺さっていった。

「があああ」

「うぎゃああ」

弓矢がそのからだを差し貫くたびに、男爵は呻き声を上げた。

観客は声もなく塔を見上げ、男爵が断罪されていく様を見つめた。

塔上からは風に振り回され鳴り続ける鐘の音とともに、男爵の苦痛に呻く声、いや、むせび泣く声が聞こえてきた。

「うっ、ううう、ど、どうして……」

男爵は鐘の塔に、弓矢でもって生きたまま磔《はりつけ》にされたのだった。

「おまえはすぐに殺さない。塔上で磔にされ、街の者にその姿を晒しながら、苦しみ抜いて死んでいくのだ」

イシュルは今度は小声で、自らに言い聞かせるように呟いた。

……ベルシュ村で死んでいった者の苦しみは、こんなものではないぞ。


イシュルはまだ手を緩めず、城の上空に風を集め続けた。

彼は風を集めながら、観客、いや収穫の宴の招待客の方へ歩いていった。

イシュルが彼らに向かって何か言おうとすると、招待客の中から、老人がひとり進み出て声をかけてきた。

「貴公が、イヴェダの剣の継承者かの?」

「……」

イシュルが呆然と、何の反応もせずに黙っていると、その老人は何がおかしかったか少し表情を緩め、すぐまた引きしめるとイシュルにかるく会釈して言った。

「このたびは本望をとげられ、祝着に存じ上げる」

「……は、はぁ」

なんて古風な。

イシュルは一瞬あっけにとられ、まともに返礼できなかった。

……老人の佇まいは近隣の騎士爵家のご隠居か、何代か前の街の有力ギルド長、といった感じだ。おそらく以前から、男爵家のことを快く思っていなかったのだろう。

イシュルは無言で老人に会釈すると、周りを見渡し大声で言った。

「これからこの城を破壊する。危険だから、あんたらは城から出ていってくれ！」

イシュルと老人のやりとりを見守っていた招待客が、再びざわつきはじめた。

「あんたらもだ」

イシュルは招待客に交じって数人で固まっていた城の使用人、メイドたちにも声をかけた。

「急げ、早く逃げろ！」

何人かが会場を足早に出ていくと、それに釣られるようにして他の招待客も会場を出ていった。

ただひとりを除いて。

イシュルの目の前に、少女がひとり立っていた。その少女はシエラだった。

彼女は薄いベージュの、ほのかに光沢のあるドレスを着ていた。ドレスの裾が、次第に強くなっていく風に激しくはためいている。

「……」

彼女は眸を潤ませ何も言わない。イシュルを無言で見つめ、何かに堪えているようだった。

イシュルは一瞬、左の方へ目をやった。

会場の入口のところ、樟の手前で壮年の男女が心配そうにこちらを見ている。

あれはシエラの両親だろう。

イシュルは表情を引きしめシエラを見つめた。

そして首を横に、城門の方へ顎をしゃくって厳しい口調で言った。

「早く逃げろ！」

シエラは一瞬、イシュルを非難するように睨みつけると泣きそうな顔になり、そのまま横を向くと何も言わずに両親の元に走っていき、会場を去っていった。

城館の方からも逃げていく人影が見えた。中には騎士団の兵も交じっているようだったが、もうイシュルは彼らに構わなかった。

逃げていく者たちの後を、ゆっくりと城門の方へ歩いていく。

彼は会場を出ると、背後に空から風を降ろした。

天から城に竜巻が降りてくる。それは絶対、自然ではあり得ない風だった。

鋭く絞り込まれた竜巻は凄まじい轟音を立て、城の館に嚙みついた。

イシュルは、城の本丸に当たる内郭の城門を出たところで後ろを振り向いた。

五番塔の鐘が狂ったように音を鳴らし、強風に翻弄される礫にされた男爵の影が見える。

竜巻は城館の屋根をバリバリと砕き、空へと巻き上げた。その館は屋根が吹っ飛ぶと内部をえぐられ、見る間に全体を破壊されていく。空には何かの布、家具や小物、無数の板きれが空高く吸い上げられていった。

瞬く間に城館は、わずかな石造部分を残し崩れさった。

イシュルは両手を握りしめ、歯を食いしばる。

竜巻はその勢いを保ったまま、地上に向けて斜めに傾き、北東の塔の下部に食い込んでいく。

風の音がゴーッという低い轟音から一瞬、甲高い女の悲鳴のような音に変わった。その音もすぐ岩が割れ崩れる、重く低い腹をえぐるような轟音に取ってかわられていく。

強烈な風の渦巻く塊にその基部をえぐられ、北東の塔はまるで大木が倒れるように南側に倒れていく。横倒しになった塔は破壊された城館の残った石積みを崩しながら自らも崩壊していった。さらにその上部が城館の南側に接続していた二番塔をひっかけ、その塔の上部も崩していく。がらがらどすん、と石が崩れ落ちる音と振動が辺りに響いた。

その一方で、低く渦巻いていた風の塊は再びその姿を直立した竜巻に変え、倒した北東の塔のすぐ西側にある、城館と同じく接続していた三番塔に絡みついていった。

三番塔は居館の崩壊によりその一部が破壊された南東側の角を、竜巻によって空に吸い上げられるようにして石積みを剥がされ、砕かれて、そのまま南東側へ崩れ落ちていった。

イシュルはさらに城の外郭部、商人ギルドの正面辺りまで退くと、今度は、城の南西側で内郭を成す城壁と連結している四番目の塔に竜巻を移動していった。

男爵を磔にしている五番塔、城の北西側にはなるべく損害が出ないよう、風の流れを抑え続ける。

——イシュルの狙い。

それは男爵を磔にした五番塔だけを残し、すべての塔を破壊することだった。

イシュルは苦心して四番塔の南東側の石積みを崩し、その上部を城壁のすぐ外側にある騎士団庁舎の上に落下させた。

大きな轟音と振動。建物の上半分を派手に破壊された騎士団庁舎から、もくもくと塵や埃が吹き出してきた。イシュルはそれを竜巻に吸い取らせ、空高くまで吹き飛ばすと、ゆっくりと竜巻を消していった。風を北に向かって吹かせて、城から立ち上る粉塵を北の沼の方へと運ばせた。

竜巻と破壊の轟音が去ると、あとは未だ狂ったように鳴り続ける五番目の塔の鐘の音だけが辺りに鳴り響いた。

もう、男爵の泣き声は聞こえなかった。

……終わりだ。

イシュルはただひとつ残った鐘楼に背を向けると、外郭部の正門にあたる南門へ歩きはじめた。

逃げ遅れた人々が数名、主神殿や街の有力ギルドの建物から飛び出してきて、イシュルの横を走って追い越していった。

城門は宴があったためか開かれたままだった。傍まで来ると、門の先に見える城前広場に、多くの人々が集まっているのが見えた。

彼らはエリスタール城の異変を見に、街中から集まってきたのだった。

イシュルは門をくぐり、門前の緩やかな階段を下りていった。

日中なら、イシュルの服に点々と染みをつくったヴェルスの返り血が、多くの人々の目に留まったろうが、夜目にはその返り血も目立たず、イシュルの服装は収穫の宴に招待され逃げ遅れた客のひとりとでも見なされ、城前広場に集まった群衆の誰からも見咎《みとが》められることはなかった。

広場に集まった人々はみな、階段を下りてくるイシュルの先、エリスタール城を見ていた。

イシュルは何の動揺も逡巡も見せず、お城の崩壊など関係ない、興味もないといった様子で階段を下りるとそのまま進み、広場の群衆の間にまぎれ込んだ。

彼は人々を避けながら広場の中央を突っ切り、広場の外へ向かって歩いた。

周りに佇む人々は、ある者は呆然と、ある者は怯えて、またある者は皮肉な目で、すっかり様変わりしてしまった城の姿を見つめていた。そして彼らはひそひそ、がやがやとこの異変が何なのか、なぜ起きたのかその理由を口々に話し、噂していた。

イシュルは広場の中ほどまで来ると、立ち止まって後ろを振り返りエリスタール城を見た。

城は夜空を背景に明るい茶色の粉塵を巻き上げ、その姿を以前とは大きく変えていた。丘の上にそびえていた五つの塔と城主の居館は、城の北西にある鐘楼を残しすべて崩されていた。

広場にも鳴り響いていた塔の鐘は、いつの間にか静かになっていた。

イシュルが魔法の届かないところまで離れてしまったからだ。

もう彼の力で塔の鐘に風を吹かすことはできない。

破壊し尽くされ、風がやみ鐘の音が消えた夜の城は、不気味な静寂に満たされていた。

イシュルは城を見て、ひっそりと小さな笑みを浮かべた。

……これから夜が明け、日が昇ればこの広場からも、ただひとつ残った塔上に、誰かが磔になっているのが見えるだろう。

もしかしたら、その時点でも男爵は生きているかもしれない。男爵に刺さった矢尻《やじり》は彼の骨を砕き、筋を裂いたろうが、それで彼の肉体から多くの血が流れ出たわけではない。

塔の上に磔にされた者は誰か。塔上から泣き叫ぶ男は誰か。それは男爵家の収穫の宴に招かれた者たちがすぐに、街中に広めてくれるだろう。このことはやがて王国中に広まっていくだろう。

エリスタールの丘にそびえ立つ、城に残るただひとつの塔。その塔に磔にされた男爵の死体は腐り、骨となるまで、いや、うまくすればその骨が塵芥《じんかい》となり消え去るまで、そこにあり続けるだろう。

瓦礫《がれき》に埋まったあの塔の下までたどり着き、塔の上まで登ったとしても、いったい誰があの矢を抜き、男爵の遺体を塔から下ろすことができるだろうか。

イシュルは笑みを消し、その視線を城の先の中空に彷徨わせた。

……父さん、母さん、ルセル、やっと終わったよ。

これでおしまいだ。さようなら。

そしてイザークやファーロたち、村の多くの人々の顔がイシュルの脳裏に浮かんでは消えていった。

イマルらとフロンテーラに向かう途中、セヴィルから村の凶報を聞いて秘《ひそ》かに、誰もいなくなったベルシュ村に帰ってはっきりと復讐を誓ったあの日から、もう随分と時が経ったような気がする。

イシュルはその視線を城に戻し、眸を細めた。

そしてメリリャ。かわいそうなメリリャ。

彼女はあの城の、おそらく東側の城壁の下辺りに眠っている。

彼女のことは大きな悔恨となって、これからも消えることはないだろう……。

イシュルは小さな、誰にも聞こえない声で、死者を埋葬する時に神官が必ず唱える、お祈りの最後の一節を口ずさんだ。

〝……願わくば善き精霊と成りて、永久に神々とともにあらんことを〟

「ん？」

イシュルは頭上に風が集まり、渦を巻きはじめるのを感じた。

不自然な風の動き、魔法は使っていない……。

見上げると目の前でその風の渦がうねり、半透明のひとの形のようになっていく。やがてそれは、古風な裾の短いローブを巻き付けた、小さな女の子、いや、男の子の姿になった。

空中にふわふわ浮かぶその子どもは、全身が無色の半透明で、実体がないように見える。

ええっ⁉

イシュルが呆然と見ていると、その子どもはイシュルの心の中へ話しかけてきた。

……あなたが呼んだ？　イヴェダさまは……。

その心の声は、はっきりとした言葉にならない。

子どもはおっとりと、何やら考えはじめた。首をひねって考え込む仕草がかわいらしい。

……ああ、そうか。呪文がおかしい。イヴェダさまじゃない……。

「この子どもは何なんだ？」

何を言っているのか、よくわからない。

イシュルが困惑しているのもおかまいなしに、その子どもは勝手に話を進めていく。

……にんげん？　か、何か用があるの？

「あ、いや。きみは誰だ？」

……我は、風の精霊……。あなたが呼んだ……。

「そうか」

イシュルは何かに気づいた顔になって頷いた。

さっきの聖堂教の聖典の一節。あれが呪文だったのか。でもただの聖典の一節、だが。神官でなくても、誰でも知っていれば唱えるものだ。

「えーと、聖堂教の聖典の、一節を唱えたんだが」

イシュルは思ったことをそのまま、口に出して言った。

何が何だかよくわからない。この小さな精霊に訊くしかない。

……聖典？　わから、ない。なんて言ったの……。

イシュルは少し明るい顔になった。

何とか、会話が成立している。

「えーと、……願わくば善き精霊と成りて、永久に神々とともにあらんことを、って言ったんだが」

半透明の子どもはびっくりしたような表情をした。

……変な呪文。それ、ちょっと違ってる……。

「そうなのか？」

そういえば、声に出して聖典の一節をもう一度言ってみたのに、何も変化がない。

もうひとり、精霊が出てきてもおかしくないのに。……いや、精霊は一度に複数呼べないのか？

「ごめん、どう言うのが正しいんだ？」

……よく、わからない……。

「そうか」

でも興味深い。

……我、まだ小さい。半人前……。

精霊の子どもはそこでまた、視線をあさっての方に向け、何やら考えだした。

……何か、魔法を使ってみて。感じがイヴェダさまに似てる……。

「おお」

そうか！　なるほど。俺の魔法が風神に似ているのか。それはきっと、風の魔法具を持っているからだ。

「よし！」

と、イシュルは元気よく返事をしたところで、周りに、今自分がどこにいるのか気がついて、慌てふためいた。

周りを見渡すと、変な挙動をするイシュルにちらちらと目をやる者はいるが、それ以外はみな、城の方を見て話し込んでいたりしている。

不思議なことに、イシュルの頭上に漂う精霊に気づいている者はいない。

「その前にちょっと。きみは他のひとには見えないのか」

イシュルは少し声を落とし、精霊の子どもに話しかけた。

……魔法を使えるにんげんじゃないと、見えない……。

「おおっ！」

これは素晴らしい。俺はつまり、精霊を召喚したわけだ。

「よし。それでは少し、魔法を使ってみせよう」

イシュルは興奮して、機嫌よく頷きながら言った。

先ほどまでの悲しみも苦しみも、この子どもの精霊は癒す力があるのかもしれない。

しかし凄い。神話や伝承ではおなじみだが、精霊を召喚できるとは。

イシュルは頭上の、広場にいる人々が気づかない高さで大きく風をうねらせ、巻き込んでみせた。

……むむ!!

イシュルと一緒に上を見ていた精霊はびっくりして、驚きの声を上げた。

「ん？」

……い、イヴェダさま！

「そうか、やはり……」

俺の魔法は風神と似ているのか。

……この感じはイヴェダさまと一緒……。

今度は風の精霊の方が興奮している。

「ああ、何となくだけどわかったよ。俺の魔法具は〝イヴェダの剣〟と呼ばれていて、神の分身、神の魔法具ってことらしいんだ」

……むむ。えらいにんげん……。

「そうかな？　はは。ところできみは名前は何ていうの？　何ができる？」

この転生した世界でもさまざまな精霊がいるとされるが、みな魔法を使うことができる。

神話や言い伝えではそうなってる。

……名前はない……。もっと偉い精霊も呼び出して、名付ければいい……。

名前を与える、というのなら、それは精霊と契約するということか。やはりそういうのがあるのか。

だがこの子どもの精霊はまだ見た目どおり幼く、位階が低いわけだ。契約する精霊は、もっと位階が高い者になる、ということか。

「なるほど、だいたいわかったよ。ありがとう」

……それで、何を望む……。

子どもの精霊はわずかに顔を傾け訊いてきた。「願いを申してみよ」ということか。

まだ精霊としても幼いためか、表情に乏しい。

「うーん」

今度はイシュルが考え込む。

「特にないな」

……。

精霊の子どもはきょとんとして、じっとこちらを見つめてくる。

「そ、そうだな、ちょっと待って」

イシュルは何だか申し訳ない気持ちになって、真面目に考えだした。

……ちょっと、遊んで帰ろうかな……。

「いや、ちょっと待って」

それはよくない。この世界の精霊は時に人間を化かしたりして、悪戯《いたずら》することがある。さまざまな伝承に頻繁に出てくる話だ。

「ああ、うん」

イシュルは城の方を見る。

「それじゃ、あの城にひとつだけ立っている塔の鐘を、風で揺らして鳴らしてくれないか」

そこでイシュルは少し考え、

「朝になったら、日の出の頃にしばらくの間、鳴らしてほしい」

と言った。

そうすればあの塔はより、街の人々の注目を浴びることになる。

精霊の子どもは城の方を見て頷くと言った。

……わかった。夜が明けたら鳴らす……。

「うん、よろしく」

……でも、日が一番高くなるくらいまでしかできない……。

「それで十分だよ。もう少し早めに切り上げてもいいかな」

……大きなお願いは、もっと強い精霊にお願いして……。

「ああ、なるほど。わかったよ」

まぁ、そういうことはあるだろう。物語に出てくる精霊は、何か大きな魔法を使うと天国、神々や精霊のいる世界に帰ってしまったりするのだ。地上にいられなくなってしまうのである。

「ありがとう。じゃあ、よろしく頼む」

……ん……。

精霊は微かに笑みを浮かべ、ひとつ頷くと城の方へ飛んでいった。

「……」

イシュルは呆然とその精霊を見送った。

これは凄い体験だ。

今まで、神話や伝説にしか出てこないと思っていた精霊が、実在していたのだ。

イシュルはふと、あの火の魔法を使う宮廷魔導師の少女、彼女が火龍と戦っていた時に生み出した、炎でできた龍を思い出した。

……あれも精霊なのかもしれない……。

まだ俺は、魔法のことを何も知らないのだ。

やはり何とかして魔導書を手に入れ、魔法を学ばなければならないだろう。

イシュルは城の方へ飛んでいく風の精霊の姿を見つめた。

あれは、魔法を使える者にしか見えないらしい。確かに広場に集まってきた人々は誰も気づいていない。

あの聖典の一節は、普段、特に人を弔う時によく唱える、おなじみのものだ。

それが今回初めて、偶然にも精霊を召喚してしまった。

メリリャを想って、家族を想って、心を込めて唱えたから、あの子どもの精霊が現れたのかもしれない。呼び出せたのかもしれない。

……ありがとう、メリリャ。

さようなら……。


イシュルは踵を返し歩き出した。広場を中通りから出て、商会に向かおうとした。

広場に集まった人々を、波を掻き分けるようにして抜けていく。人々の波を抜けた先に、シエラが立っていた。

彼女の装いは収穫の宴の時のまま。今は微笑を浮かべ穏やかな表情で、男爵を礫にした時、城で会った時のような泣きそうな顔はしていない。

……でも、少し寂しそうな顔だ。

「イシュル……」

彼女の小さな声。

イシュルは無言でシエラの元へ歩み寄った。

「あれはイシュルがやったんでしょ？」

シエラは城の方を見て言った。

「イシュルって本当は凄い、大魔法使いだったんだね」

イシュルも振り返って城の方を見る。顔を戻すとシエラが言った。

「もうこの街にはいられないね。あっ、王国にも……」

……そう、俺は王国の大罪人だ。とんでもないことをしでかしたが、ブリガールはまだ王家によって領地を奪われず、男爵位を持っていた。

「そうかもな。それよりシエラ、おまえはいつ王都に行くんだ？」

「来年の春くらいかな。もう滞在先も決まったのよ」

「そうか」

シエラの表情が少し固くなった。彼女はイシュルに身を寄せると訊いてきた。

「もう、会えないのかな……」

「そんなことはないさ。いつかまたきっと、どこかで会える」

イシュルは笑みを浮かべるとシエラに頷いてみせた。

ただの慰め、その場限りのおためごかしで言ったつもりはなかった。これから先、もう二度と会えないだろうとわかっていても。再会する可能性がほとんどなくても。

シエラは突然、微笑みながら眸から涙を流すという器用な真似をしてみせ、両手で握って隠していたものをイシュルに渡してきた。

それは小さな木彫りの飾りだった。ふたりでエレナの依頼を受けていた時、彼女の母から無事お金を届けてもらった証《あかし》として、シエラが受け取っていたものだ。

あの依頼は何度もこなした。その間にエレナから幾つか、譲り受けていたのかもしれない。

それは細かい木目が波うつ、一輪の花の周りに葉をあしらった素朴な飾り物だ。

「ふふ、ありがとうシエラ。最高の贈り物だよ」

イシュルは素早く彼女に身を寄せると、彼女の頬、奥の耳の付け根辺りにそっとキスした。

そして唖然とするシエラに向かって、

「じゃあな。シエラ。またどこかで会おう」

言い終わる前に飛び上がる。もう、魔法を使えることを隠す必要はない。

彼女の背後の三階建ての建物の屋根へ、一気に飛び上がった。

「ああっ、ああ」

シエラは突然吹いた風の中、顔を真っ赤にして手足をじたばたと動かし、言葉にならない叫び声を上げている。

……さよなら、シエラ。

イシュルは屋根上から夜会服姿の少女を一瞥《いちべつ》すると、その目を商会の方へ、そして歓楽街の方へ向けた。

街を出る前にもう一カ所、寄っていきたいところがある。

イシュルの姿は屋根の向こうに消えた。

イシュルはまずフロンテーラ商会に向かうと、また二階から中に入り、自室で返り血に汚れた衣服を着替えると脱いだ服をたたんで抱えながら外に出、汚れた服を裏手のゴミ類のためられた樽に突っ込み、隠してあった旅装を背負い、父の形見の剣を腰に差し、マントを羽織った。

去り際、イシュルは表通りから商会の建物に一瞬だけ、視線を向けた。

月明かりの中、人けのない商会の建物は昨晩と変わらず、青く黒く、静かに佇んでいる。

「……」

イシュルは前に向き直ると、歓楽街の情報屋、ツアフの店に向かって歩いていった。

もう夜も遅い時間だが、街全体が何となくざわめき落ち着かない。大きな通りには、未だに城の方へ向かう野次馬たちの姿があった。

歓楽街も今日は人出が少なく、通りを歩く者はみな急ぎ足、店の前に立つ者は何人かで固まり、商売そっちのけでひそひそと話していた。

イシュルはツアフの店のある裏道に入るとすぐ、身を建物の影に潜め、辺りの様子を窺った。

それから店の中に注意を向けると、ほぼ同時に扉が勢いよく開けられ、意外なことに小さな子どもが飛び出してきた。その子どもは夜目にもそれとわかる粗末な服装で、開けた時と同じように扉を乱暴に閉め、素早い身のこなしで表通りに出ると、川の方へ一目散に駆け出した。裏道の端に身を寄せるイシュルに、まったく気づかず通り過ぎていった。

……子どもが？　どうして……。

イシュルは唖然として、首をひねって思案した。

夜の歓楽街の裏道にある情報屋。大人の裏の世界に、なぜか子どもの姿があった。

あの子どもの様子は貧民窟にたむろしている、置き引きやスリを生業としているような子らと雰囲気が似ている。

……多分、少年探偵団だな。

イシュルは少し考えると、勝手にそう結論づけた。今日はお城で、街を揺るがす大事件が起きた。こういう時に手っ取り早く状況を把握するのに、子どもを使うのは悪くない手だ。

ツアフめ。

今晩はひとの出入りが多いのなら、手早く済ます必要があるかもしれない。

しかし、子どもを夜遅くまで働かせるのはどうなんだ？　未成年の違法就労なんて概念自体、存在しないのだから仕方がない、と言われればそれまでの話だが。

イシュルはツアフの店の前に立つといきなり扉を開け、素早く滑り込むようにして中へ入った。

いつもどおり、ツアフは部屋の奥で黒いフードに身を隠し、身じろぎひとつせずまるで置物の人形のように座っていた。

「あら、いらっしゃい」

……これでツアフのところに顔を出すのは何度目か。もうすっかり顔なじみ扱いだ。

いや、顔なじみなどとんでもない、こいつには俺自身の情報をいろいろと他に漏らされた。

イシュルの眸に、ほんの微かに不穏な色が浮かんだ。

「お城が凄いことになってるみたいね」

ツアフはフードの下から、いつもの歪んだ笑みを浮かべる。

イシュルはツアフの科白を無視して、挨拶も何もなしに無言で机の前の椅子に座った。

「お城が派手に壊されて、ブリガール男爵も死んだんですって。前代未聞のことだわ」

「街の奥のこんな小部屋にこもってるくせに、よく知ってるじゃないか」

ツアフの口がさらに歪む。

「まだそんなに詳しいことは知らないの。誰がやったのかしら？　坊やは詳しく知ってるの？　だったら買うわよ」

「そうだな。多分この街で一番詳しく知っているのは俺だ。エリスタール城が今どうなってるか、なぜあんなことになったか、何でも教えてやる」

ツアフの歪んだ笑みが消える。彼はイシュルから少し、身を引いた。

「どうする？　買うか？　ステナ」

「なぜあたしの名を」

揶揄、皮肉、媚《こび》へつらい。常にそんな言葉で紡がれてきたツアフの口調が変わった。

「おまえのかわいい娘さんから聞いたんだよ。それよりどうする？　この情報はかなり高いぞ」

イシュルは眸を細めた。

「お代はおまえの命だ」

ツアフが奥の壁に飛びのいた。

「どういうこと！」

イシュルも椅子から立ち上がり、剣を抜いた。

「おまえ、男爵家に俺のことをバラしたろう？　情報屋が顧客の情報を漏らすとはな。随分と大胆なことするじゃないか。おまえみたいなやつが、そんなに死にたがりとは思ってなかったよ」

ツアフは奥の壁にからだを密着させ、イシュルから少しでも身を離そうとする。

……このままだと、剣の間合いぎりぎりだ。

イシュルは机の上に飛び乗ろうかと考えたがやめた。そうすると今度は振り上げた剣先が天井にひっかかるかもしれない。どのみち、ぎりぎりでも届けばいいのだ。

「おまえはここで死ぬんだ」

「ちょっと待って。そう、そうよ。お金でどうかしら？　いや、違う！　そう、ひ、秘密よ。とっておきの情報があるわ。それで手を打たない？　ね？」

とっておきの情報、のところで一瞬ひっかかりそうになる。

……危ない危ない。

ツアフは必死だ。それはそうだが、その眸にわずかに愉悦が混じっているように見えるのはどうなんだ？　死ぬ瀬戸際なのにな。

これは……、さっさと終わらせた方がいいだろう。この毒気に、あまり長い間当てられるのは良くない。

「だめだな。ひとの命は他のもので贖《あがな》えるもんじゃないだろう？」

ツアフの顔が凍りつく。

「俺はそう思うようにしている」

イシュルの後ろの扉が突然、吹き飛ばされる。イシュルは外からツアフの前に風を集めた。

剣を振りかぶる。

「ひいーっ」

ツアフのおぞましい悲鳴。

イシュルは自身とツアフの間に、ふたつの圧縮した空気の壁をつくった。今回はかなり難しいことをしないといけない。

イシュルは振りかぶった剣をツアフの頭に振り下ろした。同時に、一枚目の空気の壁をツアフの前頭部にぶつける。剣先はできるだけ同じタイミングで、頭にかぶったフードに触れる辺りで寸止めだ。

ツアフの頭が壁に打ちつけられ、前に傾いたところでもう一枚の空気の壁を後頭部に滑るように差し込み、前後のふたつの空気の壁を、早く小刻みに振動させるように揺らした。

「かは……っ」

ツアフは脳震盪《のうしんとう》を起こし、気を失って倒れ込む。

イシュルは机を飛び越えるとツアフの前にかがみ込み、ローブを脱がし、かつらを剝ぎ取り、さらに脱がしたローブで、口に塗られた紅を拭って落とした。

イシュルの額に汗が滲む。

……今やってること自体が鬱陶しい上に、魔法で空気を振動させるように動かすことがとても難しく、神経を使った。

空気の振動、というものが感覚的に摑みづらいせいか、この世界の風の魔法では精度が追いつかず、再現するのが難しいのか、空気を直接振動させようとすると根こそぎ魔力、集中力や思考力を持っていかれるような感覚に襲われるのだ。

魔法具で得た空気の動き、揺らぎに対する鋭い感知能力も、なぜか同じ空気の運動であるはずの振動、例えば音に関する感覚、聴覚に大きな変化を及ぼすことはなかった。

この世界では空気は振動するもの、音が空気の振動である、というようなことは知られていない。それは魔法具を生み出す聖堂教会はもちろん、神々も知らないのかもしれない……。

イシュルはツアフの上半身を起こし、壁にもたれさせ、鼻の下に手をかざした。しっかりと息があった。

ツアフの黒いローブを脱がすと、丸首の生成りのシャツに焦げ茶のズボンと、ありふれた服装をしていた。

指輪やピアスなど装身具も身に着けていない。ざっと見たところ、魔法具を持っている様子はなかった。

ツアフは自分の身を隠し、気配も感じさせない魔法具を所持しているはずなのだ。

どこに隠している？　まさか俺と同じで、肉体と同化しているのか？

イシュルは首をひねった。

あれか。服の下に何かあるのか。

ちょっとそれはいやなんだが。

とりあえず二の腕辺りに、腕輪みたいなものをしてる可能性がある。そこからはじめるか。

イシュルはツアフの右腕から裾をめくり上げた。特に何もない。続いて左腕の方をめくり上げた。

「!!」

イシュルは目を見張った。

「これは……」

ツアフの左腕には手首の上辺りから肘にかけて、刺青が施されていた。

思わず唾を飲み込む。これはただの刺青ではない。

その刺青は魔法陣を楕円《だえん》形に潰したような形をしていた。黒一色で彫られている。外側を太い罫線《けいせん》、すぐ内側を細い罫線で縁取られ、その内側は見慣れない文字や記号、複雑な模様で構成されている。

イシュルはその刺青に手を当てた。

……魔法具という、〝物〟ではないからか、特に何か感じるものはないが……。

いや、逆に、こちら側の放つ魔力をはじくような感じがしないでもない。

確かモーラの話では、ツアフが聖堂教会の秘密組織を追放された時、ツアフの父はあえて彼の所持していた魔法具を没収しなかった、みたいなことを言っていなかったか。

単に自分の息子を不憫《ふびん》に思ったから、それだけじゃない。

その理由がこれだったのではないか。

刺青は彫られてからかなり時間が経っているのか、形が歪み、傷か何かで薄くなっているところもある。それでも効力を発揮するのだ。この刺青は魔法具としてかなりの強度を持っている、と言えるかもしれない。

ちょっとくらいどこかを削ったり傷つけたりしたくらいでは、その能力は失われない、ということなのだろう。

おそらく、刺青の部分を意図的に傷つけても、その傷が治癒するまで一時的に使えなくなるくらいで、それこそ時間と手間をかけて刺青を消していくか、皮を剝ぐか腕を切り落とすとかしないと、この〝魔法具〟は無力化できないのだろう。

聖堂教会か……。

魔法具を、唯一生み出すことができる存在。彼らにはこんな技術もあったのだ。

教会はどんな秘密を握っているのか。神々の、いや、この世界の何を知っているのか……。

イシュルは、まくり上げていた袖を伸ばし元に戻すと立ち上がり、意識を失ったツアフを見下ろした。

荒治療になるが、この腕を切り落としてしまおうか。

そうすれば彼を聖堂教会から、過去から、完全に切り離すことができるんじゃないか。

イシュルはステナは殺しても、ツアフを殺す気はなかった。

……俺には精神医療の知識などない。だが、何かをしなければいずれステナによって、ツアフ自身の命が失われることになるだろう。

残されたモーラがかわいそうだ、というのはもちろんある。だがそれ以上に、ツアフが抱え込んだ苦しみを見過ごせなかった。

愛する人を自ら手にかけ失い、その苦しみを背負い続けていかなければならない。それが彼に狂気と破滅しかもたらさないというのなら、彼ら親子に何の救いがあるというのだ。

それで俺はステナという人格を、こちらの秘密を漏らしたことを理由に、殺してしまおうと考えたのだ。

だが、ただステナという別人格を〝殺す〟だけで、ツアフは破滅から逃れることができるだろうか。

すぐに、あるいはいつか、ステナの人格が復活してしまうのではないか。

もしツアフ自身が、情報屋をやりはじめたら？　どうなるのか……。

精神医学や心理学の専門知識がない以上、あとは自分の考えでやってみるしかなかった。

初めてツアフが女装した情報屋だと知ったあの夜、たまたま歓楽街に向かうツアフを見つけて尾行したが、その時のツアフは、いったいどちらの人格だったのか。明け方、店じまいする頃はどちらの人格なのか。どこでツアフの人格に戻るのだろうか。

ひとつ考えられるのは、ツアフがステナの人格に入れ替わるのは、この情報屋の店、この部屋に入ってからではないか、ということだ。

ツアフを尾行した時、彼は変装などしていなかった。もし店に向かう前にステナの人格に入れ替わっていれば、彼はその時点でかつらをかぶり、口に紅をさし、ローブを着込んで出かけたろう。

そして、ツアフはあの時店に近づくと魔法具を使い、自分の姿を消した。

一方、ステナを〝殺した〟時、彼女は魔法具を使わなかった。つまり彼女は自分があの刺青、魔法具を持っていると自覚していなかった、あの魔法具に関する知識を持っていなかった、ということだ。

ステナが店を閉めた後、どの時点でツアフと人格が変わるのか。ツアフの人格に戻った後、かつらと口紅、ローブの衣装を、彼はどう思っただろう。

疑問は残るが、ツアフとステナ、ふたりの人格が記憶を共有していなかったのは確かだ。それならステナの人格を殺し、消してしまえば、ツアフの病状は何とか小康を得ることができると考えたのだ。

……ツアフは情報屋をやっている店に行き、そこで商売している間、自分の記憶がなくなることを不安に思ったりしなかったのだろうか。彼はそれをどう思っていたのだろうか。

イシュルはツアフの肩を摑み、手荒く揺すって無理やり起こした。

「おい、起きろ！　起きろ！」

「うっ……」

ツアフが目を覚ます。眸に力がない。まだ意識がはっきりしないようだ。

彼はしばらくの間、焦点の定まらない目でイシュルの顔を見つめ、呻くように声を出した。

「きみは……」

「ツアフさん、大丈夫ですか」

イシュルはステナに接する時と同じ態度にならないよう、口調を改めた。

その方がいいだろう。

「ああ、確かイシュル……。ん？　ここは」

ツアフは周りを見回した。

彼の表情に驚きと、そして困惑が浮かんだ。

「……」

それが少し、ばつの悪そうな表情に変わる。

……ほう。これは……。

眸を細めるイシュル。

もしかして、ツアフは知っていたのか。わざとか……。

「きみは」

彼はイシュルから目をそらし、俯いた。

「ここがどこだか、知っているのか」

「ええ。ちょっと訳ありで、よく利用していたんですよ」

「それは……、ええと、セヴィルさんだったか、彼から頼まれて？」

まぁ、そう考えるのが妥当なところだろう。

「なぜそんなこと訊くんです？　俺がどんな情報を買っていたか、憶えてないんですか」

そこでツアフは首を上げ、はっ、とした顔になった。

俺が情報屋をやっている中年の女性らしき人物と、傭兵ギルド長のツアフが同一人物だと知っている。そのことを今になって、ツアフは気づいたのだ。

それはそうだ。さっきまで、ステナの人格だったんだからな。

それと……。

「まさか知っていた？　……きみはいったい」

ツアフはこちらの余裕ある態度に、もうひとつ気がかりなこと、それにも気づいたようだ。

ツアフとステナ、ふたりの意識や記憶が繋がっていないこと、つまり人格が違うことまで俺が知っている、ということを。

「ちょっとした偶然でね、モーラさんから身の上話を聞く機会があったんです」

両目に力を込めてツアフを見つめる。

「もちろんあなたの身の上も。その時に」

夜の川面の灯りに照らされた、平凡な女の顔が甦《よみがえ》る。

あの時の彼女の表情……。モーラは誰に、縋《すが》りつきたかったのか。

「彼女、とても心配してましたよ。あなたのことを。なぜ心配してたか、わかりますよね？」

ツアフが苦しげな表情をした。そして目線をそらし、額を両手で覆って俯いた。

彼はいわば確信犯なのだ。ツアフはこの店に来ると、人格がステナに変わることを知っていた。わかっていて、それを繰り返していたのだ。

お互いに記憶、いや、感情が繋がることはないのに、〝ステナ〟はツアフの記憶や感情から生み出された、偽の人格なのに。

それでも彼は、夜になるとこの店に通い続けたのだ。

「もう情報屋はやめるべきだ」

イシュルは口調を改めた。

「このまま続けても、あんたはこの先、奥さんと同じ運命をたどるだけだ。そんなこと繰り返して何になる？　あんたが一番気にかけなきゃならないのは、亡くなった奥さんのことじゃなくて、今生きてるあんたの娘さんのことなんじゃないか？　彼女まで、ステナのように不幸にするつもりか」

ツアフは両手を下ろし、目を大きく見開いてイシュルを見つめてきた。

その眸は大きな穴のようで、その底に何があるか窺い知れない。

イシュルは足元に投げ捨てたかつらとローブを拾ってツアフに押しつけた。

ツアフは、差し出されたものを力なく摑んだ。

この変装道具はツアフとステナ、どちらが用意したのだろうか。

「きみはいったい……」

……もういいだろう。

ツアフの眸にわずかだが力が込められる。

イシュルはツアフの質問を流し、扉の吹き飛んだ出口に向かう。

去り際、振り向いてツアフに言った。

「これから先は、あんた自身が決めることだ」

これ以上のことはできない。

他人ならなおさらだ。最後は自分自身で何とかしなきゃならない。

「がんばりなよ。さようなら」

イシュルの姿は出口の向こうに消えた。

街中からフロンテーラ街道に入り、そのまま南下する。

イシュルは市街を抜け、麦の収穫が済んだ、夜空に黒く沈んだ畑に挟まれた街道をひとり歩いていく。

……念のため、できるだけ早く男爵領を抜けた方がいいだろう。

これからフロンテーラに直行し、セヴィルとイマルに会って、ふたりにベルシュ村で起きたことを話さなければならない。

俺がフロンテーラに着く頃には、エリスタールでの出来事がもうフロンテーラにも伝わっていて、ふたりの耳にも入っているかもしれない。セヴィルとイマルは、俺がレーネの風の魔法具を隠し持っていたと知って、どんな態度を取るだろうか……。

彼らが、なぜベルシュ村が襲われる前に、男爵なり辺境伯なりに風の魔法具を持っていることを申し出なかったか、なぜ今まで秘密にしていたのか、と詰《なじ》るようなことを言ってくることもあるかもしれない。

もちろん、赤帝龍の出現によってベルシュ村で虐殺が行われることになるなど、誰も予見できなかったろう。俺にすべての責任があるわけではないが、村の犠牲者の遺族にとっては、そう簡単に納得できるものではない。俺自身も同じ遺族なのだ。その気持ちは痛いほどわかる。

俺が風の魔法具を持つことになったのは、森の魔女レーネが何らかの魔法具を所有しているのではないかと疑い、俺を捕らえて調べようと呼び出したからである。

決して自ら望んだわけではなく、偶然、彼女の死によって伝説の魔法具を得ることになったが、俺はあの時まだ八歳の子どもの身で、レーネに殺されそうになったのだ。

だが、俺も被害者だと、俺に責任はないんだと、言い逃れすることはできないだろう。それはブリガールやヴェルス、多くの城兵、そしてエリスタール城を破壊したけじめでもある。

もし、セヴィルやイマルに風の魔法具のことで責められたなら、それは甘んじて受け入れるしかないだろう。

これは、風の魔法具を所持していることをただ秘密にしておけばいい、何とかなるなどと、甘く考えていた俺の過失であろう。

ブリガールを討ち、その責任を負うことが風の魔法具を持つ者のけじめなのだ……。

イシュルはふと足を止め、後ろを振り返った。

夜明けが近づきつつあるのか、東の空、遥《はる》かな山並みの向こうが微かに明るくなってきている。それは地平線を北に走り、エリスタールの街の中心にそびえ立つ、無惨に変わり果てた城の姿を浮き立たせている。

このけじめを、新たに背負うことになった十字架を、自ら降ろすようなことはしない。この苦しみをいつまでも己《おの》が胸に刻みつけておく、その覚悟がある。

……だから、辺境伯も見逃すつもりはない。

イシュルはまた前を向き、歩きはじめた。

夜闇の中、歩きながら前方の、月の淡い光に照らされた青白い道を見つめた。遠くで夜鳥の鳴く声が、近くで虫の奏でる羽音が聞こえてくる。

生きている間にいつか、この重荷を下ろす時が来るだろうか……。

イシュルは月の光に照らされた白い道の先を、ただぼんやりと見つめた。

その時だった。

突然キーンと耳鳴りがし、バチン、と何かが切り替わるような音がした。

先に延びる白い道、それだけを残してすべてが真っ黒な闇に、暗黒に染まる。

風がなくなった。感じることができない。

空の高さに、丸い月が輝いていた。

見上げてみれば、月は狂ったように黄色に輝くただの円盤だ。

視線を戻すと白い道の先に、メリリャがひとり立っていた。

彼女は昔の、村にいた頃の服装をしていた。えんじ色のスカートに白いブラウス。懐かしい姿だ。

これは夢か、幻か。

俺はいつの間にか眠ってしまったのだろうか。

狂った月はメリリャだけを照らしている。

彼女は口を開いた。

「気をつけろ」

その声は確かにメリリャの声だ。だが、しゃべっている者は違った。

ふてぶてしい、酷薄な視線。美しく、だが皮肉に歪んだ唇。

彼女にこんな表情はできない……。

その者はメリリャの姿で、イシュルに語りかけてきた。

「赤帝龍にはせいぜい、気をつけることだ」

……なにっ⁉

一気に現実に引き戻されるような、生臭い言葉。そして女の声。

これは夢なんかじゃない。あのメリリャはいったい……。

メリリヤは笑いをやめ、睨《ね》めつけるようにしてイシュルを見た。

こいつ……。

男のように、荒々しい哄笑《こうしょう》だった。メリリヤは嘲りと狂気を漲らせて笑い続けた。

そして彼女は笑った。

「赤帝龍に気をつけろ」


「この娘の姿をされるのがそんなに嫌か?」

「きさまっ、おまえは誰だ!」

イシュルが叫ぶ。

「せいぜいもがき苦しむがいい……」

女はイシュルの問いに答えず、最後に小さく、呟くように言うと姿を消した。

彼女の頭上にあった、薄っぺらな黄色い月も消える。

気づくと、イシュルは元いた場所に立っていた。

近くに虫の羽音、風の流れ。

……戻ってきた。

イシュルは、背中に冷たい汗が流れるのを感じた。

あれはいったい。

黄色い月。イシュルの悔恨を、傷をえぐるようにメリリヤの姿をして現れた者。

なめやがって。

メリリヤを何だと思ってやがる。彼女は道具じゃない……。

拳を握り、ぎりぎりと歯噛みする。

あれは俺に対する挑発か。

あいつは赤帝龍に気をつけろ、と言った。それが言葉どおりならそのまま警告、ということになる。

なるほど、この後辺境伯を始末したら、その次は赤帝龍を滅ぼすことになるかもしれない。

あの化け物の出現も家族を、村を襲った悲劇の、大きな原因のひとつなのだ。

……あれは警告か、挑発か。

狂った月。メリリャの哄笑。

あの女はまさしくレーリアだ。月の女神だろう。

冥府と運命を司る神。

大きな死と運命の力が、俺に絡みついてきた。

エリスタールで事を終え、これからフロンテーラに向かおうとするこの時に。

あの貧民窟の神殿で会った美しい女神官、主神ヘレスに続いて、月神レーリアも現れたのか？

これは何を意味するのか、まだはっきりしない。

だが風の魔法具と関わりがあるのは確かだろう。

彼らは俺を「見ている」。

あれが神々でなければいったい何なのか。風の魔法具とは何なのか。

俺もツアフのように気が触れたのか。

イシュルは呆然と、その場に立ち尽くした。

エリスタールを発《た》って三日目の朝、イシュルは無事男爵領を抜け、オーフスを、そしてフロンテーラまでも見渡せる、あの丘陵の上に立った。

……あれからふた月ほども経ったろうか、これで二度目だ。

季節はもう初冬、晴れた空は澄み渡り、濛気《もうき》もまったくなく地平線の遥か彼方まで、フロンテーラの先の方までもはっきりと見渡せた。あの時はイマルやゴルンたちがいた。道の先には草笛を吹く子どもを乗せた荷車がいた。

今は自分ひとりだ。

この先のフロンテーラには、セヴィルやイマルがいる。そしてあの宮廷魔導師の少女とも会うことになるだろう。

そして視界の左側、フロンテーラ東方の低い山々の連なる向こうに、辺境伯領の首府アルヴァがあり、レーヴェルト・ベームがそこにいる。さらにその東方、険しく深くなる山並みにクシムがあり、赤帝龍がその周辺にいるはずだ。

あそこに行けば何がある？

俺は赤帝龍と戦うことになるだろう。そして死ぬかもしれない。

月の女神、レーリアの言ったことは警告だろうか。それとも赤帝龍と戦わせたいがための挑発、何か罠でもあるのだろうか？

……罠でもいい。この広大な世界の果て、もし神々に操られ、踊らされているのだとしても。

俺はただ己れの道を信じていくだけだ。

イシュルは丘を下って、その先を歩いていった。

待ち伏せ

［一］

イシュルは左手の甲を目の前にかかげ、薬指にはまった指輪を見つめた。

その指輪には今は青い石がはまっている。見た目で判断する限りでは、おそらく緑柱石の一種だろう。この石は男爵から奪ったベルシュ家の魔法具の、ペンダントの先につけられていたものだ。ベルシュ家の魔法具、首飾りの魔法具の本体がこの石だった。それを、今まで石のついていなかった母の形見の指輪に移したのだ。

イシュルは右手でかるく指輪の石に触れた。

触れた瞬間、自分の周りに何かの気配が複数、まとわりつく感じがした。それは自分に触れるくらいの近さから、一長歩《スカル》（約〇・六〜〇・七メートル）くらい離れたその間をちらちらと、揺らめきながら絶えず位置を変えている。

おそらく自分以外の他者は、このゆらゆらとうごめくものに視覚などの感覚を惑わされてしまうのだろう。

だから剣で斬りつけても矢で狙っても当たらなくなる。

イシュルは指輪を右手で隠すように覆い、消えろと心の中で念じた。

周りの揺らぎが消える。

母の形見のリングに、一族の遺《のこ》した魔法具の石。それがひとつになって彼の指にはまっている。

……父の形見の剣と、この指輪。俺に遺された大切なもの。

イシュルは心の中に少しだけ温かいものが広がるのを感じた。

「ふふ」

イシュルが機嫌よく職人の方に顔を向けると、その男は首に巻いた布切れで、顔に浮いた汗を拭っていた。

男はイシュルと目が合うとブルっと、からだを震わせた。

男爵領を抜けてからは日中の移動に切り替え、王国中南部を望む丘陵を下って翌日にはオーヴェ伯爵領のオーフスに入った。魔獣に遭遇することもなく、可能性は低いと考えていたが、男爵家からの襲撃や尾行らしきものもなかった。

オーフスの市街に入る手前で、エリスタールに向かうらしい隊商と行き違った。荷馬車が三台に護衛の傭兵らが七名ついていた。最近は零細の商人たちが隊商を組み、共同で護衛を雇って目的地に向かう例が増えているようだ。相変わらず魔獣による被害が続き、状況は悪化はすれども好転はしていないようだ。

オーフスに到着した日は職工ギルドに行き、銀細工の腕のいい職人を紹介してもらって終了、早々に宿をとって休息に当て、翌日はその職人の工房へ向かった。

銀細工職人の工房は、オーフスの街の東側、家々の間を小さな用水路が幾つも走る、典型的な下町の職人街にあった。

木樽や鉄製の壊れた工具が無造作に置かれた店の中へ入ると、すぐ目の前にくたびれたカウンターがあり、その奥が工房になっていた。ちょうど真ん中辺りに男がひとり、背を向けて座り、俯き加減に黙々と仕事をしている。男の背から何かの金具や工具の先が時に大きく、細かく動くのが見えた。

男の座る左奥には、天井まで伸びる土壁と石積みで造られた暖炉のようなものがある。あれは彫金に使う炉なのだろう。中は鉄扉で覆われ見えないが、内部の空気の状態は感じ取ることができる。膨張の度合い、揺らぎ具合からすると、種火程度の小さな火がくべられているようだ。

イシュルが声をかけると、男は手を止めて立ち上がり、イシュルの元へ近寄ってきた。

濃い不精髭を生やした、まだ若い男だ。二〇歳過ぎくらいか。

首に巻き付けていた布を下ろし、両手を拭きながら声をかけてきた。

「何だい」

イシュルは指輪と首飾りを男に見せて言った。

「この首飾りの先に付いている石をはずして、この指輪にはめてほしい。少し爪を広げるか削ればいけると思うんだが」

「ああ、いいよ」

男は指輪を手に取り、爪の辺りを見つめて言った。

「今は立て込んでてね。そうだなぁ、二日後くらいかな？　お昼くらいにでも取りに来てくれ。お代は」

「金ははずむ。今すぐやってくれないか」

イシュルは男を遮り、首飾りを持ち上げ男の前にかざした。

「いゃあ、そりゃ困るよ。俺、今忙しくてさ」

男は左手で不精髭の生えた顎をさすりながら、イシュルから首飾りを受け取った。

右手で革紐を持ち、左の掌に石をのせる。

「ひっ」

のせた瞬間、男はびっくりして、首飾りを落としそうになった。

「おいおい、気をつけてくれよ」

イシュルはニヤッと笑って言った。

「今すぐやってくれるな?」


それからすぐ、男は作業をはじめた。緊張に脂汗を額に浮かせ、震える手先をなだめながらペンダントから石をはずし、指輪に石をはめた。

はめ終わると男はふーっと大きく息を吐き、額の汗を拭った。

「はは、こんな仕事初めてだぜ」

確かに街の一職人が、魔法具の修理を請け負うなど滅多にあることではないだろう。

イシュルをあれこれと詮索してこないところは、歳のわりになかなか世慣れていると言えるかもしれない。

いや、実は物がものだけにただ怖れ、忌避しているだけかもしれない。

イシュルは、魔法具の本体である石のはまった指輪を左手の薬指にはめ、具合を確かめると、ビクつく男にお代を渡した。

「後で誰かにこのことを訊かれるかもしれない。その時はありのまま、話してかまわないよ。別に口止めする気はないから」

男は目を瞬き、一瞬何を言われたか理解できない様子だったが、すぐにその意味を悟ったのか、顔を青くして何度も頷いた。

……男爵家の生き残りか王家か、誰かが俺を追っているか、監視しているかもしれない。

そのことを忘れないようにしないといけない。

イシュルは工房を出るとオーフスの主神殿に行き、神殿前の広場に並ぶ露店で旅に必要な日用品などを買った。

ふと城の方に目をやると、オーヴェ伯爵家の旗が何本か、慌ただしく動くのが見えた。

イシュルはちょうど火打石を買おうとしていた、露店のおばちゃんに声をかけた。

「お城の方で何かあったのかな」

「ああ、今日は朝からお城の方が騒がしかったね。あたしゃ何も聞いてないけど」

イシュルは広場を離れるとフロンテーラ街道に出て、城の方へ向かった。城門の手前まで来たところで、街道の先に北へ向かう、騎馬隊の後ろ姿を見た。

……俺がエリスタールを出て五日目だ。

早いような遅いような……。それとも増援か、交代部隊だろうか。

イシュルの知る限りではフロンテーラ街道を南下する途中で、エリスタールへ向かい北上するオーヴェ伯爵家の軍勢とかち合うことはなかった。

もしオーヴェ伯爵家の動きが、この辺りの領主らの旗頭である辺境伯か、あるいは王家から直接要請を受けてのものだとしたら、距離的にも相当に早い動き、とは言える。

王国内には伝馬制といったらいいのか、要所要所に連絡用の騎馬を置く組織だったものは整備されていない。ここ数日の間に、エリスタールやアルヴァ、王都間を、爵家や土豪の馬を借り乗り継いで、複数の使者が不眠不休で行き来したことになる。

イシュルは来た道を引き返すと、昨日と同じ宿屋に向かった。オーフスでもう一泊し、翌早朝には街を出た。

オーフスを出発して翌日、イシュルは街道からはずれた草原にひとり、ぽつんと立っていた。

天気はよく晴れて気持ちいい。街道は東側に雑木林が広がり、南北はよく見渡せる。今街道を歩いている者はいない。近くに人家はない。

イシュルはここ数日、考えていたことのひとつを試してみることにした。

目を瞑り、心を落ち着け集中する。

「風の神よ、願わくば我に汝《な》がしもべを与えたまえ」

イシュルは自ら考案した呪文、らしきものを唱えた。

一陣の風が吹く。草がたなびきざわざわと鳴った。

だがそこまでだった。精霊を呼び出そうとしたのに、現れなかった。

……だめか。

ここ数日、考えていたことのひとつ、それは男爵家に復讐を果たした後、偶然精霊を召換した件についてだった。

あの時の子どもの精霊の言動、呼び出した時の状況から、呪文が正確でなければならないこと、集中し念を込めて、心を込めて唱えること、そこらへんが重要だと思ったのだが……。

あの時唱えた聖堂教の聖典の一節よりも、もっと具体的な単語や呪文らしい文体を考え唱えてみたのだが、ちょっと違った。いや、かえって遠ざかってしまったのかもしれない。

呪文にはやはり、使用する単語や構文に厳然たる正確性、例えば方程式や化学式のような、正確でなければ何も意味をなさなくなるような、決まりごとがあるのかもしれない。

だが、さっきは明らかに自然のものではない、しかも自分が魔法で直接起こしたものではない風が吹いたし、正確性が要求されるのなら、そもそもあの夜に召換された精霊はどうなのだ、という話になってしまう。

単純に、あの時の聖典の一節より呪文として遠ざかっただけ、と考えればいいのだろうか。

もちろん魔導書を読むとか、同じ系統の風の魔法使いから直接学べば、それで解決する問題だとわかってはいるのだが。

やはり具体的なイメージとか、想像力とかが必要なのだろうか。

頭の中であの夜に現れた精霊を思い浮かべる。

もう一度やってみるか。

イシュルが同じ呪文を唱えようとすると、今度はさぁーっと草原の草を鳴らして、冬の訪れを感じさせる少し冷たく乾いた風が、自然の風が渡ってきた。

……そうか。

何かひらめくものがある。

イシュルはかつての村の、ある時は青く、ある時は黄金色に輝いていた麦畑を渡る風、いつも吹いていたベルシュ村の風を想った。

あの風は、いつも心のどこかで吹いている。

「風の神よ、願わくば我に……」

来る……！

イシュルはだがそこで、閉じていた目を開いた。呪文の詠唱を止めてしまった。

……いい感じだったのにな。

イシュルはその眸を街道の東側、雑木林の方へ向けた。

紅葉のまばらに交じった、幾分くすんだ木々の緑を背景に、八人の男女が横一線に並んでこちらに歩いてくる。

彼らは街道を越え、イシュルの方へまっすぐ歩いてきた。おそらく奥の雑木林に隠れ、街道を行くイシュルを張っていたのだろう。

……エリスタールを出て六日目。

オーフスで二泊している間に追い越した、といったところか。

イシュルは目を細めて彼らを見つめる。

集団の真ん中辺りにゴルンがいた。

その右には黒いローブに木の杖を持つ魔女らしき女がふたり、左には長槍をかかえた背の高い男。あの男は見覚えがある。昔、村に行商の護衛でゴルンとよく来ていた、長槍を持っていた男だ。

確か名前はホッポといったか。ビジェクの姿は見えない。

イシュルは彼らが出てきたと思われる雑木林の方に再び目をやった。

あそこにビジェクが射手として潜んでいるのだろうか。だが、あそこからでは距離がありすぎて、いくら彼でも有効な弓射はできない。

他の面子は若い男女の剣士がひと組、ホッポと同じ長槍を持った男がふたり。

イシュルはゆっくりと近づいてくる彼らを見て、複雑な笑みを浮かべた。

……魔法使いがいるのは面白い。しかもふたりも。だが、あれくらいの面子というか、人数ならここからでも一撃で全滅できるのだが。

あのふたりの魔法使いの実力は、まだよくわからない。だが彼女、火龍と戦い、ふたりだけで会った時、こちらにナイフを突っ返してきたあの宮廷魔導師の少女より実力が上とは思えない。ゴルンをかるく見ているわけではないが、彼ら一般の傭兵、賞金稼ぎらとつるんでいるのなら、自《おの》ずと彼女らの実力がどれくらいか想像はつく。できれば風や火系統でない魔法を使ってくれたら、見るのが初めてでありがたいのだが。

そして一番の問題は、彼らの依頼主が誰かだが……。

ゴルンたちが近づいてきた。彼らはイシュルに二〇長歩《スカル》（十数メートル）ほどの距離をとり、半円状に展開してイシュルをかるく包囲するような形をとった。

彼らの中心にゴルンがいる。彼はこの集団、パーティと言っていいのか、そのリーダーなのだ。

「ひさしぶりですね。ゴルンさん」

イシュルはにっこり笑いながら声をかける。

「ああ、そうだな」

対してゴルンの口調は少し堅い。

「ビジェクさんは？」

「あいつはおまえのこと、ずいぶんと買ってたみたいでな。今回は不参加だ」

「そうですか。それはちょっとうれしいですね。で、セヴィルさんたちは無事フロンテーラに？」

「ああ、安心しろ。無事送り届けた」

ゴルンはしっかり頷いた。

……なるほどこの男なら、俺を待ち伏せするのも簡単だろう。ゴルンは俺がセヴィルに会うため、再びフロンテーラに向かうことを知っていた。最初からフロンテーラ街道ひとつに絞って、俺より先回りすればいいだけだ。

「依頼主は誰です？　まぁ、それは言えないですかね。ツアフさんのところを通してるんですか」

もしツアフの傭兵ギルドが噛んでいるのなら、ちょっとショックなんだが。

あれだけ親身になって、助けてあげたのに……。

「それは言えねぇ。昔お世話になった人でな。ツアフのところじゃねぇよ」

ゴルンは少しずつ、殺気を放ちはじめた。

他の者も槍を構え、剣を抜く。剣の刃が鞘《さや》を滑る音が、横から聞こえてきた。

「坊主、ひとつ確認したいことがあるんだが」

今度はゴルンが質問してきた。

彼の横にいるふたりの魔法使いが杖をかかげ、小さな声で呪文らしきものを呟きはじめる。

「いいですよ」

ふたりの魔法使いはフードを上げて顔を出している。ひとりは高齢の白髪の女、もうひとりは若い、栗毛の女。ふたりは顔つきが似ている。

彼女たちは親子かもしれない。まったく同じタイミングで、ふたりの杖から魔力が上に向かってほとばしり、頭上できらっきらっと何かが光るとそれが火球になった。火球はそれぞれひとつずつ、ひとの頭よりひと回りほど大きい。あの宮廷魔導師の女の子は、あれの倍くらいの大きさの火球を同時にふたつ、つくっていた。

なんだ、火魔法か。少し残念だ。

「おまえが城を壊し、男爵を殺ったんだな？」

「そうです」

「復讐したのか。おまえがイヴェダの剣の魔法使いだったのか」

ゴルンが言い終わった瞬間、ふたりの魔法使いがイシュルに火球を投げてきた。

イシュルは強風を棒状にして火球を横にないだ。火球はふたつとも横に吹っ飛び、火が消えて影も形もなくなる。

と同時に、上空に風を集めはじめる。

「ひいいっ」

火球を吹き飛ばされた、ふたりの魔法使いの反応が面白かった。

年寄りの方は腰を抜かして地べたに尻餅をつき、若い方は杖を両手で抱え持ち、小さくなって震えている。

ふたりは俺の魔法を見て怯えているんじゃない。おそらく、俺の全身から噴き出した魔力を見て恐怖したのだろう。自分が魔法を使う時、特に大きな魔法を使おうとする時、魔法を使える者や魔獣どもにどう見えるのか、こればっかりは鏡にでも映してみないとわからない。いや、鏡には映らないかもしれないが。

ゴルンは、怯えた彼女らの様子を見て口をあんぐり開け、呆然としている。

しかし、残りの者たちは恐怖にかえって危機感を強めたか、殺気を漲らせ、イシュルの方へじわじわと近づいてくる。

その時突然、彼らの背後に激しい風が巻き起こった。

イシュルを半包囲する彼らの外周を、竜巻のような風の奔流がぐるぐると回りはじめた。

激しい轟音に覆われ、巻き上げられる草花や土埃に周囲の景色が霞み、薄暗くなっていく。

イシュルとゴルンたちの睨み合う小さな空間は、陽光が消え外も見えず、奇妙な無風状態が保たれ、何か別世界に連れてこられたような不条理な恐怖に満たされた。

イシュルを除き、みなその場で呆然と立ちすくみ、恐怖に顔を歪め、中には泣きそうな顔になっている者もいた。

彼らには本能でわかるのだ。すぐ後ろを吹き荒れる風の渦にちょっとでも触れれば、それだけであっという間に全身を巻き込まれ、空高く吹き上げられてどこかに飛ばされてしまうか、あるいはからだを幾重にもへし折られ、ひょっとすると全身をバラバラにちぎられ細かい肉片にされて、確実に命を失ってしまうことを。

「待て！　待ってくれ！」

ゴルンがイシュルに掌を上げて叫ぶ。

「止める、止めるから！　俺たちは手を引く！」

イシュルは風の渦を弱めた。

それに合わせるように、イシュルを囲んでいた者たちの緊張が少しだけ緩んだ。何人かがたまらず膝をついた。

「いいんですか？　依頼主はどうするんです？」

イシュルは怯えているふたりの魔法使いにちらりと目を向け、笑みを浮かべたままゴルンに言った。

「契約違反になるが仕方がねぇ。自分の命より高いものはないからな」

「そうですか」

周りの者で口を出す者はいない。

「だからこの物騒な風のお化けみたいなもん、やめてくれないか」

イシュルは風の渦を消した。

土埃が遠くに吹き飛ばされ、周囲に陽光が戻ってきた。なぜか吹き上げられた草がまだ少し残っていて、ふわりふわりと辺りを舞っている。

「エリスタールに帰ってきたと思ったら、すぐにお声がかかってな」

ゴルンは、大きく安堵のため息を吐くと言った。

「俺はあの城もちらっと見ただけで、まだ詳しくは知らなかったんだが、おまえの魔法は聞きしにまさる凄さだな」

……まぁそんなところだろう。こちらが男爵らを殺ったのは、ゴルンたちがフロンテーラから帰ってきて、たいして間もないあたりだったんじゃないか。

さて、依頼主が誰かだが。

「それで、やはり依頼主は教えられませんか？　気になるんですよね」

イシュルはあれから地面に座り込んで、肩で息をしているふたりの魔法使いを再びちらっと見て言った。

エリスタール辺りでも魔獣の出没が増えて、各地から流しの賞金稼ぎや傭兵らが少数だが集まってきている、というのは以前から聞いていたが。

それほど実力があるわけではなさそうだが、魔法使いが二名も交じっているのが気になる。

「それだけは勘弁してくれ。その人も仲介しただけで、本当の依頼人は俺も知らねぇんだ」

イシュルは黙って頷く。

「ホッポさんはいいとしても、他の方々はどうやって集めたんです？　時間もなかったろうに」

ゴルンはホッポと一瞬、目を合わすと困ったような顔をした。

「それは、まぁ、いろいろあってだな……」

「依頼主が大方手配した、ってところですか」

最初は男爵夫人や騎士団長の遺族あたりかと、ふつうに考えていたわけだが、ちょっと違ったようだ。内実はもうちょっと複雑だろう。何か裏がある。

あの崩れ落ちた城を見たら、どんなやつだって、どんなに大金を積まれたって、俺の暗殺依頼なんか受ける筈がない。それなのに、良くも悪くもそこそこの連中が八名。ゴルンがリーダーだからか知らないが、俺としゃべっているのは彼だけだ。他の連中と面識がないのは確かだが、悲鳴やため息をつくくらいでみな、だんまりなのはちょっとおかしい。

……この対応は、前もって示し合わせているんじゃないか。

「……」

ゴルンはイシュルの質問を流すと、媚《こ》びた笑みを浮かべ言った。

「それより坊主、おまえこれからどうするんだ？　もう王国にはいられないだろ？　セヴィルさんたちに会ったら国抜けでもするのか？」

そうか。やはりそうきたか。

「どうですかね」

イシュルは突然目を怒らせ、ゴルンを睨みつけ、続いて周りの連中を威嚇するように見渡すと言った。

「ベルシュ村の関係者には手出し無用、って、あんたらの依頼主に伝えておいてくれないか？　何かしたら──捕らえて尋問したり、俺を釣るための人質にしたり、そんなことをしたらブリガール以上に酷い目に遭わせてやる。どんな遠くの国の、どんな身分のやつだろうと」

「ぐっ」

ゴルンの顔が、真っ青になった。

……もし、セヴィルやイマルらを人質にとられて我が命に従え、などとやられたらたまらない。まぁ、そんな男爵だかヴェルスのような、愚かなことをする者はいないだろうが。

「わ、わかった、わかったから」

「俺自身はどうでもいいんですよ。何でも来い、って感じです。城のひとつやふたつ潰すことくらい何てことない。死ぬ気でかかれば一国丸ごと、葬ることだってやってみせる」

はったりも交ぜて少し大げさに言う。

ゴルンはまた口をあんぐりと開け、首をカクカクと縦に振った。

風の魔法を使って派手にやれば、魔法具を持つ者が俺自身に特定され、ベルシュ村の他の出身者に嫌疑がかかることはなくなるのだが、今度は数少ない親しい者を人質にとられ、利用される危険性を排除しなければならなくなった。

ただ、そんなことをしてもあまり意味がないことは、よほどの愚か者でない限り、為政者や権力者たちにはわかるはずだ。

人質をとって相手に言うことを聞かせるなんてのは、所詮その場限りの対処法でしかない。もし人質を何かで失うか、その価値がなくなるか、奪還されてしまえばその後は破滅しかない。そんなリスクの高い綱渡りを続けることなど、重い責任やら義務を背負わされた連中にはとてもできない。

まともな頭脳の、見識の持ち主であればそんなことはしない。まともでない者は権力の座に長く留まることはできない。エリスタール城の壊滅は、風の魔法具を持つ者を怒らせればどうなるか、そのことを彼らに悟らせるのに十分な威嚇となったはずだ。

だが、それでもゴルンたちを、彼らの背後にいる者を脅さざるをえなかった。

「ゴルンさん、あなたたちをここで殺すようなことはしませんから」

イシュルはゴルンに向かって言った。

ゴルンは少し俯き加減に何か考え、気合いを入れ直したか両肩を少し怒らせると顔を上げた。

イシュルからその後の行動を聞き出すこと、それは諦めたようだ。

ゴルンは肩を怒らせていたが、その顔はちょっと強気で人を食ったような、だが素朴なやさしさを感じるいつもの表情に戻っていた。

昔、ベルシュ村に行商の護衛で来ていた頃、まだ子どもだったイシュルに向けられた顔と同じだった。

「すまないな、坊主。まだそんな歳なのに」

ゴルンはその顔に笑みを浮かべて言った。

「気をつけてな。決して油断するなよ」

ただその笑みは、いつもより少し寂しげで、悲しそうに見えた。

［二］

イシュルはゴルンたちと別れ、街道を黙々と歩き続けた。

なぜか気持ちが塞ぎ、寂しさが胸にこみ上げてきた。

……彼らの待ち伏せ、あれはある種の威力偵察のようなものか、俺に対する情報収集のようなものだ。

彼らの本当の依頼主はもちろん特定できないが、推定するくらいなら簡単だ。エリスタール近隣の有力貴族か、あの宮廷魔導師の少女、つまり王家の出先機関あたりになるだろう。

辺境伯あたりはちょうど今頃、エリスタールの異変を知り、対応に追われている頃だろう。王家以外、遠距離にある諸勢力にはまだ情報が伝わっていない。聖堂教会も中央まではまだ届いていないだろう。

結果、一番怪しいのはあの、とぼけたことを言ってきた宮廷魔導師の女の子、ということになる。俺がエリスタールからフロンテーラに向かうか、本当に風の魔法を、強力な魔法を使えるか、念押しの確認をしてきたと見るのが妥当だ。

……もうこれからは、今まで親しかったひとたちと、まったく別の道を歩んでいかなければならないだろう。

次は辺境伯だ。そしてあの、王家の宮廷魔導師も間違いなく接触してくるだろう。

この先は荊《いばら》の道だ。

イシュルは俯き加減に道を歩きながら、胸中に浮かぶ苦渋を噛みしめた。

だがそれがどうした。二度も家族を失い、辛い目に遭わせてしまった。

今さら、何を悲しむことがあろうか。

この十字架を背負って辺境伯を片づけ、赤帝龍を滅ぼす。

もしその後にまだ、やらなければならないことがあったら、生きる理由が見つかったら、どこか新天地に行って、この世界の、魔法の謎を探ろう……。

そこで不意に、メリリャの顔が浮かび上がる。

エリスタールを発った夜、突如現れた謎の存在。月の女神レーリアかもしれない、メリリャの姿をした存在。

……あの挑発、敵意。

ならば、貧民窟の神殿で会った女神官は何だったのか。やはり主神ヘレスの化身なのか。

ヘレスは逆に、好意を見せてきた。

太陽と月、光と闇。

神の魔法具の謎。

あれが本当に神々であったなら、俺に安息の時が訪れることはないかもしれない。

イシュルは顔を上げ、空高く、遠くを見渡した。


その日からイシュルは、昼間の移動をやめることはしなかったものの、人けのない街道では魔法のアシストをつけて走り、街道の左側、東側に森が現れれば、わざと街道を迂回して森に入り、時々出会う魔獣を蹴散らしながら移動した。何者かの待ち伏せや監視があるのならそれを躱し、尾行する者があればそれをまくためである。

……相手はその道のプロばかりだろうから、どのみちすべてを躱すことはできないだろう。

だが、ゴルンらのように、直接ちょっかいを出してくるような者たちとの遭遇は、もうこれ以上は御免こうむりたい。

イシュルは彼らとの無用な接触をできるだけ避け、フロンテーラへ先を急ぐことにしたのだった。精霊を召換する試みも、魔力を外に放出することになるので、しばらく中止することにした。

オーフスを出てゴルンらの待ち伏せに遭ってから五日目、シーノ男爵領を越え王領に入り、セヴィルからベルシュ村の凶報を聞いたラジド村も抜けて、いよいよイシュルはフロンテーラの市街地に入ろうとしていた。

結局、イシュルの行動がうまくいったか、たまたまだったのか、あれから何者かの襲撃や接触を受けることはなかった。王領に入ってしまえば、王家や宮廷以外の勢力の監視や接触の可能性は、だいぶ減るだろう。

イシュルはフロンテーラを目前にして警戒を緩め、街道を普通に歩くことにした。

そのフロンテーラ街道は市街地に入る手前で二股に分かれる。右を行けば、街の北寄りを東西に流れるベーネルス川に面した幾つもの船着き場がある、商店や倉庫などが集中する賑やかな下町、左を行けば畑地と農家、雑木林が散在する静かな道をやがて同じベーネルス川に突き当たり、フロンテーラ城、別名アンティオス大公城に接続する立派な橋塔がある橋の前に出る。

イシュルの目指すフロンテーラ商会の本店は左の道を行き、ベーネルス川を渡りお城の前を通ったその先にある、フロンテーラに居住する貴族やその別邸、富商らの邸宅や本店が立ち並ぶ、街の上流階級の邸宅街の一画にあった。

イシュルは荷車や雑多な通行人らで混雑する二股の分かれ道を左に入り、その先をのんびりと歩いていった。今は昼時で天気も良く、大陸の中南部に位置するフロンテーラはこの季節でもまだ暖かい陽気を感じることができる。

道を進むと、先ほどの二股になっている街道の混雑も嘘のように静かになり、道の左側、東の方は豊かな田園風景が広がっていた。それも緩やかな丘を道なりに越えるとすぐ、先の方にベーネルス川にかかる橋の大きな橋塔が見えてきた。

橋の左右、両脇には道を挟むようにして高い橋塔がふたつ立っていた。橋を渡る人もまばらで、衛兵による検問なども行われていない。

イシュルはそのまま橋を渡った。橋の中程にもやや背の低い橋塔が橋の両脇を固め、渡り切った先に城門があった。門扉は開いていて、そこにも衛兵らしき姿はない。城門の左側、東側はベーネルス川に面した城壁に接続されている。門をくぐると石畳の小さな広場があり、向かって左側は二つ目の城門と、城壁が奥へと続いている。広場の右側には幾つかの建物と、聖堂教会の神殿があった。

フロンテーラ城は完全な平城である。この小さな広場の右側に面した街並みの先にも、外郭を成す城壁があるだろう。そしてその反対側の城壁の内側にも、おそらく複数の水堀や城壁が張り巡らされているはずだ。その中心部に大公の居城であるアンティオス宮殿があるのだろうが、今は目の前にそびえる城壁に隔てられて、イシュルからは何も見えなかった。

広場の右側からは川沿いに続く道、神殿の脇を通る道、城壁の横を奥へと続く道、の三本の道が延びている。イシュルがイマルから聞いていた本店までの道順はここら辺りまでだ。どの道を行けば目標の邸宅街に行けるだろうか。

何となく真ん中の道、神殿の脇の道を選び、先へ進むことにする。

しばらく行くと建物の間隔が広くなり、その間を瀟洒な糸杉に時々楓《かえで》や樟などの広葉樹が交じった、いかにもな邸宅街に入った。

石畳の道を平服で騎乗する若い男、従僕を連れた身なりのいい紳士や婦人らが静かに歩き、行き来している。馬車の往来は少ない。王国では貴族や富裕層も遠出でなければ通常は徒歩である。

イシュルはふと立ち止まり、自分の服装を確かめた。別に田舎臭いとか、質の悪いものではないが、旅装であるし幾分汚れている。イシュルの今の服装はこの辺りでは場違いかそうでないか、微妙なところだった。

イシュルは歩を緩め、道の奥に引っ込んだ典型的なお屋敷は除外し、鉄製の唐草模様のような飾りのついた看板が出ていたり、店の紋章が浮き彫りされた派手な装飾の門構えの、比較的道路側に寄って建っている建物に注意を向け、見落としがないよう集中して歩いた。

しばらくすると道の右側に面した門に、フロンテーラ商会とレリーフされた建物が見つかった。門扉は開いている。

門の両脇はよく手入れされた生け垣、奥には他の家々に負けていない、石造りの立派な三階建ての建物がでん、と構えている。入口は複雑な彫刻のされた重厚な木製の観音開きの扉。

……この建物にセヴィルさんたちがいるんだろうか。

イシュルは口をあんぐり開けて、堂々としたフロンテーラ商会本店の建物を見上げた。

これはちょっと表からは入りづらいかな。

イシュルは裏に回れないかとそのまま店の前を通り過ぎ、隣の緑の多い屋敷の方へ歩いていった。すると
その屋敷の方から、王国内でよく見かけるリュートに似た、弦楽器の音が聞こえてきた。

どこかで聞いたことのある曲だな、としばらく立ち止まって耳を傾けていると、途中からすーっと、あの子どもの草笛、オーフスの手前の丘で、荷車の後ろに座っていた子どもの吹いていた草笛の曲と、弦楽器の曲とが重なった。

……ああ、あの時と同じ曲だ。

確かあの時、あの子はフロンテーラで昔流行ってた、と言ってたんだ。

まさかフロンテーラで、再び聞けるなんてな。

「……」

偶然とは思えない不思議な出来事に、イシュルは思わず笑みを浮かべた。

その曲に誘われるように木々の向こう、曲の流れてくる方に目を向けた。

その屋敷の敷地、緑に囲まれた庭には幾つかテーブルが置かれ、人々がまばらに腰かけ、談笑していた。

……お茶会か何かか？　それともオープンカフェみたいな店か？　さすがフロンテーラ、なかなかおしゃれじゃないか。

と、思う間もなく、その人々の座った奥の方から、手をこちらに振ってくる者がいる。品の良い、濃い赤色の袖に小さな手。

あの時の、宮廷魔導師の少女が手を振っていた。

イシュルに向かって。

「‼」

なんだ、と……。

イシュルは愕然として硬直し、続いて心の内に、何かひどく苦いものが湧き上がってくるのを感じた。

……何で、こんなところにおまえがいる。

これが偶然なわけがない。このタイミングでフロンテーラ商会本店の、隣の店にいるなんて。

完全に狙われて、待ち伏せをされたのだという警戒感が湧き立つ。

おそらくフロンテーラに向かう道中で、少なくとも王領に入ってからは完全に尾行され、監視されていたのは間違いない。

彼女はイシュルがフロンテーラ商会の見習いであることを知っている。そしてセヴィルらに会いにここに戻ってくることも、あの時彼らから聞き出して知っている可能性が高い。

相手が魔法でも使わない限り、専門的に諜報に携わる者に尾行、監視されれば俺にはとても見破ることはできない。お手上げだった。

……しかもだ。何だろう、この背筋も凍るような感じは。

あの、宮廷魔導師の少女の隣、優雅に談笑する紳士淑女方の間から、ちらちらと見え隠れする白くキラキラしたドレスを着た物体はいったい何だろう。

あれがおそらく、この悪寒の正体のような気がする。

だがこちらにも、あの少女には話をしておきたいことがあった。

赤帝龍や、ゴルンのことも、王家のことも。

あの子は一応、表面的には俺に対し敵意も悪意も、それに類するものは一切見せていない。

彼女はあの時、「待ってるから」と言ってきたのだ。

この待ち伏せ。何だか癪《しゃく》だが、仕方ない……。

イシュルは小さくため息をつくと、彼女の元へ歩きはじめた。

晴れた空は広く抜け、周りはわずかに紅葉の交じった緑の木々に囲まれている。テーブルにかけられた白い敷布が、明るく軽快なアクセントになっていた。

テーブルに座って茶を飲み、あるいは食事をとっている人々は、イシュルが中に入ってくると最初は無遠慮に、軽侮の混じった視線を向けてきた。だが、彼が大きな杖を持つ魔法使いの方へ向かっているとわかると、まるで申し合わせたように一斉に視線をそらし、完全に無視し、まったく存在しないもののように振舞った。

イシュルは力なく歩きながら、心の中でひとりごちた。

……それはそうだろう。この店もこの辺りも、なかなかにお高い場所なんだろうが、そんな場所でも滅多にお目にかかれない、大きな魔法の杖をテーブルに立てかけ、いかにもそれらしい格好をした魔法使いがいるのだ。

あの魔法使いに関わる危険性と比べたら、俺のような闖入者《ちんにゅうしゃ》などどうでもいい存在だ。

……そして、その隣にいる白いもの。

その白いやつは大きな両目を爛々《らんらん》と輝やかせ、強気、というよりは何かわくわくと元気いっぱい、少し興奮気味に俺を見つめてくる。

イシュルは彼女らのテーブルのところまで来ると無言で、何の挨拶もせず空いている席に座った。

椅子の背が音もなく後ろへしなる。

……へぇ～、いい椅子だな～。

さすが高級店。しかもフロンテーラだ。

フロンテーラは王都につぐ、王国でも一、二を争う大都会なのだ。

イシュルは向かいに座るふたりを前に、どうでもいい感慨にふけった。

「ひさしぶり、イシュル」

右手に座る魔女が声をかけてきた。

妙に、凄まじいまでになれなれしい。

「フォーッ」

……なっ。

唸り声？　鼻息か⁉　なんか今、魔女の隣りから凄い音が聞こえたような気がしたんだが。

見ちゃだめだ、絶対に。白い方はとりあえず無視だ。

「すまないが俺はあんたが誰だか、名前も知らないんだが」

イシュルは、ひさしぶり、と声をかけてきた少女の方を見て言った。

相手が宮廷魔導師なのはわかっている。本来なら気安く同席など許される身分ではないのだ。

「……あれ？」

魔女がぼそっと小さな声で言った。少し首をかしげる姿は、少しだけかわいいかもしれない。

あれ？　じゃないだろうが。

「言ってなかった？」

言ってない。

「……」

イシュルは心の中で思いっきり突っ込みを入れながらも、表向きは無表情に、無言でかるく頷いた。

「そう……。ごめんね、イシュル。あなたの働いてたお店のひとには名乗ったんだけど……」

なるほど。やはりあの後、セヴィルさんたちに接触していたか。そしてそれを、わざわざ教えてくれたと。

あまり表情を変えない宮廷魔導師がにっこり、微笑む。前に一度だけ見たあの笑みだ。

「わたしの名はマーヤ。マーヤ・エーレン」

エーレン、か。確か王国の西北部に領地を持つ伯爵家だ。彼女はその伯爵家か、一族の出だろう。

「よろしく」

イシュルはかるく首を傾けそっけなく言った。

……俺の方からあらためて名乗る必要はないだろう。彼女は俺のこともよくご存じだ。しかし、あれか。椅子から立って左手を胸に当てて右膝を立てて跪く、貴人の女性に対する正式な作法でもやった方がいいのか？

自分の振る舞いが無礼なのはわかっている。だが今さら、だ……。

それよりも彼女の隣に座っている、さっきからフーフー言ってる白いのをどうにかしなければならない。

いつまでも無視するわけにはいかないだろう。

「で、そちらにおわすお姫さまは誰なんだ?」

イシュルはマーヤの方を見て訊いた。

怖くて、とてもじゃないが直接声をかけられない。

「おお、やっとか。良いかの?」

白いものが、赤い魔導師に訊いている。

マーヤが頷くと、もうひとりの少女はつるぺたの胸を張り、イシュルをしっかりと見据えて言った。

「我が名はペトラ。ペトラ・ラディスである。よしなにな」

鼻息が白く、目に見えそうだった。

その少女は王家の名を口にしたのだった。

転生者イシュルと神の魔法具②/完

書き下ろし番外編

風の軌跡

目を瞑ると昨日の夜、火龍の右目に刺さったナイフの軌跡が現れる。

眸の奥に焼きついた風魔法の輝線だ。

繊細で目立たない、だが類い稀な美しい風の魔力の煌めき。その源《みなもと》を追うと、樹上に隠れた少年がいた。

「あの男の子と目が合った」

珍しいものではないが、一応は殺しに携わる者が持つような投げナイフ――を、もう何度そうしたことか、頭上に掲げ仰ぎ見る。

あの切所で、あの暗がりで、でも確かにあの少年と目が合った。

彼は風の魔法を使って火龍にナイフを投げつけ、その目を潰し、大公軍の窮地を救った。切り札の大弩弓《バリスタ》が間に合った。

ありえない距離を飛んだナイフに纏わりついた風の魔力は、魔法使いなら誰もが見惚れ、あるいは畏怖する稀有なものだった。あの控えめな魔法がもし激しく閃いたら、どんな凄いことが起こるだろう。どれほど煌びやかで、美しいことだろう……。

「マーヤさま」

横からエバンの声がして、甘美で危うい白昼夢は不意に途切れた。

現実に引き戻されると目の前の街道は荷馬車の車列で埋まり、周囲には斃した火龍の解体を行い、負傷者を救護し、荷物をまとめ帰城の準備を進める、多くの兵士らの喧噪に満ちていた。

「あちらをご覧ください。ちょっと気になる者たちがいます」

エバンは大公につけられた、王家の影働きの者だ。彼が気になるというのなら、それは間違いない、無視できない何かが起きているのだ。

「ん、なに？」

エバンの指さす方を見た。

道を塞ぐ荷車の車列が、赤く染まっていた。街道を挟んで東側は叢林、西側には草原が広がっている。地平線に真っ赤な夕日が沈もうとしている。その紅色の色彩を背景に、一台の荷馬車と五～六名の人々が道から外れ、何事か話し合っているのが浮き立って見えた。

皆、真剣な面持ちだ……。

「‼」

いた。

……昨夜の少年が。

今まで見たことのない、美しい風の魔法を使う少年。だが魔法使いにも貴族にも見えない、謎の人物。多分歳は一五、六。少し小柄な、大人しそうな男の子だ。ひときわ険しい顔をしている。

「行こう」

木箱から地面に下りて少年の許へ向かう。エバンが無言で付いてくる。

「あっ」

少年は仲間内の年嵩《としかさ》の男に頭を下げると、周りの他の者たちにも挨拶して背を向け、街道を北へ向けて歩き出した。

「ああっ」

行ってしまう！

思わず足早になる。

離れていく少年の背中から重い空気が漂う。彼を見送る人たちも同じだ。暗く重い空気が目に見えるようだ。何か深刻な、不幸なことがあったのか。

少年は後ろを振り向かない。まるでわたしたちから逃げるように先を急ぐ。

あの男の子もわたしのこと、気づいていたのか。

「すいませんが、どこぞのご領主さまの魔導師の方ですかな」

横から中年の男の声がすると、目の前にぬっと、大男が出てきて道を塞いだ。

いつの間にか、少年と一緒にいた人たちのすぐ手前まで来ていた。

「あの少年は後で、馬で追いかけましょう。今はこの者たちから彼の者の情報を」

後ろでエバンが囁いてくる。……もちろん、そんなことはわかっている。

「あなたは？　あの北へ向かった少年は誰？」

目の前の大男は護衛の傭兵だろう。この男ではなく、あの少年が一番丁重に挨拶を交わした人物、横から声をかけてきた中年の商人に質問する。

「わたしはエリスタールで商人をやっている、セヴィルと申します。あなたさまは？」

商人だが日に焼けた顔。思慮深い視線を向けてくる。

「わたしはマーヤ・エーレン。王家の宮廷魔導師」

「うへっ」

「宮廷魔導師……」

目の前に立った傭兵の大男がのけぞる。背の高いひょろっとした青年が驚いた顔になって呟いた。

中年の商人は厳しい目つきになって小さく溜息を吐いた。

「その王家の宮廷魔導師さまが、どうして我らに?」

「セヴィルさん、あなたはエリスタールからやって来たの?」

北の方から来たみたいだから、そういうことになるだろう。

「そうです。……あなたさまのような方が、わざわざエリスタールのことを聞かれるということは、ブリガール男爵の起こした事件をもうご存知で」

「うん」

やはりか。あの少年とこの人たちの重い雰囲気は、ベルシュ村の件が絡んでいたのだ。

しかしこの商人の男は、なかなか機転がきく。最初からすばり、核心を突くようなことを言ってきた。

ブリガールがベルシュ村を襲ったのは、風の魔法具がまだ存在し、ベルシュ家が隠しているのではと疑念を抱いていたからだ。愚かなことをしたものだが、昨晩目撃した奇跡的な風魔法のことを考えると、ブリガールの疑念を一笑に付すわけにはいかなくなった。

もし、イヴェダの剣が存在するのなら、クシム銀山から赤帝龍を追い払い、あるいは滅ぼすこともできるかもしれない。

わたしは素晴らしい出会いをしたのかもしれない。

「エーレン伯爵家の名にかけて、あなたたちを悪いようにはしない。だから教えて。あの少年はどうして北へ向かったの？　あの男の子は誰？　名前は？」

どきどきして胸が苦しい。我ながら、これだけ饒舌になるのは久しぶりだ。

「あいつの名はイシュル・ベルシュ。ベルシュ家の坊ちゃんで、故郷の村が無事か、本当に焼かれちまったか、見に帰ったんですぜ」

「‼」

目の前の大男が自慢するように、何か心当たりがあるのか、妙に力を込めて言った。中年の商人は一瞬咎めるような視線を大男にやって、小さく嘆息した。「気安くしゃべるな」とでも言いたいのだろう。

……ベルシュ。

そう、その名はベルシュ村の土豪と、あの伝説の魔法使い、レーネ男爵の家名と同じだ。

「つながった」

眸の奥に焼きついた、風の軌跡。

恐ろしいまでに調和のとれた風の魔法と、ベルシュ村とレーネ。そしてあの少年。これですべてがつながった。

それなら彼はこの先、茨の道を行くことになるだろう……。

火の宮廷魔導師、マーヤ・エーレンはその大きな眸を微かに細め、街道の先の方を見て呟いた。

「あの子、イシュルって言うんだ」

MAG Garden NOVELS

転生者イシュルと神の魔法具 ②

発行日　2020年5月24日 初版発行

著者 青のあらた　イラスト 村カルキ

発行人　保坂嘉弘
発行所　株式会社マッグガーデン
〒102-8019 東京都千代田区五番町6-2
ホーマットホライゾンビル5F
編集 TEL：03-3515-3872　FAX：03-3262-5557
営業 TEL：03-3515-3871　FAX：03-3262-3436
印刷所　株式会社廣済堂
装　幀　青のあらた＋矢部政人

本書は、「小説家になろう」(https://syosetu.com/) 作品に、加筆と修正を入れて書籍化したものです。

ISBN978-4-8000-0964-7 C0093

ファンレター・感想等は弊社編集部書籍課「青のあらた先生」係、「村カルキ先生」係までお送りください。
本作品はフィクションです。実在の人物・団体・事件等には一切関係ありません。